基于性别视角下的女性形象与文学研究

王晓燕 陈 杰 ◎ 著

吉林大学出版社
·长春·

图书在版编目(CIP)数据

基于性别视角下的女性形象与文学研究 / 王晓燕，陈杰著. -- 长春：吉林大学出版社，2020.6
ISBN 978-7-5692-6571-2

Ⅰ. ①基… Ⅱ. ①王… ②陈… Ⅲ. ①妇女文学－文学研究－中国 Ⅳ. ① I206

中国版本图书馆CIP数据核字（2020）第093280号

书　　名	基于性别视角下的女性形象与文学研究
	JIYU XINGBIE SHIJIAO XIA DE NÜXING XINGXIANG YU WENXUE YANJIU
作　　者	王晓燕　陈　杰　著
策划编辑	张维波
责任编辑	张维波
责任校对	王　蕾
装帧设计	繁华教育
出版发行	吉林大学出版社
社　　址	长春市人民大街4059号
邮政编码	130021
发行电话	0431-89580028/29/21
网　　址	http://www.jlup.com.cn
电子邮箱	jdcbs@jlu.edu.cn
印　　刷	廊坊市广阳区九洲印刷厂
开　　本	787mm×1092mm　　1/16
印　　张	12.5
字　　数	200千字
版　　次	2020年6月　第1版
印　　次	2020年6月　第1次
书　　号	ISBN 978-7-5692-6571-2
定　　价	55.00元

版权所有　翻印必究

前　言

中国文学的发展有着源远流长的历史，其中，女性文学的发展在经历无数考验后，终于完成历史变革，这一变革深刻影响了中国女性的历史地位，从此之后，广大女性终于有了说话的权利。中国女性文学的发展是一条崎岖难行的路，遍地都是永远无法磨灭的历史印迹。

女性文学中不可忽视的是女性意识的觉醒，这一觉醒经历了无数个漫漫长夜。在此期间，女性处于自我反思中。女性主义话语建构彰显出女性主体还原和文本重读的真正意义。对人的主体性而言，女性话语只是一个相对的存在，最终它都要与男性话语权相融合，进而融入人的主体性建构；在我国的文化语境中，女性叙事的境遇稍显复杂。一方面是因为女性压抑许久以至于出现烈性反抗，这与特定时期女性意识的觉醒不无关系。另一方面，广大女性渴望实现男女平等和女性解放，这也是一种历史必然；女性文学的性别视角有其独特的价值，它不仅可以激发和深化文学中的女性意识，还对文学解读新天地的开拓大有裨益，为文学阐述提供了新的可能。性别视角下的女性文学是对社会不同层面女性心灵的剖析和解读，不仅使文学形象日益丰满，还体现了女性世界的逐渐回归；不同时期的女性主义作家用不同的笔调书写百转千回的故事，记录历史夹缝中那群顽强求生的女子。当我们站在历史环境的大背景下审视这些人，就会看到她们眼睛里的光芒和晦暗，她们寻求解放，渴望真正意义上的昂然挺立，与男子并肩，勇敢地表达内心情感。当我们一点点靠近和倾听，就会感受到那丝丝入扣的情愫，还有那难以言尽的艰辛，仿若千年孤寂、万年冰封，仿佛遥不可及，却又触手可及。

本书在撰写过程中参考书后所列参考文献中的相关资料，在此谨向这些文献的作者表示衷心的感谢。

本人水平有限，书中难免会有不足之处，恳请读者诸君不吝指正。

作　者

目 录

第一章 文学叙述与性别建构 /1

第一节 自我主体与性别建构 1
第二节 叙述中的性别建构 5
第三节 女性写作与女性建构 7
第四节 中国现代文学的文学叙述与性别建构 9

第二章 女性形象与历史发展的叙述 /14

第一节 启蒙视阈中的历史女性 15
第二节 抗战视阈中的历史女性 18
第三节 性别视阈中的历史女性 21

第三章 女性主义文学理论及中国女性文学的发展 /30

第一节 女性主义文学批评的理论资源 30
第二节 中国女性文学的发展流变 37
第三节 女性形象的变革 43

第四章 20世纪20年代女性形象及文学研究 /50

第一节 20世纪20年代女性文学概述 50
第二节 庐隐 冯沅君 54
第三节 冰心 苏雪林 57
第四节 凌叔华 59

第五章 20世纪30年代女性形象及文学研究 /63

第一节 20世纪30年代女性文学概述 63
第二节 白薇 袁昌英 65

第三节　丁玲 70
　　第四节　萧红 74

第六章　20世纪40年代女性形象及文学研究 /82

　　第一节　20世纪40年代女性文学概述 82
　　第二节　张爱玲 86
　　第三节　苏青 99
　　第四节　梅娘 108

第七章　新时期以来的女性形象及文学研究 /115

　　第一节　新时期以来女性文学概述 115
　　第二节　张洁 125
　　第三节　舒婷 132
　　第四节　铁凝 137
　　第五节　池莉 150

第八章　当代中国女性主义文学思潮的日常生活话语系列创造 /159

　　第一节　残雪：日常生活的"形而上"意义 159
　　第二节　陈染：私人生活的尊严 168
　　第三节　林白：女性欲望的叙事 173

第九章　网络时代的女性主义文学思潮 /182

　　第一节　女性文化精英转战网络 183
　　第二节　"空白之页"的多重女主角——网络催生民间女性话语力量　186

参考文献 /192

第一章　文学叙述与性别建构

文学叙述作为文坛的一种重要叙事潮流，不同时期的历史人物在叙述主体的描述中呈现出不同的叙述效果。文学叙述与性别建构有着千丝万缕的关系，人类的自我主体性影响着文学叙述，女性主义作家为女性建构付出了无数的努力和心血，性别意识形态的建构离不开时代文化，中国现代文学的文学叙述与性别建构是一个无比艰难的过程，通过以下内容的研究我们会一步步地了解这其中的微妙关系。

第一节　自我主体与性别建构

在哲学话题中，关于"人的自我主体性"的争议一直不断，热度持续。西方现代哲学的普遍观点认为世间的一切知识均源于人，而人类正是这个世界的主体。从西方现代哲学的奠基者笛卡尔到理性主义哲学家莱布尼茨，再到德国古典哲学创始人康德，最后到19世纪德国唯心论哲学代表人物黑格尔，文艺复兴以来的西方现代哲学家大都高举"人的主体性"大旗，对人类基于现代知识而产生的对世界的科学认知持肯定态度。他们普遍认为，人类自我意识的存在，与灵魂颇为相似，它随着一个呱呱坠地的生命降生就已存在，虽然自此之后各自会有不同的发展，但最终依然会保持最原始的状态，这是一种自我认知，具有一定的连续性。但是，西方哲学家们一致认为的理性建构和主体哲学，其出发点在某种程度上存在局限性，他们更多是为了一部分欧洲白人精英的文化立场而深谋远虑，旨在维护这些知识分子的利益，进而保障他们手中的权力。

在这一主体思想理论出现的同时，西方现代文化史的相关流派开始对这一抽象化的主体观念进行严厉批判，代表人物有英国哲学家大卫·休谟和美国社会学家乔治·赫伯特·米德等。大卫·休谟认为，人类社会的自我无非是大脑想象产生的一系列自我感觉，这种感觉表现出一定的恒定性；乔治·赫伯特·米德则认为这种自我并非既定存在，原是不同的社会经历所造成的，

不过是借助个体显现出来。现代大部分社会学家都认同自我存在的观点，他们普遍认为，完整意义上的自我建构与现实社会联系非常紧密，人类最终个体身份的形成受复杂的社会关系直接或间接地影响。

最早对现代西方文化的主体性思想进行彻底颠覆的是德国哲学家尼采，他认为主体是不切实际的，是对已存在事物进行的某种添加或发明。而通过奥地利心理学家弗洛伊德提出的无意识学说，法国精神分析学家雅克·拉康提出"镜像阶段"和"他者"学说，可以看出，这两位均立足于心理学层面，对人的主体性进行分析。弗洛伊德以存在于人主体的潜意识和无意识来反驳主体意识的整体和谐性；拉康则认为主体存在很大的不稳定性，一旦破碎，它的重建只能依靠外在事物，也就是说人类只能通过其他事物来认出自己，这就意味着主体始终处于形成状态，有随时分裂的可能。除此之外，结构主义和后结构主义也对主体性诸多质疑，进行攻击。结构主义对主体是创造者这一观点表示强烈反对，认为主体不过是外部结构产生的结果；作为解构主义的领袖，法国哲学家雅克·德里达推翻了主体理论的二元对立命题；法国哲学家列维·斯特劳斯认为人类社会的自我连续性是一种出于自身生存需要不得不维持的幻觉，是外部世界在人们内心的影射，并非确信无疑；后结构主义者福柯则是从权力话语的角度来消解主体性，他认为主体性是人类语言和无意识的产物，需要进行整体建构，各人不同的身份特征受权力对人体施加作用的影响；马克思主义哲学家路易·皮埃尔·阿尔都塞进一步完善了弗洛伊德的无意识学说，他认为无意识正是意识的外在形态性，人的本质实为一种自我虚构，它的存在与一定的社会生产身份紧密相关。人类自我身份的看待往往依赖于自身所接受的语言和意识形态，最终形成一个主体，而这一主体源自文化的馈赠。后现代主义学者认为主体性仅仅存在于话语中，它缺失相对稳定的身份在后现代社会中立足，而这些不断变化的身份也缺少整体的统一性和连贯性。

现代哲学自我主体观的整个建构及消解过程与人类社会两性认知和社会性别的建构紧密相关。这一学说标志着人类社会开启现代化进程，遗憾的是，它并未摆脱传统父权社会的性别认知，人类在获得对世界最终控制权的同时，失去的是自我信仰所带来的归宿感，即失去了永恒意识，取而代之的是无边

的恐惧和焦虑。在这种情况下,"性别神话"宣告登场,性别身份被认为是具有超越理性社会制约的本质特点,可以赋予世界全新的架构,给予人生存在的过程以真正的意义和价值,进而借助这种以性别差异为基础的全新架构,建立一种能够赋予全新意识且无论从外观还是内在都显示出强大有力的新身份,最终获得安全感。前现代化社会男权制的生物学基础较为薄弱,因此,现代化的主体哲学本着延续父权制社会的目的,构建出一套人为的价值观念,旨在为男权统治的合法性"添砖加瓦"。而主体性一贯标榜"客观真理",究其实际,是一种男权压迫,整个社会男性霸权现象的哲学根基就在于此,它使得父权制统治在现代社会的发展中有了一定的合法性。自我本质与性别本质、二元对立与男主女次,这两种学说均出自同一哲学系统。笛卡尔和康德都在强调男性的认识主体地位,男人是这个世界运作的主体,他们研究世间万物,用智力和体魄征服自然,自然会被人类征服,而这种征服无疑是由男性来完成的,就像男人与女人。这种哲学论调从头到尾体现着一种支配与被支配的不对等社会秩序。这种借助于想象力,建立在生物学基础上的男性自我主体论,形成了一系列的二元对立,如男与女、主动与被动、科学与自然等,从而形成男女性别差异,现代意义上的"性别神话"由此产生。

在"性别神话"一度受到追捧,甚至成为流行哲学之时,自我主体哲学的出现就会成为必然,而且随着自我主体哲学的不断成熟,这种哲学势必会成为瓦解性别神话或男权统治的理论资源。后现代主义不断地解构并且颠覆传统观念,从哲学的角度来讲与女性主义对性别本质说的批判有相通之处。人类社会的自我认同建立在性别认同的基础上,性别认同是构成自我认同的重要版块。人一出生就不得不接受两性差异的事实,从此生活在这一差异建构的区间中,经历不同境遇、角色转换、自我观念发展、个人行为变化等诸多可能,最终生成具有强烈情绪色彩的男女意象,生活中所创造和形成的一系列幻象、故事、爱情或矛盾都是围绕着男女情结展开的。这样看来,本质、独立、个性化的自我本不存在,所谓的主体只是源于后期建构,自我主体建构与认同中的男女特质深受社会文化的影响。世界上每个自我身份的成就都建立在"他者"的基础上,性别认同亦如此,人们一旦认同了某种性别,就

会随即产生与之对立的情结。就像我们自己缺失的东西，就会想方设法从别人身上得到，其间会出现强烈的惧怕感，即他性，将这一他性影射至异性身上，势必会从这些人身上收获正面或负面的价值。因此，人类不会脱离社会而存在，每个人都具有一定的社会意义，男性特质的建构依托于女性特质，与其紧密相连。

现代和后现代的男性精英为解构性别神话发起了强势攻击，但最终攻破性别神话取得胜利的依然是女性主义者。女性主义者站在女性自己的角度，结合自身生命体验，对男性哲学家、心理学家和社会学家的一系列研究成果进行深入分析，揭露出传统意义上的性别秩序实为男权意识形态的产物，性别神话只是为了维护父权制社会而存在。法国存在主义作家西蒙娜·德·波伏娃在1949年发表的《第二性》，成为女性主义经典之作，书中指出女人并非天生生成，而是后天造就，她犀利地指出女人在父权制社会被设定在第二性的位置上，男人作为区分女人的参照物，反过来女人与男人却呈现出不对等的关系，没有资格成为区分男人的参照物，女人对于男人只是附属品，没有自主性，是居于男人对立面的次要位置，属于被定义者。后来的后现代女性主义者将波伏娃的女性建构说进行了完善与发展，同时总结和吸收了法国作家雅克·拉康、哲学家雅克·德里达、社会思想家米歇尔·福柯和马克思主义哲学家路易·皮埃尔·阿尔都塞等人关于主体性本质的批判理论，到20世纪70年代"社会性别"一说应运而生，成为区分自然性别的标准。在社会文化的长期影响下，男女分工、角色对待和行为规范等相继而出，人们开始对自己和他人进行深刻的思考和想象，最终形成了一套整体性等级秩序分明的性别关系模式，这一关系模式成为社会权力关系最基础的组成部分。激进女性主义是女性主义的一个代表学派，她们认为，女人不仅是强权统治下的第一个臣民，同时也是最后一个，这就是对女性的社会性压迫，这种现象在整个女性发展史上历时最久。人类社会一切的不平等皆源于男性地位的优越和女性的自我服从，男性占据主导地位，他们首先虚构出一个强大的自我性别主体，旨在维护自身利益和权力，塑造出一个异于自己，同时能被随意掌控的"他者"形象，即女性，这就使得男性的自我主体获得了暂时的安全。

第二节 叙述中的性别建构

新兴哲学逐渐接受并认同,叙述,尤其是话语对于主体的建构至关重要,当主体进入死亡状态,话语就代表了一切,主体由诸多话语建构而成。后现代叙事理论家马里·柯里曾言:"解读自己的唯一方式莫过于讲故事,至于故事题材的选择,最好能表现自我个性特点,遵循叙事的原则,将故事内容加以组织,在外化自己的前提下,通过类似聊天的方式,充分展现自我。我们可以借助外来的故事,抑或叙述时采用与别的人物相融的方式,给叙述过程赋予一种潜能,帮助我们正确看待自己,利用内在经历,考虑如何将这一经历以最佳方式组织形成。"这样看来,在建构自我主体身份时离不开话语这个载体,而文学性的叙述当然也需要通过话语表达来完成。阿尔及利亚的马克思主义哲学家阿尔都塞通过《意识形态与意识形态的国家机器》这篇文章,指明文学可以对自我主体进行建构。主体的认同与建构是建立在性别的根基之上,而性别则体现在话语上,它的认同与建构取决于话语,包含的不仅是一种客观上的叙事,还涉及一个主观性的故事,或者叫"事件"。随着我国社会文明的不断发展,文学叙述的感染力日益丰富,人们可以通过文学性的叙述来构建意识主体和性别身份,文学形式虽然简单,但其表达效果却非常直观。因此,著名的后现代女性主义者朱丽亚·克里斯多娃,认为生活中语言符号的变革就像政治革命,虽然未曾硝烟弥漫,但却实实在在是一场主体动乱,可以说,整个社会秩序的变革都是以语言的变革为首要基础,且这一基础是隐形的、潜在的。

后结构主义者德里达认为,在当代"再现是一个最重要、最富生产性的问题";福柯则认为话语就是权力,对它自身而言,一方面是权力的重要组成部分,另一方面是权力的产物;后马克思主义者葛兰西在文化霸权理论中指出,文化实际上是一场斗争,行为再现体现的是文化权力的内部斗争;女性主义者米切尔·巴瑞特说:"一切话语皆是处于某种权力关系中,权力是话语在争夺控制主体过程中的动力体,也是这一过程的总和。"《性政治》作者凯特·米利特则是站在女性的角度义正词严地指明,在男权制社会"所有通向权力的途径,全都掌握在男人手里"(包括警察这一强制性权力),

还有现实生活中的哲学和艺术，或者就像《荒原》的作者托马斯·斯特尔那斯·艾略特认为的，"文明本身都是男人一手制造的"等等，很多女性作家都开始意识到叙述或话语的再现对主体潜移默化的作用，并进一步关注它与权力之间种种微妙的联系。父权制社会的女性饱受压制，女性及边缘群体所受的压迫表现出极其稳定且持续不断的态势，这与她们尚未拥有自我再现和他者权力的认知有很大关系。大到整个世界，小到自我命名，女性的自由权利都被堂而皇之地剥夺了，而男性则是有效利用这一话语权，通过一些神话传说或者历史著作，利用诸多文学性叙述，通过神话传说、历史或文学著作等，利用诸多文学性叙述，刻板僵化的两性形象被不断勾勒、塑造且日益鲜明，不平等的性别关系模式逐渐建立。通常，女性形象弱小无力，居于被动地位，而与之形成鲜明对比的男性形象则强大强势，高居主动。在此过程中，男性自我不断突出，并获得了主体身份。女性主义者朱迪斯·巴特勒指出，话语之所以深具力量，且最终得以转化为行动，并非由于这一力量来源于它的意图，而是因为它援引的社会规则与惯例。女性在男权社会中长期处于强制性压迫之下，话语权被剥夺，并无机会去了解男性的话语规则，久而久之，逐渐丧失了通过文学叙述进行自我再现的力量，女性开始变得沉默寡言。

不难看出，在整个话语建构的性别叙事中，作为一个社会群体，女性始终是被支配和排斥的，顺从于男权社会话语主导之下，这种主导是居高临下，有时盛气凌人让人不可接受。甚至可以说，在此过程中，女性处于一种缺席的状态。即便男性有意或无意采取错误或歪曲的表达再现女性形象，她们也因缺席而失声。在男性的自我认同和性别建构中，在主体与客体、独立与依附、主动与被动、理性与感性、尊荣与卑贱等二元价值判断中，女性毫无话语权，直接被划为后者。在社会意识形态系统中，男性与女性的特质处于不断变化的状态，在一定程度上随着意识形态的变化而变化。但在男权制社会，根本无须考虑所谓的社会意识形态，男性总会无意识地忽视、漠视甚至于随意歪曲女性的真实生命体验，从来都是从自我的理解或需求出发去勾画女性，而文学叙述中的女性形象也就无法以其存在的真实形态出现。然而，文学叙述是意识形态的主要承载者，它在无形之中对主体有着强大的召唤力，虚构形象与现实形象之间存在着一种隐形的互动关系。作家往往通过文学叙述将

个人化观点构思成为作品，社会大众在阅读过程中逐渐接受这些形象，并将个人观点反馈于作家。这样看来，文学叙述在读者与作品的主体立场上起到了一定的作用，它在一定程度上影响着人们的认知。

在男权制社会思想的长期影响下，男性愈发自大，女性饱受歧视，遗憾的是，女性自身渐渐接受了这些扭曲的性别想象，她们甚至产生错觉，主动认可了男性的主体地位与形象，渐渐疏离自我，以男性的标准来观察自己，不仅顺从了男权社会对女性性别的他塑，也十分自觉地依照这一错误规范进行自塑，最终造成女性的自我仇视和排斥。

因此，文学叙述与性别建构有着非常微妙的关系，换言之，社会性别的建构与男女形象的塑造都离不开文学叙述的推动作用。

第三节　女性写作与女性建构

意大利共产主义创始人安东尼奥·葛兰西的文化霸权理论认为，"那些处于社会边缘的群体，长期饱受压迫和支配，然而，他们却反对文化霸权的斗争，这是一种对自身及自身与他者关系的再现，这种再现非常真实，体现出统治阶级和主流文化对他们思想的误导"。男性处于男权社会的主导地位，他们利用话语霸权来构建"男性化主体"再现系统，进行一系列的自我肯定，不厌其烦地强调男性的主体地位、中心主义，以此保证统治制度平稳有序地运行。同时，在话语再现中，依照所谓的客观机制尽可能地隐藏自我真实动机，使女性毫无反驳余地，只能默然接受统治阶级强加给自己的角色定位。因此，女性想要改变这种处境，改变自己的被动地位，建立专属女性的自我主体，首当其冲是要建立一套属于女性的再现体系，在叙述层面由女性自己来发声，进而握住主体再现的权力，只有逐步走进文学叙述，而不是仅仅点缀其间，才能够从根本上改变女性的依附地位。法国当代最有影响力的小说家、戏剧家和文学理论家埃莱娜·西苏大声呼吁："妇女必须写作，写自己，她们如同被驱离出自己的身体，一直被驱逐出写作领域，同样的原因，依据同样的法律，出于同样的目的，妇女必须把自己写进文本，就像通过自己的奋斗嵌入世界和历史一样。"但是，人类现存的权力运作模式，都是依托于现有的符号语言、表达方式、思维机制和文学象征等，就像新时期女权人士提出，"这个世界充斥着男人的语言，男人是这个世界的话语。"后现代女性学者朱丽亚·克里斯多娃指出，女性想要重新获得自己的地位，彻底摆脱他者身份，成为一个完全自由的人，仅仅抨击"象征秩序"还远远不够，女性必须勇敢地穿越父权秩序的话语场，获得第三种方式，使女性能够趋近符号秩序，不再单纯地接受男性模式勾勒出的女性形象。朱丽亚·克里斯多娃为了颠覆男性的二元论，以拉康的精神分析学为基础，提出诗性语言理论，这一理论由子宫孕育而出，与母性联系紧密，有易变性、双重性、否定性、语义滑离和毫无逻辑性等特征，反对形而上学的统一性，打破传统的语义逻辑结构，释放语言的无限潜能。法国著名小说家、戏剧家和文学理论家埃莱娜·西苏针对女性提出"阴性写作"，从女性身体出发，利用白色墨汁（乳汁）书写文字，记录女性的日常。通过写作，女性不仅能够获取自由，真正"嵌入"历史，打破男性稳定且统一的话语规则和象征秩序，还可以构建接近无限空间的自我场域，女性借助写作和阅读促进自我成长，这是一种自我主体的认证。女性身心压抑是一切压抑的根本，女性话语的建造，需要以身心愉悦为支撑点。除此之外，女性想要彻底改变地位，从女性自身角度出发，建构主体性自我，进而实现现代哲学意义上的自由，从而获得基于性别出发独立的发展，必须事先确立自主性。即便关于女性话语的诠释一直存在分歧，女性想要彻底改变自己的他者地位，建构主体性自我，获得真正意义上的自由和发展，必须事先确立自主性。关于女性话语的诠释存在分歧，即便如此，她们依然坚持进行女性话语的建构，要求文学表达必须建立在女性真实的生命体、生活经历和心灵感受之上。

综上所述，我们不难看出，文学叙述与性别建构的关系非常密切，然而，性别对文学却无法形成直接或必然的关系，它只是作为文学创作中一项非结构因素而存在，与构成文学的一系列要素诸如人物形态、故事情节、背景环境和语言表达等并无很大关联。那么，如何借助文学叙述来体现其性别建构呢？性别与文学的这种关系大多通过具备社会性别的作家来展现，作家性别的不同势必产生不同的经验和心理，在创作中，这一性别观念就会无意识地融入并贯穿于整个文学作品中，进而影响作品的结构因素，包括形象塑造、

情节设计、人物关系等，最终形成文学作品中的不同性别内涵。"男权中心"是覆盖在人类社会的现有符号系统，想要彻底瓦解现有的符号体系去重新构建一个全新的女性话语系统并非易事，但是，任何事物都有两面性，这些带有性别歧视的符号系统并非一无是处，女性可以深入探索将其改造和利用起来。法国著名的哲学家露丝·伊丽格瑞在《他者女人的反射镜》一书中指出，女性应有意识地去阅读父权制核心作品，化被动为主动，可以尝试以一种游戏的状态去分析模仿，竭力做到与男性范畴区别开来的独立性。在《话语权力与女性的从属》访谈录中，露丝·伊丽格瑞再次阐明女性从属地位与话语权的关系，强调即使是"模仿"性的写作也可借助嬉戏的方式来渲染效果，"看见"之前未曾看见的事物，彰显被语言掩盖的女性，进而勇敢穿越男性话语场域，摧毁男性话语机制，保留女性"风格"，这种语言表达必然与任何话语操纵分道扬镳，表达方面如此，逻辑观念亦是。由此可见，这种语言工作就是要摒弃男性中心主义、男权统治制度，证明男性不再是"一切"，不再一手遮天，包办一切社会事务和价值属性。对社会上存在的所有权力进行逐一界定，包括占有权，不再是男性的永恒专属。萨莉·鲁宾逊在《使主体性别化》一书中认为，面对男性的话语霸权，女性完全能够突围而出，建立自己的性别主体。他认为女性作家的创作在整体上具有双重性，内在与外在并存，女性作家的主体地位饱受排挤，在男性话语秩序中无法立足，换言之，她们处于这一秩序之外，不过也正是这种边缘位置，在某种程度上帮助女性作家们进行自我表述。女性的性别内涵通过写作题材、人物建造和风格差异等展示出来，当然也可以借助叙述结构、方式、策略等方面的变化来建立主体性性别立场。这就要求女性读者改变以往的阅读立场，有意识地使用"对抗式"阅读方式，正视其中所隐藏的性别歧视。同时，用理解的心态去阅读女性文本，发掘并学习其中的女性经验和女性表述。

第四节　中国现代文学的文学叙述与性别建构

性别建构主要依托于文化，它不仅是一种自我身份的认同，同时也是一种文化身份的认同，这种认同与国家、种族、阶级等密切相关。在一个相对

稳定的社会环境下，一般不会产生文化身份认同的障碍。只有当身份面对社会动荡和文化危机时，才会出现变化，当然，这种动荡和危机的源头则是其他文化的形成。中国的现代文学正符合后者，它的发展恰逢东西方文明激烈碰撞，正是一个充满动荡和危机的环境。

在19世纪末期，中国开始了现代意义上的自我与自我身份认同。在此之前的封建社会，思想认知和社会结构较为稳固，传统的经济和文化努力维持这种一成不变的社会结构，社会权力与性别秩序秉承"君为臣纲，夫为妇纲，父为子纲"，男性在"修身、齐家、治国、平天下"这一逻辑框架影响下，建立了自我独特的性别角色与意义。男性在相对稳定的环境中，通过家—国—天下一步步的构想，建立了属于自己的社会和文化身份。但是随着西方列强的入侵，经济和军事上的侵略打破了我国延续几千年的认知模式，民族面临前所未有的危机，身份成为国人必须要解决的问题，尤其是中国男性，这一历史巨变使得传统意义上的身份认同饱受阻碍，逐渐陷入阶层身份认同的泥沼之中无法自拔。随着封建帝王制的土崩瓦解，中国传统社会的知识分子阶层随着社会变动沦为"游民"阶层，职业取向、社会身份、价值观念等都进入不稳定状态，逐渐滑向社会边缘。这就使得中国社会的知识男性又开始面临阶层认同问题。社会的动荡使国人陷入巨大的危机之中，现代性的起源和发展出现了各种断裂与冲突，然而，西方国家的现代性发展却始终未曾脱离资本主义框架，这是源于西方文化自身的变革与调整，现代性建立在启蒙主义理性的根基之上，它在中国的发生是被动抵御与主动寻求所致，经历了由半殖民地半封建、资本主义和社会主义等激烈的社会体制变革，中国的现代性之路极其崎岖，同时中国现代知识分子的自我主体建构也趋于复杂。现代性给中国带来的冲击远超过西方国家，这是一场前所未有的冲突，让人焦虑不安的首要问题就是身份。中国男性对性别身份的认同，使他们不得不重新思考男性和女性特质，解决他们由于中国现代化进程所出现的一系列现代身份困惑。男性在面临人生危机和建立自我主体时，对女性的设定与想象永远是他们的首选，借助对女性的叙述，使得他们在新的社会权力秩序中寻找和建立起自我主体地位。因此，中国女权启蒙运动的发起大多源自男性先进知识分子。自此，以叙述国人物质生活与精神状态为主的现代文学，就成

为男性知识分子建构自我身份的重要途径。

国家意识形态与主体性别身份之间是召唤与期待的关系，性别认同随着意识形态的变化而变化。阿尔都塞指出，主流意识形态将人召唤成不同的"主体"，人在主流意识的引导下，以"臣服"的方式化身成想象主体。中国想要成为独立自主的民族，就要使中国的现代文学能够统摄一切主流意识形态，避免对现代性的渴慕与批判纠缠不清，最终以模棱两可的形式出现在文学叙述中。因此，中国男性先进分子要在现代性的历史语境下，对两性性别身份进行想象与建构，不仅要研究我国与西方国家之间的关系，更重要的是分析现代知识分子在建构国家权力秩序中的真实地位。随着民族危机的巨大影响和知识分子的地位迁移，中国男性知识分子的认同期待与实际现状差异明显，他们随即就把这一差异所致的焦虑情绪转移到了女性身上，因此，他们对现代女性的期待随着时代的变动而发生改变。现代文学对女性叙述已然与男性知识分子的民族期待相融合，中国男性知识分子将这一历史重负投射并转移到了女性身上，呈现出的完全是一个先被西方文化强势侵犯，进而被政治文化无情阉割的无意识男性，将他们对一直维护却已残缺不全的主体性的无限渴望表现得淋漓尽致。

当关乎民族存亡的这把利剑高悬项间时，当王纲解纽时代知识分子逐渐获得话语权时，当他们自我认定最先掌握了西方先进文明时，他们通过文学叙述高声呐喊，不仅要把底层女性描述成为毫无学识修养的奴隶，还要将她们视为一个民族愚昧落后的标志，借助她们的死亡大做文章，还不忘宣告老旧意识形态的消亡。同时，建构出独立自主、奋发向上的现代新女性形象，将她们塑造成男性先驱的追随者，或者称为同盟军。一方面立足现实，在现实中寻找新女性；另一方面查考历史，挖掘其中的叛逆女性，将她们设立为现实女性的标杆。当资产阶级新政权摧毁他们所勾勒的国家蓝图时，当他们被驱逐出建设未来国家的主导位置时，当他们在血腥的革命中品尝到挫败感时，他们忽然发现底层劳动妇女的阶级属性中蕴藏着一股无比强大的力量，这一力量可以用来抵抗新的政治专制，这些女性的苦难完全可以拿来作为专制统治的罪证，于是乎，"祥林嫂"被"大堰河——我的保姆"所取代，苦难母亲成为底层劳动妇女的新形象，五四新女性逐渐转变成为"时代女性"，

最后成为大革命时代男性欲望的表象,这些女性的刚健与勇敢来得恰到好处,不仅满足了革命者的性别想象,同时也转移了男性因革命失败和自身软弱而产生的惶恐不安,消除了他们对自我的质疑,因此,"时代女性"成为20世纪30年代中国文坛的"新宠"。当高悬项上的利剑果断落下,当个人生存与民族危亡息息相关时,当对民族身份的焦虑超越个人身份焦虑时,我国的文学叙述中又出现了"祖国——母亲"这样的表达。对历史性或现实中的民族战争而言,各个阶层的女性都具有勇于牺牲的精神,这些坚韧不拔的女性形象被大量叙述,成为人们民族身份的象征,亦是增强民族凝聚力的符码,女性的反抗在一定程度上鼓舞了男性斗志,她们的牺牲有效安抚了那些献身民族革命的战士。当现代知识分子从浮沉的境遇重新被纳入新政权且拥有了自我位置时,当他们因"臣服"新权威产生自我焦虑时,他们就开始通过文学叙述对劳动阶层的革命女性进行大肆赞美,对具有先进知识的男性进行无底线弱化,除了公开表达自身对新政权的绝对认同,又潜在证明自己对新权威的完全顺服,但是,这些女性虽然被置于叙述主体的位置,却并未被赋予主体地位,她们并非社会变革的能动者,而只能作为革命引路人而存在,真正的能动者还是男性,她们依赖革命男性,对其百般呵护和无限信任,这一表现适时地修补了新生政权与男性夫权之间的裂缝,缓解了男性的个体身份焦虑。在文学叙述过程中,对性别秩序进行合理建构,可以有效弥补中国男性因历史断裂而日益衰败的自我主体。

一个人的自我认同需要通过与外部世界的联系得以确立,同样的道理,性别认同也需要个体与国家、阶级、家庭等建立联系,借助历史与现实的鲜明对比来完成。因此,现代知识分子的性别建构呈现出纵横交错的状态,无论是对历史女性活动的解读,还是对20世纪上半叶抗日战争的叙述,抑或是对构成现代知识女性和底层女性形象的表达、对家庭婆媳关系的阐释等,都是现代知识分子在性别叙述与建构中所采用的有效手段。

现代女性具备自我再现能力,一方面是由于男性知识分子逐渐跳出古代社会倡导的"女子无才便是德"的条条框框,开始呼吁女性接受教育,注意强身健体;另一方面是男性日益接受了西方男女平等的观念,准许女性进入社会,参与社会生活,变身新女性。而中国女性得以进入始终被男性垄断的

文学领域，是因为在社会变革中，传统写作经验的中断和历史时期的划分，严重冲击了几千年稳定的男权文化系统，他们不断进行自我调适，却依然焦虑到极致，此时亟须一些情感抚慰来缓解焦虑情绪，中国女性自我能力的再现完全是在男性知识分子庇护下获得的，女性的写作有着极其鲜明的双重性，女性的自我主体建构所呈现出的路径也明显不同。一方面她们不断迎合主流意识形态，竭力压抑自己对生命的真实体验，依据时代走向调整自己的创作，通过参与对国家民族叙事性话语的构建来分享男性话语权力，进而争夺属于自己的文化身份和社会地位，因此，中国现代女性在文学叙述中，对于题材和主题的选择呈现出与男性作家如出一辙的写作风格；另一方面她们在建构女性叙述权威时谨小慎微，除了借助母女关系来展现女性鲜活的生命价值，还会利用国家叙事来抵抗男权统治对女性的边缘化，通过对叙述方法、语言风格、人物关系等的调整和把握来确立女性的主体地位，将长期以来女性饱受压迫的坎坷经历淋漓尽致地叙述出来，建立女性的文化身份，摆脱女性不平等的文化处境，从静默无声到铿锵有力，从客体勇敢地走向主体。在对新女性进行叙述中，竭力打破男性知识分子所设置的仿若铜墙铁壁般的叙事模式，彻底消除女性客体化倾向。在对社会底层劳动妇女进行构想中，以女性身体为出发点，将她们在男权压迫下的真实状态展现出来，在苦难中挖掘出她们的主体能动性，使她们获得话语权，参与新女性的自我塑造，修正了男性主体在文学作品中对女性形象的歪曲，从而使现代社会的女性性别认知发生了翻天覆地的变化。

现代社会的性别认同并非个人行为，它与不断变化的社会密切相关。性别建构并非一蹴而就的事情，它需要依托无数次不同的语境和关系才能得以确立。文化动荡下的国家亟须将性别秩序重整旗鼓，使它们借助感性的文学表达来对抗现代性，以全新的性别意识形态来整合世界。中国的现代文学不仅是知识分子的自我主体建构，也是现代性别的主体建构。当我们缓缓打开那一时期的文学作品、闭上眼睛认真回顾历史场景时，那些残缺不堪的印迹都在证明性别意识形态的叙述与建构经历了一个艰难曲折的过程，它的每一步向前迈进都历经了不种程度的血雨腥风，而今端坐案前安然执笔，竟无语凝噎。

第二章　女性形象与历史发展的叙述

所谓历史，不仅是对过往的追念，同时也是一种无声的存在，它的特点在于可回首品味，不可回顾重来。一维性的历史具有本体价值，它具体表现在各样能以此证明它曾客观存在的遗留物中，这些事物在时间的冲刷下显得凌乱不堪，饱经历史风霜之后，再怎么挖空心思地拼凑也终究难以完整，这也正是它的珍贵所在，独一无二，无可复制。现在对历史的研究大多是最大限度地还原过去，即使是文学性的历史叙述也难免夹杂个人主观成分，这种带有主观色彩的叙述具有鲜明的时代特点，叙述者虽以追溯历史为目的，却难以摆脱所处时代的限制，结合当前的体验和对将来的展望，参与对过往历史的挖掘和解读，分析那些足以证明历史的文献资料。在研究中，各种语言和修辞的选用，主观性地褒贬难以规避，在对人物个性、主题界定、声音烘托等方面的描述能够读出叙述者的心理变化，漠视或重视尽在其中。历史性的文献资料大多繁杂，叙述者需要始终保持严谨的态度来对其加工整理，以合宜中肯的语言表达来将其生成一个完整的故事，进而将个人抑或集体、民间抑或官方等对于历史进程的思考加以阐述。历朝历代的统治阶级都懂得"以古为镜"，看重和把握这一叙述，因为历史叙述本就有着不可忽视的现实意义。统治者认为国家意识形态的建立、百姓思想观念的引导、社会道德秩序的稳固皆离不开历史叙述，它不仅可以指引现实，同时也是一种珍贵的文化。

清朝宣告结束，不仅预示着我国封建社会的彻底结束，也象征着我国现代社会的正式开启，这样翻天覆地的变化势必引起社会意识形态和价值体系的变革。随着这一巨变的向前推进，历史性文学创作发生了转变，这一转变有其明显的现代性。现代知识分子开始从新的视角和观点出发去回溯历史，在历史叙述中重新解读人物、传说、史料等。众所周知，我国古代男权社会历史的记载者大多为男性，女性的存在价值和喜怒哀乐始终被压制，在隐而未现的黑暗势力下，女性的情感仿若汹涌澎湃的火山亟待喷发。随着现代社会人文精神的普及，男性知识分子发现对女性的伤害除了女性自身之外，对她们自身的生命体验和精神追求也有很大的影响。从宏观上看，压制女性对

推进现代国家的建立百害而无一利。因此，女性渐渐受到关注，社会上日益出现了关于女性人物、传说、作品的历史叙述，不同历史时期的优秀女性会被叙述者根据现实情境和社会需求进行妥善创作整理。这些历史女性故事不仅是叙述者站在现实角度架构的集体意识或合理想象，同时也表达了时代背景下个人的人生追求和生命体验，这是历史故事的沉淀，也是时代更替的凝结。

第一节　启蒙视阈中的历史女性

历史纷纷扰扰波涛汹涌，并非信手拈来的过往素材都能变身故事展现于人前，只有那些感人肺腑的、活力四射的或者具有鲜明现实意义的情节才有可能被选入叙述者的视角之内。同样的道理，已然生成的女性作品并非都有被重新改写的机会，只有那些满载正能量的女性故事或者传说才有资格被重新叙述。

无论是经济发展的要求，还是现代国家体制的要求，知识分子在国家所处的地位和角色都应该有一个新的定位，这点在我国体现得尤为明显。人们对于女性人物及传说的历史阐释在态度上也分外不同。我国古代对于女性的历史叙事多受伦理道德的限制，因此，条框之下的叙述有着明显的警示作用，塑造出的女性形象除了红颜祸水、节妇烈女，就是慈母孝女等。她们在文学叙事中有特定的出场顺序，排在首位的多是女神级别或祸水之列，尤其后者，以此为题材的故事创作延续了多年，人们茶余饭后热衷品评的女性形象有妲己、褒姒、西施、貂蝉、杨贵妃和潘金莲等。现代知识分子开始抱着人道主义的心态，从理性的角度出发去关注女性的生存价值和命运浮沉，他们寻找资料否定那些带有主观色彩的历史观点，抨击陈腐时代对女性的迫害，他们一边对女性抱以同情，另一边对统治阶级回以咆哮。他们缓手弹落覆在女性身上的层层尘埃，竭力洗净男权社会泼向女性的污泥浊水，讽刺那些鼓吹"红颜祸水"论一党的愚不可及。从此，我国现代作家冯乃超所著短篇小说《傀儡美人》就瓦解了所谓的"褒姒覆周"的历史定论，他将褒姒塑造成一个纯洁独立的少女，有着自己的思想见地，遭受战乱无奈背井离乡，而后嫁于周幽王，但是她认为女性不该生来就是男性的玩物。她厌弃奢靡无度的宫闱深

院，加上各诸侯国之间语言不通，终日郁郁寡欢，不苟言笑。对于不断更迭的历史而言，褒姒充当的角色是一个美丽的傀儡，是男权社会的替罪羊。当周幽王借烽火戏诸侯博美人一笑时，她笑的是整个朝代，上至君王下到群臣的愚蠢之极。我们不难看出，此时的周幽王与褒姒的真实地位已然颠倒，看似尊荣的周幽王实则成为褒姒嘲弄的对象。我国著名戏曲艺术家欧阳予倩创作的《潘金莲》是为《水浒》《金瓶梅》等小说中的潘金莲做了平反，他揭露了封建婚姻制度对女性伦理道德的压制，批判封建社会对女性毫无人道的摧残。在作品中，他借助张大户对家庭关系和女性的态度来揭露封建社会的暗无天日，可以看到这一制度之下的女性完全被物化，凄苦一生、悲惨无助的生存状态被展现出来。张大户宣称："男人养女人就像养金鱼似的……只要有钱有势，什么美女弄不着。"张大户生性贪婪，他将潘金莲抛进被人耻笑的婚姻中，成为她悲惨命运的直接缔造者。而武松的出现，在充当封建伦理道德维护者的同时，也间接促成了潘金莲的凄凉一生。欧阳予倩不再言说武松杀嫂的正义之处，也淡化了潘金莲杀夫行为的道德之误，指明武松这一举动实际上也具有恃强凌弱的色彩。欧阳予倩的话剧既有古代作品中潘金莲极其鲜明的个性特征，又赋予她追求爱情、反抗婚姻的精神勇气。她的第一角色是凄苦无助的受害者，随后才是一个激烈反抗者的身份。潘金莲对任人摆布的命运心有不甘，拒绝张大户纳妾是她主动反抗的具体表现，对武松的大胆追求亦是她在无声反抗，甚至与西门庆的苟合也是她反抗的表现。潘金莲对爱情的追求可以说超越世俗、不计后果，这是中国传统文化中缺少的成分。

封建时代背景下的女性饱受专制统治的残害，她们的命运不能掌握在自己手里，因此，丧失自主选择权，完全受制于男性，除此之外，社会制度赋予她们的条规，家庭生活施加给她们的角色，她们只能被动地服从和一味地接受，活在伦理道德分出的一寸天地，最后郁郁而终，红颜薄命是她们的亘古轮回。到20世纪20年代，现代知识分子开始赋予女性强有力的反抗个性，让她们拥有自主选择的权利，谱写属于自己的篇章。比如郭沫若的《王昭君》告别以往幽怨的人物风格和苍白的形象特征，塑造出的王昭君是一个敢于反抗封建礼教的"勇士"，她大胆斥责旧制度下居于朝堂之上的汉元帝，宁可

选择远行受苦，也拒绝成为皇帝玩物。林语堂在《子见南子》中，将南子描述成人性的试金石，褒奖她的青春活力和狂放不羁。对于王昭君、南子这些精神强大却地位飘摇的弱势女性，我们终于看到知识分子的本性与良知，这种对女性的态度和描写的角度是一种勇气也是知识赋予他们的信念。

中国古代的历史叙事赋予女性形象的代名词是软弱，尽管远古时期一些关于女神的传说在民间广为流传，其中蕴藏着坚强的女性形象，但为期甚短，进入父权社会后，这种言论被一点点遮蔽，最后消失不见。随后五四文化的先驱们在竭力反抗父权制封建文化时，无意间发现女神传说所包含的现实意义，于是选择借助和重新解读女神传说来获取意识形态领域的发言权，宣扬"立国立人"的思想。鲁迅的小说《补天》和濮舜卿的话剧《人间乐园》都是对传统制度下女神神话的再现。鲁迅通过小说的文学叙述深入剖析了中国历史文化，表达了对五四启蒙者命运的忧虑和女性强大创造力的礼赞，凸显女性的智慧和坚韧，嘲弄传统男权文化，对历史进程中女性不容小觑的地位和价值表示认可。濮舜卿的话剧以《圣经》中亚当和夏娃偷食禁果被逐出伊甸园为素材，抛开宗教中罪与罚的深义，作者从全新的视角出发，将至高无上的上帝喻为一个压制人类智慧的霸权统治者，夏娃则是具有强烈逆反意识的反抗者，将他们因犯罪被赶出伊甸园看作是人类意识的觉醒，将他们饱受艰苦终在人间建立属于自己的乐园视为人类创造力的发挥。濮舜卿借助作品凸显女性的主体意识，并鼓舞后代女性勇敢开辟新世界。同时，在作品中，她着重强调夏娃的意志坚定和亚当的精神软弱，将这二者进行鲜明对比，夏娃充当的是坚定而又顽强的开创者角色，亚当则是一个极其软弱的合作者，彻底颠覆了五四启蒙时期的创作模式。与男性作家比起来，濮舜卿的作品有其强烈的女性意识和鲜活的女性主张，将果敢自信的夏娃喻为"女权运动的始祖"。

我们可以看到，20世纪20年代的中国先进知识分子在叙述中并未脱离历史，甚至沉沦其中试图还原，他们只是站在现实的角度，满眼期待地审视历史，叙述其中的人物特征和故事情节。中国古老的文化传统已然在不知不觉间失去了现实的支撑，西方文化乘虚而入，渐渐成为知识分子建立现代民族的主要思想来源，面对这一现实境况，在对女性历史人物和故事情节进行叙述时不自觉地加入西方人文精神成分。王昭君、南子、女娲等人物形象，在认知、行为和道德等层面的深义都源于西方文化，她们对封建伦理的反抗，对爱情的执着追求，甚至为了自由勇于献身，都不是在传统文化的土壤中培植而出，而是要仰赖西方现代启蒙文化个性主义和理性精神的灌溉。她们的思维形象皆被赋予五四时代精英知识分子的品格，这些被褒扬的新时代女性成为文化先驱者探索中国现代性的实验品，表现出他们想要建立现代民族的强烈渴望。然而，随着亡国危机的逼近和民族冲突的加剧，救亡的呼声毫无征兆地淹没了民主启蒙的呐喊声，竭力实现科学、民主的任务被无奈搁置，甚至一度成为人们批判的对象，于是，新时代女性人物逐渐退出现代文学的历史叙事领域，取而代之的是一批担当社会责任和民族使命的爱国人士，她们以女性形象出场，义无反顾地挑起建立全新民族的重任。

第二节　抗战视阈中的历史女性

在 20 世纪 30 年代，中国社会充斥着日益激烈的矛盾，西方的独立平等和民主科学等理论终于暴露出它原本存在的软弱性，加上日本帝国主义的侵略，使得中国知识分子开始自我反省，重新审视西方文化，同时，面对日益高涨的民族情绪，他们想要求助传统文化。因此，历史题材的文学创作在这一时期趋向繁荣，人们开始呼唤民族文学。周钢鸣在《民族危机与国防危机》一文中指出："我们必须采用中外民族历史为题材，以提高抗敌情绪和充实斗争的经验与力量。"与五四启蒙时代对于历史女性的文学叙事一样，她们的塑造并非真实历史再现，而是借助人物出场来应对当下的残酷现实，想要重新汲取民族文化的养分来挑战西方文化，进而建立自己的民族身份。"救亡要拯救的是这个国家，而这个国家的本质则是它的文化和国民性，拯救的方式就是国家主义、民族主义以及语言革命。"通过挖掘历史人物身上的民族气质，进而确认中华民族的主体个性，最后激发出国民对整个国家的强烈认同感。

民族解放时期与五四时期有着明显的差异，鲜明的时代特点使得激进反叛的个性与之格格不入，它需要的是为国家利益"鞠躬尽瘁，死而后已"的崇高品质，于是在这样的时代背景下，历史英雄、巾帼女郎被重新唤醒，通

过文学的形式被不断赞赏。就一生骁勇善战的梁红玉而言，叙述她的版本不计其数。而替父从军的花木兰，有周贻白的话剧《花木兰》，也有欧阳予倩的桂剧《木兰从军》等。欧阳予倩所塑造的木兰形象，忠勇兼备，有担当，有魄力，一腔柔肠体恤黎民，铮铮铁骨报效国家，成为高级将领的标杆。夏衍在30年代中期所创作的话剧《自由魂》以秋瑾为题材和主要角色，着重叙述英雄秋瑾有着反帝反封建的革命精神和忧国忧民的革命情怀，她宁可牺牲自己也要维护正义。后来，到40年代，欧阳予倩创作了《木兰从军》，这两部作品都是对女性历史的叙述，但不得不承认，后来者居上，《木兰从军》对历史人物的塑造几近完美，故事情节更加纯粹。《自由魂》折射出五四时期的社会对人们生命价值和个性自由的尊重。阿英的代表作《杨娥传》中主人公杨娥与夫护驾明永历帝进入缅甸，之后杨娥潜回云南欲发展同道，继续战斗。但得知故主与丈夫同时殉难的消息，杨娥决意刺杀吴三桂以报仇雪恨，于是在其军营附近设摆酒肆，试图引起吴三桂注意，伺机报仇，但不幸身染重疾怀恨而终。杨娥被赋予忠君报主的女侠形象，是历史对巾帼英雄的重写，这充分表现出中国知识分子开始重视西方国家的平等自由观念，面对国家动荡、民族危机，他们开始尝试修复支离破碎的民族自信心，欲重新唤醒国人的爱国热情。

随着"巾帼女侠"渐渐淡出人们视野，五四时期的文化先驱们又开始搜寻新的人物形象，于是烈女孝妇作为女性代表闪亮登场，她们肩负着弘扬传统美德的重任，被称为封建社会的文化标杆。许地山在《女国士》中着重渲染女主人公薛仁贵之妻柳迎春坚韧不拔的品格，可以说薛仁贵的大好前程仰赖于妻子的无私付出和默默支持。赵循伯在《民族正气》中主要歌颂张巡等人一身民族正气，牺牲自我、报效国家的崇高品质。周贻白创作的《北地王》，讲述刘湛杀妻后自杀的故事，他在文中并未向男主人公杀妻之举如何残忍这方面延伸，侧重点从一句感叹中即可看出："皇天后土实鉴此心，我刘湛也算对得起堂堂的汉族了。"李拓之的历史小说《惜死》叙述的是成为楚王阶下囚的息妫氏，面对骁勇善战的楚王和金碧辉煌的楚宫，一颗清心坚守自己，作品对其民族气节大肆褒奖。鲁迅曾在《我的节烈观》中对中国父权制社会弘扬烈女节妇的虚伪性、残酷性进行了强烈批判，然而，这一时期正是借着

民族文化的重建、民族身份的认同等宏大的政治话语，这种陈腐的男权话语重新兴起。

20世纪20年代关于女性历史人物的著作，大多是对传统文化的重新解构和颠覆，30、40年代则延伸为对其的热烈弘扬与坚决捍卫，故事情节主要侧重于对巾帼英雄、烈女孝妇甚至风尘女子的叙述。李香君、董小宛、陈圆圆、赛金花等风尘女子成为历史故事的承载者，她们陆续出场，被反复书写。这些人物被赋予的不再是为爱痴狂的佳人角色，更不是生长于封建社会青楼的"孽海花"，她们扮演的角色是有着一腔报国热情、坚守民族气节的英雄人物。小说中所塑造的女性人物形象，性格大多是率性纯情、勇敢泼辣、拒绝逢迎、不畏权贵，以维护民族尊严为生存价值。她们本是柔弱的女子，却有着强大的精神力量，在历史的夹缝中求得一线生机，却惨遭时代唾弃，被社会伦理谴责，但是她们不屈不挠，成为抨击当权者和鼓舞人民斗志的利剑。该时期文学作品中李香君、葛嫩娘等，社会地位卑微，甚至为人不齿，但她们虽然沦落风尘，成了秦淮名妓，却被赋予高尚的民族气节，成为文人士子的精神支撑，鼓励他们走出政治失意，为国挺身而出，担负历史使命。可以看到，这些作品在故事情节方面的叙述，除了忠君爱国精神之外，就是民族气节与个人道德的紧密联系。熊佛西的《赛金花》主要从主人公的家族盛衰和民族忧患出发，旨在对当时社会的讽刺，对爱国情感的抒发。夏衍作品中的赛金花则是借助主人公去漫骂当时的朝堂人物。作者并非是为曾朴作品《孽海花》中的赛金花翻案，但是通过故事情节着重叙述女主人公与联军统帅瓦德西的关系，不仅是对她宁可牺牲自己去制止联军暴虐行为的高度肯定，同时也是对封建男权社会以女性为牺牲品的讥讽。夏衍作品侧重于叙述魏邦贤之党危难之时拿女性为挡箭牌，之后又对其百般痛斥致其死亡的丑恶嘴脸，强烈批判封建礼教的残酷和虚伪。

除以上女性历史人物之外，男性作家笔下的西施、武则天和潘金莲等人物，也作为历史事件的典型被世人所熟知。就像顾一樵的《西施》和夏衍的《武则天》，还有田汉的《武松与潘金莲》，创作者叙述的侧重点不再是个性自由和反抗意识，而是强调女性对自身解放的不懈追求。

第三节　性别视阈中的历史女性

20世纪20年代很少有女性作家去创作关于历史题材的作品，虽然是与女性有关的历史，但无论是首写还是重写，仿佛都是男性的权利，女性只能选择淹没于历史洪流中凄然死去。30年代后，历史重构的参与终于有了女性的一席之地，出现了像赵清阁、杨刚、罗洪、沈祖棻、张爱玲、谢冰莹等女作家，她们毅然决然地参与其中，竭力让历史女性获得一种全新阐释，让女性的生命价值能够被真实表达。通常，作家在叙述历史人物时都会融合一些现实观念，同时，对于人物个性和历史事件的解读，都会在性别身份上表现出明显不同。30、40年代的男作家侧重于叙述巾帼英雄和烈女贤妇，旨在建构现代民族国家。而女作家则依然将目光停留在反叛觉醒的女性上，渲染封建时代社会制度对女性的迫害，作家们抵抗时代话语的条规，将女性的个性体验和人生追求作为叙述的核心，如赵清阁关于宝黛爱情的《冷越诗魂》、关于二尤的《雪剑鸳鸯》、关于三春的《汉水飞花》等等，这些故事都取材于《红楼梦》，旨在抨击封建社会的罪恶，突出女性渴望身体解放和意志自由，并为之抗争到底的决心。我们知道，同一题材的创作会受创作主体性别和身份的影响。历史叙述的时期不同，涉及的人物性别也就不同，作者通过对话的形式把历史的反复无常表达出来，把历史浮沉和文化转型的男女对于自身命运的遐想和恐慌体现得淋漓尽致。

说起历史人物杨贵妃，可谓无人不知无人不晓，自古以来，关于李隆基和杨玉环的爱情作品不计其数，他们的爱情故事被后人传为佳话。杨贵妃作为中国古代四大美女之一，不断成为人们追念咏叹的对象，她的死关系着唐王朝的盛衰存亡，因此，唐清这两个朝代对她的描述除了祸国殃民的红颜祸水外，就是她与唐玄宗之间的爱情神话。现代文学时代下的知识分子从全新的视角出发，重新审视李隆基和杨玉环的爱情故事，利用丰富的想象力挖掘杨贵妃的生命形态，并将新时代的精神特质输入历史人物。1927年，王独清发表话剧《杨贵妃之死》，这成为中国新文学史上以杨贵妃为叙述对象的首部作品，他并未去纠缠李隆基和杨玉环之间的爱情绝唱，而是通过大胆的

想象虚构出杨贵妃与安禄山之间的一场倾国绝恋。作品中的安禄山作为安史之乱的发动者，被塑造成一个坚不可摧的形象，一个不惜牺牲生命去追求爱情的反抗者，他叛乱的目的就是为了获取爱情，获取自由。这就使得安禄山的叛乱除了与杨贵妃的山盟海誓之外，还关乎伟大的历史使命，那是对人民自由的竭力争取和自我前途的孤注一掷。这样看来，杨贵妃不仅是为爱情殉情，还为国家殉道。所谓鱼与熊掌不可得兼，杨贵妃所面对的是爱情与国家不可得兼，关键时刻她毅然选择放弃自己，只求换得国泰民安。作品将侧重点放在杨贵妃的心理变化上，她得知安禄山打着声讨杨国忠的旗号起兵后，惶惶不可终日，她觉得安禄山背叛了她，后来收到安禄山向自己解释的密函，她选择相信他的真心，仿佛突然又活过来了，沉醉于爱情中无法自拔，憧憬着与爱人相濡以沫的甜蜜时光。画面调转唐玄宗被逼迫要处死杨贵妃时，他宁可选择美人而放弃江山，杨贵妃却为了保全整个国家，从容赴死，为自己与安禄山的爱情画上了完美的句号。我们从作品中不难看出，杨贵妃作为典型的历史人物，作家赋予她的不仅是强烈的反抗精神，还有为爱为义勇敢献身的崇高品质，这都是新时代女性的思想特质。这样看来，这部作品依然未能走出"女人祸水论"的泥沼。到1929年，欧阳予倩重新解读《杨贵妃》中李隆基与杨玉环的爱情神话，渲染出唐玄宗对于杨贵妃的爱并非神圣不可侵犯，在他心里，杨贵妃除了姿色超群之外，并无二致，只是一个美人、一件专属自己的珍玩而已，是危难之中的挡箭牌，关键时刻江山远比美人重要得多。作品中也有杨贵妃与安禄山的桥段，只是被设置成流水有意落花无情的戏码。相似之处就在于欧阳予倩的作品塑造的杨贵妃也是勇敢而又坚贞的时代女性形象，不同的是她的死，不是殉情，也与殉道无关，而是旨在表达她对自私的封建君王和虚伪的爱情誓言的一腔愤懑。

严敦易在1936年发表的小说《马嵬》，向世人呈现的是一种别样的历史风貌，与王独清和欧阳予倩不同，严敦易所展现的历史画面更加丰富。他通过作品对"马嵬坡事件"进行探讨，分析安史之乱的发动缘由，小说中他讽刺荒淫无度的封建帝王唐玄宗和战斗力几乎为零的禁卫军。与王独清明显不同的是严敦易作品的侧重点在唐玄宗的心理变化上，杨贵妃只是起到衬托的作用。唐玄宗作为一代帝王，行至末路只求有条活路，当年的雄心壮志荡然无存，在危急时刻听从将领谏言，顺水推舟地将曾经海誓山盟的女人当作替罪羊，将沉重的历史罪名残忍地压在柔弱的杨贵妃身上。"女人祸水论"将一代君王的薄情寡义掩盖得密不透风，至此唐玄宗的愧疚不安被解除净尽。可以看到，严敦易作品中的杨贵妃只是一介女流，是弱势群体的典型，只能默默承受统治者对她的利用。所以，她的死与从容不迫无关，也谈不上慷慨激昂，而是在绝望中被无情地推向死亡。严敦易把封建帝王表面尊荣、内心虚伪的嘴脸刻画得淋漓尽致，指明安史之乱的起兵原因、发动者，揭露出"女人祸水论"制造者的真实意图。同一年，沈祖棻发表小说《马嵬驿》。沈祖棻是中国历史上第一个为杨贵妃塑像的女作家。与严敦易比起来，沈祖棻作为女人，她小说的侧重点放在女性的命运上，与历朝历代的起伏更迭无关。沈祖棻在作品中突出杨贵妃，赋予她的是一个自由勇敢的女性形象，她并未提及杨贵妃与安禄山的暧昧关系，而是给她塑造了聪慧而又理性的形象。沈祖棻作品中的杨贵妃优雅安闲，终日沉醉在唐玄宗的甜蜜爱情中。杨贵妃自幼失去双亲，而后被送入寿王府，虽得寿王宠爱，却心知自己不过是他掌中玩物而已，直到成为贵妃，也并未有丝毫喜悦，她始终以昂首的姿态守护着自己的心灵自由，但在唐玄宗的热情追求和大胆告白之下，她的心门终被攻破，她在他身上体会到前所未有的爱情，他爱她的美貌，也爱她的才华，这种精神赏识让她无比沉醉。她真的投入了，以至于禁卫军的到来也未曾让她感到恐慌，反而表现出一种安定。尽管沈祖棻作品中并非刻画出杨贵妃的民族大义，只是为了自己的爱情慷慨赴死，但在作者的描述中，我们看到杨贵妃与唐玄宗之间确实深爱过，作者不惜用大量笔墨来渲染这段真诚凄美的爱情故事。然而，安史之乱打破了一切的安稳美好，马嵬坡成了李隆基和杨玉环爱情的坟墓。当杨贵妃还在做着与唐玄宗双双赴死的美梦时，一句"皇帝赐死"如晴天霹雳，将她从缥缈的梦境中惊醒，她看到处于男权国家的女性悲哀。他恩赐的死亡，立上安慰的牌坊，向来柔弱的杨贵妃觉得实在可笑，对于帝王而言，一个女人在江山面前一文不值，杨贵妃看到，这并非是她自己的悲哀，乃是一个男权社会下所有女性的悲哀。因此，沈祖棻的作品批判的不是唐玄宗的负心，而是整个父权制社会的残酷。在那样的时代，男性才有权利来评判历史，女人的一切包括青春、爱情、身体乃至生命都可以被随

时送上祭坛。杨贵妃微笑赴死，不仅是对女性生命的觉悟，也是对男权世界的轻蔑。唐玄宗只能在痛苦中度日如年悔恨不已。与男性作家不同的是，女作家沈祖棻的小说读起来更加真实，她身为女性，能够更好地把握作品中人物的心理变化，对于女性的痛苦和快乐她更能感同身受。作品除了描述女性视爱情为生命的态度之外，还指明处在男权社会的爱情不切实际，最后就女性的命运和处境陷入深深的思考。

到 40 年代，身处上海沦陷区的文学家谭正璧发表历史小说《长恨歌》，他为作品选择了一条与众不同的路，不再顺着解构李隆基和杨玉环爱情神话的路子继续前行，而是返回传统文本，将侧重点放在叙述他们之间惊天动地的爱情故事上。在民族矛盾激烈和全民同仇敌忾之际，作为一介文人士子的谭正璧心系国家危亡和人类发展，之所以走上与时代疏离的创作之路，是因为身处上海沦陷区受到时空限制，外加极其困窘的经济状况。作家用如梦似幻的爱情故事来对比残酷的家国现实和生存处境，通过写作宣泄胸中沸腾的热血，时刻挂怀国家与民族，文人士子的信念使得他即使身处困境却依然保持一颗自由灵动的心。

提起虞姬，都会想到"霸王别姬"的桥段，它是中国历史上英雄美人故事中的经典，拥有绝世容颜的虞姬忠贞不渝地追随霸王，而西楚霸王那气短情长的侠骨柔肠又捕获了多少女性的眼泪。1937 年，年仅 16 岁的张爱玲，创作了短篇小说《霸王别姬》。她没有效仿当时风靡一时的京剧《霸王别姬》的故事情节，而是选择苍凉的笔风，将西楚霸王作为虞姬形象的衬托，从虞姬的思维变化展开叙述，将故事主体从西楚霸王转移到虞姬，"霸王别姬"更像是"姬别霸王"。张爱玲在作品中所塑造的虞姬形象并非"花瓶型美人"，只满足于霸王的宠爱，而是一个勇士的形象，她不仅关心霸王的喜怒哀乐，还参与他的军政要务。小说是从恶战过后的一个安静夜晚开始，霸王已然入眠，虞姬则裹紧斗篷独自站在夜空下，她想着帐内沉沉睡去的霸王，反省自己的人生价值。多年以来，霸王仿若骄阳照射着她，她却像一轮皓月反射着他的万丈光芒，战场上如影随形，生活中如胶似漆，这就是她的生活，以他的欢喜为自己的快乐，以他的痛苦为自己的忧虑，以他的胜利为自己的目标。几千年来，女人的角色早已被男权时代所定格，虞姬别无选择。刀剑中躲闪、

战场上穿梭，她只能乖乖扮演英雄身边的美人角色，想的只有霸王，根本无暇思索自己的价值，只有夜深人静时才能真正做回自己，她开始思考作为英雄身边的女人，只能永远丧失自我，世人看到的只是英雄，而她终究会被后人遗忘，她的任何付出都抵不过英雄的丰功伟绩。英雄身不死，美人已迟暮，冠冕只有一个，只会被戴到英雄头上，与她毫无关系。她得到的仅仅是一个封号，而后终身待在深宫内院，消耗自己仅存的青春，眼看窗外花开花落，院墙只会显得愈发深沉，寂寞比岁月长，静待自己老去。从相濡以沫到逐渐厌弃，她会看到无数流星飞进曾经专属他们二人的天际，却再也不见他的身影，太阳不再照耀，皓月失去光辉，世界一片灰暗，她自此郁郁而终。一代美人终究逝去，仅存一声叹息。

这并非虞姬夜幕笼罩之下的遐想，而是男权社会女人命运的真相，然而，她的这些想象随着"四面楚歌"的出现化作泡影，英雄面临绝境，流下眼泪。虞姬既可怜自己，又对这一处境无可奈何，那曾经力拔山、气盖世的英雄，那轮骄阳即将坠落，她决定做一次自己，成就英雄一世英名，满怀哀痛准备自刎，却听到他说："你留在后方，让汉军士兵发现你，把你献给刘邦吧。"这句话深深地刺痛了她，彻底熄灭了她对霸王最后的留恋，她终于知道自己在这个日夜陪伴、追随十载有余的人心中毫无立锥之地，于是，虞姬笑着拔剑自刎。她的笑与爱情无关，而是对霸王的失望和男权社会的讽刺。她想要做一轮皎洁的明月，虽然不甚光亮，也没那么温暖，当离开远处反射过来那道灼伤了她心的光时，她需要闭上眼睛，听听自己内心的声音，她淡淡地说："我比较喜欢那样的收梢。"霸王不解，因为他根本不懂她，不在于这短短的一句话，终其一生虽同床共枕，依然不懂。虞姬的死充满无奈和心酸，同时也是一种无声的反抗。

读完张爱玲笔下的《霸王别姬》，我们会被字里行间洋溢的虞姬与霸王之间缠绵凄美的爱情所感动，甚至不知不觉间会将目光从仿若骄阳的霸王身上转移到渐失光晕的虞姬身上，似乎看到了嘴角挂笑却一眸冰泪的虞姬。然而，1936年由郭沫若创作的《楚霸王自杀》，却完全是另一番味道，被称为霸王的项羽不再被赋予英雄的角色，而是一个集鲁莽与蒙昧于一身的盗匪形象。郭沫若创作的初衷是剖析霸王一步步走向绝境，最终宣告失败的根本

原因，因此，他将侧重点放在"乌江霸王自杀"一幕，关乎成败，不论美人。其实，小说中的主人公并非霸王，而是那个假冒亭长，他原本是一个无名书生，假意护送霸王回江东，实则途中伺机行谋杀之举，他知道此时的霸王已然失去民心，作家此番设计，是为了表达知识分子怀抱一腔热血，想要救国救民的思想动机。假借书生之口，作家总结出霸王失败只是时间早晚的问题，空有王者野心，善妒而不学无术者，谈何称王。另外，他为达目的不择手段，欺凌百姓、毁损民房、火烧阿房宫、抢掠民女、诛杀降兵，甚至焚毁秦人遗留公书。所谓得民心者得天下，他的这些举动切切实实地寒了民心，同时损害国力、破坏文化，暴虐的行径堪比秦始皇，曾经登高而招云者集、顺风而呼闻者彰的英雄，而今俨然一个孤家寡人。这可以从他败退途中百姓的反应看出，人们像躲瘟疫一样快速逃避，更别说箪食壶浆了，他在百姓眼里已然是一个不折不扣的施暴者。然而，他并未低头反省，而是认为这是上天的捉弄，这些愚蠢的百姓和恶劣的天气都是上天要灭他的手段。最后的最后，一代君王身边只有一个白面书生，一个那么敬重、爱戴他的读书人，一个全然不顾自身安危冒充亭长欲杀他而后快的读书人，但是，霸王自知无颜面见江东父老，把船让给受伤的将士，放弃唯一的退路。霸王此番举动感动了书生，他看到暴君那颗铁石心肠竟还存留一处柔软，于是他改变了主意，霸王最终自杀。他并不认为项羽的自杀是英雄之举，他知道霸王想在生命的最后时刻将自己扮成英雄，这样看来，他的这一举动，与国家无关，只是为了自己，仅此而已。小说在结尾写道："一个无名的读书人，领导着一位骑在马上受了伤的战士，替他带着长矛，拿着盾牌，从死尸中踏过，登上他们做人的路上去了。"故事中的白面书生，或者称为读书人，实际上是知识分子在那一时代所扮演的启蒙者，担当引路人的角色。

我们看到，张爱玲和郭沫若这两位作家关于霸王项羽的描述，他们不约而同地选择霸王人生最悲壮的时刻进行整理、加以阐释，他们摘除了霸王头顶的光环，唯一不同之处是两位作家的关注点截然不同，这是由于他们社会地位和性别身份造成的差异。张爱玲生于封建官僚家庭，长期生活在上海，一个守旧落魄的父亲，一个开明独立的母亲，她就是在如此截然不同的双亲和这样矛盾丛生的环境中长大的，随着年龄的增加，她尚未知晓何为国家责任感时，就已尝到性别的歧视和生存的艰难，因此，面对日渐动荡的民族，

她选择叙述虞姬的命运，将默然无声的虞姬拉到历史前台。作为女人，同时也是社会权力的边缘人，张爱玲更加关注在男权社会中求生存的女性，对于自身的生命价值，她们只能默然无语，作家坚决反抗传统社会设定在女性身上的角色，通过故事中的虞姬之死来追问女性的真实社会地位，粉碎了大多女性梦寐以求的"常伴君王侧"的幻想，殊不知久居深宫内院的"王妃""皇后"，身穿华衣美服，头戴玲珑桂冠，实际却是承受着无尽的孤独，庭前花开花落，只见青春耗尽，奈何趋之若鹜。其实，飘飞于五四时期自由平等和个性解放的暖风细雨已然洗净了张爱玲那颗落满浮尘的心，然而，涉世不深的她，面对母亲独立自主的新时代女性思想实在不知所措，她已经感受到了生活的悲哀苍凉，关于理想主义的字眼也依稀出现在她的耳畔，她尚未懂得白流苏的百般忍耐，也未曾学会曹七巧的各种坚硬，因此，她决定让虞姬从美梦中彻底苏醒，看清虚无缥缈的风景，将凄美的笑留在人间。在张爱玲笔下，虞姬是唯一一个理想主义与浪漫情怀并存、精神高贵与心灵自由同在的女性。张爱玲在作品中自喻虞姬，生于男权社会，只能委曲求全地去依附男性，反射男性的光芒，无地位、无权利、无自由，借助虞姬的反思，表现出男性霸权社会女性们对自己未来命运的担忧，想象着在不远的将来自己或许会像虞姬一样失去自己，短暂的一生活得毫无价值。

我们从文坛巨匠郭沫若创作的霸王项羽的故事中可看出他在不停地书写国家危亡，作为现代知识分子的他，为了民族利益不惜抛下妻儿投身国家建设。早在20年代时他就知道，个人在面对现代国家建立的大任中是多么的渺小和有限，唯有依靠集体力量，即使身单力薄，他依然从未放弃，而是与所有关心民族命运的知识分子一样，主动去构筑现代中国的意识形态话语，借助小说、戏剧的缓慢渗透，渐渐被大众接受，进而传播他始终坚定的思想。虽然项羽未曾获得帝王的名分，但在楚汉期间，却一直行使着帝王的权力。即便如此，高举反帝反封建旗帜的郭沫若也不会选择将知识分子的远大志向寄托于这个有实无名的帝王身上。因而，他在作品中将项羽设立在被审判的前台，批判他的个人英雄主义，书写英雄末路的凄惨，还超越史实记载设置了亭长这一角色作为审判者，他是一个充满文人气质的白面书生，担任作家的形象代言人，担负评判和引导霸王的重任。随后，郭沫若在历史剧《屈原》

和史学论文《甲申三百年祭》中,仍旧不忘知识分子的使命,屈原被赋予诗人与官吏的双重身份,作家通过他的形象来树立伟大的民族精神。原是读书人出身的李岩,最后成为揭竿而起的农民起义英雄,同时是在强调历史变动中知识分子的重要性。作家在《楚霸王自杀》中表现出男性精英知识分子在面对民族危机时希望能够扛起责任去竭力完成历史使命的期盼,希望能够在抗日救国的时代洪流中发挥一己之力,希望能够与知识分子的大集体同仇敌忾奋勇抗争,这是心怀国家存亡与民族命运的他们在当下与未来的处境中对自己社会地位和潜在作用的强烈自信,国家安康,死又何妨。

中国古代四大才女之一的卓文君,智勇与才情兼备,她与司马相如的爱情曾被许多人津津乐道,时代辗转、斗转星移,他们的爱情故事渐渐成为美丽的传说,其中,关于"文君夜奔"的记载,郭沫若曾言:"有许多的文人虽然把它当风流韵事,时常在文笔间卖弄风骚,但每每以游戏出之,即使不道德的仍认为不道德,不过也觉得有些味儿,可以供自己潦倒的资料,决不曾有人严正地替她辩护过,从正面来承认她的行为是有道德的。"我们可以看到,郭沫若笔下的《卓文君》和沈祖棻创作的《茂陵的雨夜》都是不约而同地从卓文君的立场出发,竭力为她辩护。郭沫若的作品表现出浓重的五四时代张扬个性、反对封建礼教的色彩。他笔下的卓文君是一个独立新女性,拥有自我思想意识,勇于追求男女平等,她完全不顾严守传统的父亲和道貌岸然的公公阻挠,大胆选择和决定自己的婚姻,嫁给书生司马相如,即使他家徒四壁、贫病交加。郭沫若的创作加入了诸多关于社会现实与历史内涵的元素,他所塑造出的卓文君是一个有着叛逆性格的反抗女性,这不仅仅是对女性的鼓舞,更是对女性化社会以及民族的呼唤:"男性中心的道德在第一阶段把女性化成了猩猩,而在第二阶段把男性化成了女性。像我们中国这样的国家真可以称为'母国'的呢!我们已经到了这个境地,难道还能甘心堕落,一点也不想自我拯救吗?"沈祖棻在创作中,有意避开社会矛盾,直接贴近卓文君的内心,倾听她的情感表达,揭开理智与情感之间的那不可调和的矛盾,此时的卓文君不再充当社会反抗者的角色,而是作为自我挑战者的角色现身。作品的侧重点放在茂陵雨夜,卓文君为司马相如的健康考虑选择与之分居,而后辗转反侧。对彼此的思念打破疾病与死亡的隔绝,在情感与理智的较量之下,情感大获全胜。生命诚可贵,但爱情终究是无价之宝,是

他们的一切。郭沫若的笔下，卓文君如快跑的母鹿奔向司马相如家的大门；沈祖棻的作品中，卓文君挣脱理智的捆绑，毅然走向司马相如的住处时，他正冒雨向她走来。这两位作家比起来，沈祖棻笔下卓文君的女性自主意识更加鲜明，对自我想法非常明确，挣脱内心枷锁，战胜外界拦阻，俨然一个具备独立自我精神的女性形象。

李拓之曾在1948年指出，现代历史小说的创作思路往往围绕着两个方向进行，其一，"创造"历史，即赋予历史人物新的意识类型，凭作者个人修养爱好，将历史传说加以修改，使历史迁就作者；其二，"发掘"历史，即发现历史人物的本来面目，以文献为根据，将原有记载加以启迪，使作者服从历史。对于这两种写作方法，第一种是嵌入式的，主观性较强；第二种则是抽出式的，客观性不可忽视。大致浏览现代文学30年以来关于女性人物的叙事方式，可以看出，20年代的作品中，女性在创造历史，30、40年代的文学作品中，女性在挖掘历史。面对现代民族进程中的反帝反封建体制，随着时代的召唤，女性历史人物纷纷走出尘封已久的历史，竭力展现她们的飒爽英姿。社会知识分子的关注点逐渐调转到女性历史人物身上，她们仿若珍宝被不断发现，顺应时代精神和个人追求，在女性人物身上日益发现了他们期盼已久的理念，他们借助历史故事和神话传说来宣泄现实，试图寻求现实的力量。我们从现代文化的发展状态来看，关于历史性的叙事，女作家参与其中的可谓寥寥，处于那一时期的她们仍然缺乏属于自己的话语体系和思想资源，女性主体建构一方面需要漫长的时间和合适的机遇，另一方面需要建立女性历史谱系的力量和自信，因此，不得不默默隐忍，将这一权力拱手相让给男性作家。即便如此，关于女性历史的叙事，我们在那屈指可数的女作家身上仍旧能够发现明显的性别差异。无论是个性飞扬的20年代，抑或是同仇敌忾的三四十年代，女作家叙述的对象依然是女性命运及其情感世界，书写她们对于自我生命的无奈和心酸，对浪漫爱情的渴慕与追求。随着女性的加入，中国现代文学的历史人物叙事，由男性独白转变为两性对话，显得更加丰富和圆满。

第三章　女性主义文学理论及中国女性文学的发展

众所周知，中国文学有着源远流长的历史，中国女性文学的发展亦是经历了数不清的刀光剑影和压抑隐忍，几多血泪点滴成海才终于有了微弱的说话权利。关于女性文学的"前世今生"，我们先从传统的女性主义文学理论出发，详细了解文学批评的多元模式，面对以男性为中心的传统文化，女性文学历经了何种血雨腥风，女性主义作家们冲破层层阻碍最终完成女性形象变革，我们需要用心去体会这一艰辛的历史过程。中国女性文学的发展是一条色彩斑斓的路，遍布其上的是永远无法磨灭的历史印迹。

第一节　女性主义文学批评的理论资源

20世纪的中国女性文学与西方女性文学理论有着非常微妙的关系。西方国家在20世纪60年代前后爆发妇女解放运动，原因是妇女们不满现有制度之下的就业、教育、政治、文化等领域的现状，这些不满最终上升到妇女本质和文化构成，最后诞生了女性主义批评理论。这一理论流派非常繁杂，既有以弗吉尼亚·伍尔夫、西蒙娜·德·波伏娃和贝蒂·弗里丹为代表的传统女性主义理论，又有多元模式的女性主义文学批评理论，该理论与其他文艺思潮和流派都有一定的联系，包括马克思主义女性主义文学批评、精神分析女性主义文学批评、后殖民女性主义文学批评、后现代女性主义文学批评和生态女性主义文学批评等。

一、传统女性主义理论

传统女性主义理论的衍生地主要有英国、法国和美国这三个国家，其中有三位理论家对传统女性主义理论的影响最为深远，代表英国的是弗吉尼亚·伍尔夫，创作了《一间自己的屋子》；代表法国的是西蒙娜·德·波伏娃，创作了《第二性》；代表美国的是贝蒂·弗里丹，创作了《女性的奥秘》。

（一）弗吉尼亚·伍尔夫的《一间自己的屋子》

1929 年弗吉尼亚·伍尔夫发表了《一间自己的屋子》，这一作品被誉为女性主义批评的奠基作，通过对作品的研读，我们清楚地感受到作家的女性主义思想。"一个女人如果想写小说一定要有钱，还要有一间自己的屋子"，这是作品表达的核心。不难看出，这里的"钱"和"屋子"是女性创作的必要客观条件。"自己的屋子"在这里当然不是指一个居住空间那么简单，而是女性文学的创作空间、生存空间、发展空间，甚至包括受众的接受空间。女性经济地位缺失，享受不到良好教育，缺乏积累丰富阅历的机会，周遭的法律和习俗给她们的感情生活带来巨大限制，这些都在一定程度上阻碍了女性文学的发展。父权制文化对女性有较强的强制性，禁止女性有独立的思想。同时，它还发挥着潜移默化的作用，女性长期居于文化环境之中，将那有悖于自身的价值标准逐渐内化为自我价值。伍尔夫称这些女性称为"房间里的天使"。由此可见，女性文学传统虽然存在，但却受制于父权制权威，这在客观上造成女性创作更加举步维艰，形成恶性循环。

除此之外，伍尔夫还提出"双性同体"的观点，即每人都有两种力量支配，男性力量与女性力量，两种力量和睦相处。人是女性化的男性抑或是男性化的女性。因此，伍尔夫认为，伟大的艺术家如莎士比亚、斯坦因和柯勒律治等都具有双性气质。同时，伍尔夫指出，由于女性的自我处境及观察事物的角度不一样，使得女性文学在题材选择、语言表达和风格上展现出与男性文学的差异。我们可以看出，伍尔夫在追求两性和睦的双性同体时，一方面强调自我性别意识，另一方面还肯定女性创作，这两点自相矛盾。尽管如此，伍尔夫的女性主义理论依然呈现出内涵丰富的特点，深刻地启发着女性文学的创作。

（二）西蒙娜·德·波伏娃的《第二性》

西蒙娜·德·波伏娃是法国当代最著名的女性主义批评家，代表作品是《第二性》，该作品是经典女性主义文学理论的充分表达，她运用大量哲学、心理、历史和文学材料对女性自由进行证明，指出阻碍她们获得自由的并非生理条件，而是政治和法律的桎梏。这一观点的出现，极大地影响了世界范围内的女性运动。

波伏娃对存在主义观点进行总结吸收，研究女性关于生物学、心理学和社会历史等方面的内容。波伏娃通过人类社会历史的研究，指出女性的地位被无限降低，女人只是男人的参照物，她们的生活状况决定于周遭生存环境，尤其是与经济地位直接相关，她们经济不独立，为了自身生存往往依附于男性，将父权制文化的价值取向作为自己的行为准则，安于现状、委曲求全，父权制文化就像女性脊背上的一座大山，使她们抬不起头来。因此，女性的真正解放在于她们自身是否果敢独立，尤其是经济上不再依附男人。波伏娃的理论一方面猛烈冲击了西方传统文化，另一方面对女性主义理论的后续发展也产生了深远影响。

（三）贝蒂·弗里丹的《女性的奥秘》

贝蒂·弗里丹是美国当代著名的社会改革家，也是女权运动的领军人物。她创作的《女性的奥秘》一书，竭力倡导女权运动。随着第二次世界大战的结束，男性归来重新占据社会主体地位，女性回归家庭主妇的角色，然而，战争期间的绝大多数工作岗位上均是女性，一时地位丧失使得妇女们愤愤不平。弗里丹通过《女性的奥秘》这部著作严厉抨击社会设置给女性的贤妻良母身份，她鼓励女性首先要认清自己，还要看清男权统治的真相，提倡女性把个人的经历与整个社会意识形态联系起来加以思考，每个人的经验都有相似性，最后就会明白这并非个人问题，实际上是一种被人为化的社会问题。因此，女性必须要提高自身认识。弗里丹对女性奥秘的价值持肯定态度，遗憾的是，女性无法认识自己。弗里丹就当时美国社会女性的地位提出控诉，通过大量资料和社会调查揭露妇女问题的实质，驳斥限制女性发展的现状，提出女性应与男性地位平等。《女性的奥秘》在很大程度上促进了第二次女性运动的发展。

以上著作拓宽了人们的视野，改变了人们自始至终戴着"男性眼镜"来看待女性的恶性循环，同时也推动了女性主义文学批评的迅速发展。

（四）其他女性主义经典著作

除了以上三部女性主义经典著作外，还有诸如桑德拉·吉尔伯特和苏珊·古芭合著的《阁楼上的疯女人》、埃莱娜·西苏的《美杜莎的笑声》等。吉尔伯特和古芭的《阁楼上的疯女人》是20世纪女性主义文学批评的

典范之作，批判当时社会把艺术创造性列为男性的特征，与女性无关，女性只能在文学中充当男性幻想的角色。女性作家在创作作品时也必须严格遵循父权制标准，这就使她们处于矛盾中，既有顺从标准的一面，又在不知不觉间破坏着这一标准。除此之外，这两位创作者对 19 世纪一些女作家的作品进行解读后发现，这些作品有着明显的相似之处，都有着相互关联的主题形象，如传统父权制束缚下的作品除了"封闭和逃跑的形象"外，还有大量的疾病描写等，这些内容都是女作家创作心理的具象化，就如"疯女人"实际上说的就是作者本人，作家要表达的是她对现状的忧虑与愤怒。传统的社会学批评对《简·爱》进行分析后，一致认为《简·爱》是有着女性反抗意识的作品，两位批评家则认为《简·爱》是女性主义最富于启发性的研究范例，她们将探寻的目光投向罗切斯特的前妻，这个被囚禁在阁楼上的疯女人，这个角色过去只是为渲染气氛而存在，而后发现了潜藏在作品中的深层意蕴，疯女人实则是男权社会压迫下的女性生存状态，她们被无情隔绝，丧失话语权，这个形象才是作者内心深处想要表达的女性真实状态。

二、女性主义文学批评的多元模式

20 世纪 80 年代以来，女性主义文学批评呈现出百花齐放的局面，包括马克思主义女性主义、精神分析女性主义、后殖民女性主义、后现代女性主义和生态女性主义等等。

（一）马克思主义女性主义文学批评

马克思主义女性主义文学批评是西方女性主义研究的一大流派，主要从女性主义的思维视野、文化原则和批评精神出发，借鉴马克思主义妇女理论的一些观点，全面考察妇女在文学领域中饱受压迫的缘由、她们自身与社会生产之间的关系、妇女解放的条件等问题。根据不同的学术纹理和研究对象，马克思主义女性主义文学批评在一定程度上修正了马克思主义妇女理论，主要体现在以下几个方面：

首先，马克思主义女性主义者认可经济因素对妇女的压迫，但除此之外还有意识形态、性别差异、社会结构和文化制度等，将这些因素加以综合，就是女性在文学作品中饱受压迫的根源。

其次，马克思主义女性主义者强调家务劳动是社会生产的重要组成部分，妇女在家务劳动中所体现出的价值不容忽视。全面重视妇女生产的意义，才能从女性哲学、社会心理及人类发展史的高度对女性给予解读。

最后，马克思主义女性主义者认为性别差异原是自然状态，只是它所带来的不平等后果要及时消除。

整体来看，马克思主义女性主义文学批评的社会性特征较为明显，强调女性群体的社会属性，这一理论集现实性与思想性于一体，内蕴张力过大，这就使得这一阵营内众说纷纭，认识上不统一，最终造成相互矛盾。

（二）精神分析女性主义文学批评

20世纪末，从精神分析的角度研究女性主义的学者开始涌现，她们运用弗洛伊德与拉康的精神分析学说，开创精神分析女性主义文学批评学说。他们的研究切入点丰富，但最终目的还是归结于女性与叙事之间的联系。有的人甚至从人的结构出发，对女性的身体、语言等潜意识层面进行考察，并且以此为切入点探讨女性与语言、写作之间的关系。早期的精神分析女性主义批评者有西蒙娜·德·波伏娃和贝蒂·弗里丹等，后期有埃莱娜·西苏和朱丽亚·克里斯多娃等。女性主义批评者一方面批判精神分析学中的"阳物崇拜"，另一方面提出"女性话语""女性写作"等理论。

早期的精神分析女性主义文学批评者不再强调男女平等，而是主动承认性别的差异，更多重视女性的心理，关注女性思维的独特性，对男性创造的符号秩序开始排斥并拒绝。她们严厉攻击弗洛伊德和拉康学说中的"阳物崇拜"，绝对否定男尊女卑。后期的精神分析女性主义者大多受拉康影响，她们借助精神分析学说中的语言和欲望理论，提出"女性写作"。西苏的《美杜莎的笑声》和克里斯多娃的《诗歌语言的革命》都在阐述和倡导要根据女性的特征来建立一种新的秩序，主要是在文学创作领域开辟全新的为女性量身订制的理论体系，在这种体系中更加强调创作主体，以及叙事的方式和话语的特点。

精神分析女性主义文学批评的目的是为了将女性从父权制话语的压制下解放出来，重视女性的主体地位，精神分析女性主义文学属于当代女性主义文学批评的一个重要流派。

（三）后殖民女性主义文学批评

随着历史不断向前推进，女性主义文学批评与后殖民批评逐渐联合，它们有着共同的基础，表现的关注点一致，它们都着眼于强权之下的弱势群体，同时，二者都重视语言，认为语言可以有效推翻父权制霸权。此外，这两种批评在身份及差异理论上也表现出一致性。后殖民女性主义一方面担负着批判西方主流殖民话语和女性主义理论的重任；另一方面还需要建构属于自己的理论范式和分析方法。代表人物有加亚特里·斯皮瓦克、钱德拉·塔尔帕德·莫汉蒂、贝尔·胡克斯等。

"话语""身份"和"主体"这些词汇在后现代语境中反复使用，后殖民女性主义批评家们把这些词运用得更具战斗性。"话语"一词的频繁使用，主要受福柯的权力／知识理论影响，加亚特里·斯皮瓦克则是着手于话语层面去阐述权力与知识的关系。"身份"在狭义上主要是指个性特征，是一个人区别于其他人的本质特点；广义上则是指同一特征，是个人与群体得以建立联系的共同特征，如"种族身份"等。"主体"反映被压迫者对自身身份的认知及反抗统治的能力。女权主义者贝尔·胡克斯认为，以《女性的奥秘》为代表的西方女性主义理论中存在的种族主义观点颇多，强调白人至上，建立白人妇女为主体的女性主义理论，忽视其他族裔。后殖民女性主义批评将侧重点放在创造自我和建构主体上，既是女权运动的终极产物，又是后殖民主义理论的必然结果。既源自主流女性主义批评，又游离其外而独具特色。

（四）后现代女性主义文学批评

到20世纪80年代，后现代女性主义文学批评流派形成，该流派继承了后现代主义的诸多传统，如反对宏大叙事，否定二元对立，强调多元性、异质性及边缘性等。

首先，否定所有宏大叙事。后现代主义代表人物利奥塔指出，所谓"后现代"指的是对一切元叙事的怀疑。后现代女性主义批评家在此基础上，对那些宏大理论进行批判。所有的文学理论从启蒙思想开始就一直标榜它自身的普遍性和性别中立性，后现代女性主义者则认为，这些理论都深受父权制社会影响，注重男性文学，忽视女性文学。

其次，否定二元，强调多元。后现代女性主义文学批评认为形而上学的

二元对立与性别中立并无直接关系，它只是男性中心主义在意识形态上的反映，有公共与私人、理性与情感、强壮与柔弱、勇敢与胆怯等一系列对立层面的划分，将男性列为优等，女性划为卑贱。因此，后现代女性主义文学批评家指出社会中存在的性别不平等现象是受二元对立逻辑的影响。同时，女性主义批评者提倡多元思维，除了中产阶级白人女性，还可以听听蓝领女性、黑人女性等的声音。

最后，反对本质主义。本质主义认为，事物都具备内在、固定且普遍的本质，后现代主义的观点与之截然相反，他们认为自然与人性之间并非固定不变的关系，它们在不同的社会文化和历史背景影响下表现出明显的不同。因此，后现代女性主义批评否定本质主义，不再追求男女平等，而是强调男女性别差异。

（五）生态女性主义文学批评

生态女性主义是在女权运动与生态运动的结合下形成的，它从性别的角度来看待生态问题，目的是解放女性与自然，它批判父权制统治，指出女性文化有利于解决生态问题。

生态女性主义认为女性的压迫与人类对自然的压迫有直接关系，女性与自然之间存在一定的相连性，一方面，自然孕育万物与母亲哺育子女有着相似性；另一方面，从女性身体的特征出发，女性有着被动和柔弱一面，需要理性和强壮的男性主动来引导。因此，生态女性主义者提出，推翻父权制社会是实现女性自由和解放自然的关键。

由于理论方法和认识途径的不同，生态女性主义逐步分为文化生态女性主义、社会生态女性主义和哲学生态女性主义，这些流派侧重点各有不同，文化生态女性主义重在强调女性和自然所受压迫的文化根源，指出改变文化精神即可获得女性和自然的双重解放；社会生态女性主义则是强调女性和自然所受压迫的社会根源，认为改变社会制度包括经济制度和政治制度，就可实现女性和自然的解放；哲学生态女性主义指出，对女性和自然的控制决定于共同观念，只要打破这一观念，就可获得解放。可见，生态女性主义理论既是女性主义理论，又是生态伦理学说，是多元文化的一种。

生态女性主义文学借鉴女性批评和生态批评的方法，从自然和女性的双

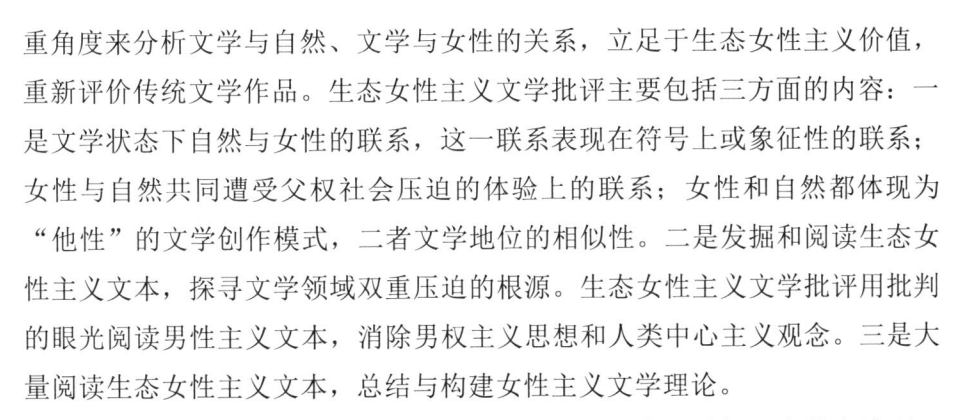

重角度来分析文学与自然、文学与女性的关系，立足于生态女性主义价值，重新评价传统文学作品。生态女性主义文学批评主要包括三方面的内容：一是文学状态下自然与女性的联系，这一联系表现在符号上或象征性的联系；女性与自然共同遭受父权社会压迫的体验上的联系；女性和自然都体现为"他性"的文学创作模式，二者文学地位的相似性。二是发掘和阅读生态女性主义文本，探寻文学领域双重压迫的根源。生态女性主义文学批评用批判的眼光阅读男性主义文本，消除男权主义思想和人类中心主义观念。三是大量阅读生态女性主义文本，总结与构建女性主义文学理论。

作为一种"生成中"的文学批评，生态女性主义文学批评自然也遭到一些质疑。不过，当今环境问题成为人们的关注点，正是因为这一点，生态女性主义文学批评的研究前景还是比较乐观的。

第二节　中国女性文学的发展流变

随着时代的不断推进，对于以"男性为中心"的传统文化而言，女性只能作为文化等级中从属于男性的第二性而存在，这可以从一些古典文学作品中探寻一二，比如《水浒传》《金瓶梅》《三国演义》等，它们在故事题材上不尽相同，创作主旨亦无半点相似，只是每个故事所刻画的女人都是男人的附属品，都会遭受不同程度的侮辱、谩骂和虐待。从这些著作中我们可以看出，男性借助文学创作施加给女性的语言暴力，以及父权制社会对女性的歧视昭然若揭。

在朝代的更迭中，抗争男权思想文化的想象也时有发生，从晚明开始，传统文化的性别反思就进入深度发展时期，代表人物有李贽、袁枚、曹雪芹、吴敬梓和李汝珍，他们借助文学创作来揭露女性的生存状况，批判男尊女卑的不合理。李贽通过《答以女人学道为见短书》来表明自己的观点，男女智力并无高下之分，至于见识长短则取决于后天环境。《夫妇论》一文强调"二"元素平等相依，否定一元独断。到清代中期，李汝珍在《镜花缘》中虚构一个女尊男卑的"女儿国"，引导人们尝试换位思考，批判现实对女性的压制。李汝珍认为，应解除对女子的压迫，让她们与男子一样接受教育，正常参加社会活动。这些男性作家重新阐释儒家经典，敢于质疑不合理的性别限定，

想要建立中国性别文化的反思传统。

随着鸦片战争的结束，中国知识分子深受西方国家的人权及女权思想影响，维新志士康有为、梁启超等以拯救国家危难为目的，认为妇女解放对于维新事业的发展至关重要。维新人士全然反对妇女缠足这一陋习，引导女性勇敢追求身心解放。同时，女权启蒙者成立了女子团体，出版女学报，创办女学堂，造就了历史上第一批接受现代教育的知识女性。到五四时期，各地纷纷成立妇女团体，如女学会、女界联合会和女子参政协进会等；创办一系列报刊，如《女报》《女学报》《女子世界》《中国女报》等。这些组织和刊物都在强调男女平等，呼吁女性大胆走出家门，积极投身社会革命。1898年，中国第一所女校在上海成立。

20世纪初，中国的女性文学取得了不小发展，它的兴起除了受西方思想影响之外，还与中国本土的文化思想和社会经济有关。封建经济在19世纪末面临解体，资本主义工业生产迅速发展，随着社会生产力和生产关系的大幅调整，妇女开始进入生产领域，从事社会活动，获得经济独立，逐渐产生自我意识。

在五四时期女权思想的影响下，中国现代女性文学逐渐产生，先驱人物为秋瑾。秋瑾积极投身反清活动，参加同盟会，创办《中国妇女报》。她在创作中将目光从妇女个人生活转向社会公共生活，充满忧患意识和爱国之情，代表作有《杞人忧》《感事》《同胞苦》等，都表达出自己对祖国的眷恋和担忧。除此之外，关于妇女的真实生存境遇也是她的创作主题之一，她借助文字不断强调女性要追求自我解放，敢于反抗封建礼教。从秋瑾的作品中可以看到强烈的女性主体意识，这不仅有助于中国女性文学品格的重构，也为旧的女性文学向新文学迈进铺平道路。

秋瑾的文学著作可以作为现代女性文学的先声，20世纪大陆女性文学的发展经历了四个时期。

一、五四时期

五四运动继承和发展了晚清的女权思想，一些知识分子如陈独秀、李大钊、胡适和鲁迅等重新审视两性关系，认为对封建礼教和伦理道德最好的抨击就是解放妇女，提倡人权平等，使女性获得经济解放。鲁迅指出，经济方

面的缺失会让女性出走后陷入堕落与回归两种境遇。经济限制了女性追求自由的权利，仿佛无形的枷锁将她们圈禁在狭小的区间里。

五四时期的启蒙主义者高喊着"民主自由""个性解放"的口号，冰心、庐隐、凌叔华等一批女作家借助文学作品写出女性心声，将她们真实的婚姻与人生状态跃然纸上，掀起了现代女性文学创作的首次高潮。她们在著作中融入解放、平等、自由等字眼，彰显出独具特色的启蒙文化。

首先，五四时期的女作家具有强烈的性别平等意识。冰心通过《两个家庭》《斯人独憔悴》等小说抨击重男轻女，倡导男女平等，揭露女子缺失教育的危害，强调女子理应享有教育权。

其次，五四时期的女作家恰逢青春年少，恋爱和婚姻的话题必不可少，处于这一阶段的她们所创作出的作品最能反映女性性别意识，通过文字宣扬恋爱自由和婚姻自主，呼吁女性大胆追求爱情，反对封建社会的包办婚姻，彻底告别父母之命、媒妁之言的"被婚姻"，将这一时期女作家们强烈的时代叛逆精神展露无遗，女性的自我解放意识开始慢慢苏醒，人格尊严和共享权利得到捍卫。

再次，五四时期的女作家们发现，进入社会的女性所生存的区间仍然狭小灰暗，不平等现象并无多大改观，恋爱自由和婚姻自主尽管都已实现，但生活却依然不幸福。庐隐通过《蓝田的忏悔录》《前尘》《何处是归程》等作品，揭露出那些告别个人家庭生活的女性，面对根深蒂固的封建礼教和无所不在的男性意识，依旧感到无比迷茫。

最后，五四时期的女作家们所创作品中也有很多关于女性情谊的，通过同性结盟来抗争封建礼教对女性角色的限定，关于女性友谊的书写比比皆是，同为女人，自知孤苦无依，同性情谊促使她们结成同盟，与男权压迫竭力对抗。

二、20世纪30—40年代

中国女性文学在20世纪三四十年代获得了大发展，面对不断加剧的阶级矛盾和民族战争，"启蒙"逐渐被"革命救亡"所取代。女作家们从五四时期的青春萌动中豁然苏醒，开始忧心国家危亡和民族命运，性别意识也随即与民族意识紧密交织，形成新的时代特色。身处沦陷区的张爱玲、苏青等女作家开始关注女性日常心理和生存状态，与五四时期的女性文学相比，这一时期的女性文学更加成熟，风格愈发多样，既有激进型女作家，又有学者型女作家；既有书写都市传奇色彩的，也有描述解放区革命意识的；既有长征女战士，又有进步女青年。这些女作家们散居于不同区域，属于不同派别，虽然政治信仰与文学追求不尽相同，但都是从女性的思维方式着手，以女性的眼光去感受生活。这一时期的著名女作家有丁玲、萧红、张爱玲等。她们在作品中突破书写禁区，大胆揭示女性欲望，竭力体现女性意识。这些作家们对女性欲望的描述，明显超越五四时期的女性作家，她们对女性欲望给予充分肯定，认为这种正常的生理需求原是以世俗价值观为基础。

除此之外，底层百姓生活也是这一时期女性文学的关注点，女作家脱离五四时期的女儿情怀，转向书写社会大众，将女性问题与民族解放相融合，关心社会底层女性，述说她们的悲惨命运。罗淑通过《生人妻》来反映农村的"典妻"陋习，着重刻画"典妻"前后女人的心理变化。葛琴通过《一个被迫害的女人》揭示社会底层女性的生存悲剧。萧红通过《王阿嫂的死》和《生死场》等作品将劳动妇女的生活惨状表现得淋漓尽致，这种悲惨来自四面八方，有的来自阶级压迫和民族危机，有的来自家庭虐待和疾病生育等等。随着30年代革命文学的发展，女作家们作为书写革命的女性，举起女性革命的大旗。丁玲的《韦护》属于经典的革命系列爱情题材。白薇的《打出幽灵塔》和《炸弹与征鸟》中的女主人公，将革命看作自我拯救的有效途径。到40年代，一些女作家将创作主题转向"救亡"，民族悲歌与女性情感交织在一起，如罗洪的《践踏的喜悦》、赵清阁的《花木兰》等。这一时期的女性文学开始关注女性生命经验，以女性作家对于生活的感性经验为出发点，构建女性独有的创作基调。30—40年代的女作家们深切感悟生命，将女性的生育苦难呈现于人前，表现出女性主体精神的不断成长。萧红作为一位感性的女作家，与当时的文学主潮保持距离，她将女性的身体经验反复呈现出来，从真实的性别感受着手，指明女性的苦难除了民族压迫和阶级压迫，还有明显的性别压迫，女人们的地位太过卑微，男权社会的重压使得女人成为奴隶的奴隶，面对外在的各种压迫，她们还不得不承受生育之苦。

这一时期女性文学的关注点有对人性真相的开掘，还有对现实生活的揭示。张爱玲选择一条与萧红一样的写作路线，远离社会主潮，关注大时代中

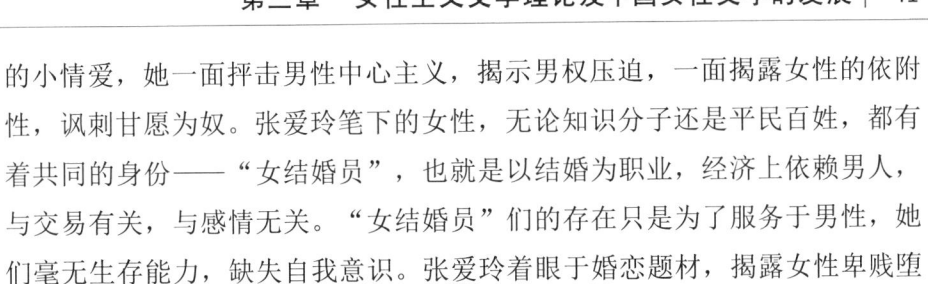

的小情爱，她一面抨击男性中心主义，揭示男权压迫，一面揭露女性的依附性，讽刺甘愿为奴。张爱玲笔下的女性，无论知识分子还是平民百姓，都有着共同的身份——"女结婚员"，也就是以结婚为职业，经济上依赖男人，与交易有关，与感情无关。"女结婚员"们的存在只是为了服务于男性，她们毫无生存能力，缺失自我意识。张爱玲着眼于婚恋题材，揭露女性卑贱堕落的生存境况，正视女性甘于沉沦的心理痼疾，体现女性主体意识的成长。

总体而言，30—40年代的女性文学所呈现出的是自我情欲意识、社会参与意识、女性生命意识及女性自审意识等，这与五四时期相比，显得更加丰富和成熟。

三、20世纪50—70年代中后期

随着新中国的成立，文学创作依然深受战争时期形成的文化规范影响，女性文学日益呈现出单一的结构状态，性别意识逐渐消失，文学创作进入低潮期。这一时期的女性，社会地位得到显著改善，女性开始享有选举权、教育权和婚姻自主权等权利。面对"男女都一样"和"女人半边天"的语言环境，获得解放的女性却失去自我，变成"花木兰"，独特的性别差异被抹杀殆尽。"花木兰"作为女扮男装的英雄，是当时社会意识形态下中性化女性的镜像。女作家们怀揣强烈的政治自豪感，讴歌党中央的领导，书写新时代的美好，如草明的《乘风破浪》、丁玲的《跨到新时代来》、白朗的《为了幸福的明天》、葛琴的《女司机》、江帆的《女厂长》等，这些作品都在塑造女厂长、女干部等女性形象，体现出明显的时代精神，遗憾的是，女性独有的性别特征却悄然消失于意识形态话语中。这一时期的女性冲破"男主外、女主内"的思想束缚，挣脱家庭的枷锁，毅然步入社会，成为女性文学描述家庭生活的主要手段。

这一时期的女性文学主要围绕战争时代的女性情感，作品着重书写的并非战争本身，而是其间挥之不去的友情、亲情和爱情的叙述。杨沫的《青春之歌》主要讲述知识分子林道静的成长经历，融入革命、青春、成长和爱情的主题元素，林道静的成长体现在对余永泽、卢嘉川和江华这三个男人的选择上，他们戴着拯救者和引导者的光环现身于林道静的生命中。林道静选择爱人是以政治正确为前提，从选择上可以看出主人公的成长。男性的拯救者

与引导者身份，体现出女性意识的消解。女性作家关于战争的书写多侧重于唯美的情感格调，就像茹志鹃所著的短篇小说《百合花》就是以战争为时代背景，描写一个年轻的通讯员与刚过门三天的新妇之间的人际交流，歌颂纯洁美好的情感。

虽然这一时期的女性文学呈现出一种较为压抑的状态，但创作中仍然不乏大胆直白表露情感的作品，诗人林子所创作的经典爱情诗《给他》就是典型。张烨在"文革"时期也创作了许多爱情诗，如《初恋的冷》《彗星》等，这些情诗借助极其细腻的描写手法来表现恋爱的微妙体验。还有女诗人灰娃的作品也值得一提，她写诗是在不惑之年，精神处于几近崩溃的状态，她的诗歌主题超脱政治时事，以独特的方式游离于时代之外，悄然进入神秘的诗歌世界，给人带来无与伦比的艺术美感。

四、20世纪80—90年代

20世纪80年代的女性文学进入繁荣期，文学创作与时代主流同步，女作家通过创作的方式竭力寻找女性的心声，她们关心女性的生存境况，渴望女性能够勇敢地走出自己的房间，获得人性解放，恢复自我意识。舒婷的《致橡树》正是这一时期女性爱情观的表达。"我必须是你近旁的一株木棉，作为树的形象和你站在一起。"诗歌中通过对"男女并肩而立、深情相对"的爱情描述，宣扬的是一种自由平等的独立爱情意识。张洁通过小说《爱，是不能忘记的》，讲述无爱婚姻的凄苦和无婚爱情的无奈，表达对理想爱情和完美婚姻的渴望。

女性在男女平等观念的影响下参与社会生活，为了跟男性一样干一番事业，不知不觉间忽略了自己的性别差异，由外而内地趋向于雄性化，这种性别错位给女性带来了迷茫和郁闷。张辛欣的小说《我在哪儿错过了你》，讲述一个女售票员迫于生计，戴上"男性面具"，最后将男子气质深入骨髓，因此错过自己心仪的人。小说通过社会对女性的高要求来质疑所谓的"男女平等"，步入婚姻的女性，不得不兼顾事业与家庭，在外争当"铁姑娘"，在内要当"贤内助"，这种双重角色同时也作为双重压力而存在，仿若两座大山，压在女人们的肩头，让她们苦不堪言。

新时期的女性文学侧重于消解男权霸权，建构母系文化。这一时期的女

作家推翻完美的男性形象，着重渲染男性形象丑陋的一面，如《祖母绿》中的左葳，《红蘑菇》中的吉尔冬，《无字》中的顾秋水、胡秉宸等，这些尽显自私卑鄙且毫无责任感的男性形象，表达了作者对男性的彻底寒心。铁凝在《麦秸垛》《棉花垛》《青草垛》《玫瑰门》等作品中，通过鲜明的女性主义立场，揭示女性面对男权压迫所回应的无休止抗争。池莉的小说则是借助叙事来拆解男性霸权，如《小姐你早》《生活秀》等作品，通过一个外表柔弱、内心强大的女性形象塑造，促使道貌岸然的男性及男权社会彻底垮台。

新时期以来的女性文学的创作结构也是多元化的，有关注日常生活的，有关心底层人物的，有乡土文学的，还有都市女性的。其中，都市文学中关于女性的生存状态成为新时期文学写作的重点，文学创作中的都市不再仅与地理有关，而是人物故事的所在空间，以文化的新身份存在于文本叙事中。如王安忆的《长恨歌》，通过女性形象来言说上海这座城市；张抗抗的《作女》中描述了一群不安分守己、不断挑战男权社会的都市女性。

20世纪的女性文学起步于五四时期，经历三四十年代革命与救亡的洗礼，进入五六十年代的压抑期，到八九十年代重新苏醒，进入繁荣，伴随每一时期的举步维艰，中国的女性文学终于呈现出一片成熟、多元的盛况，为新世纪女性文学的不断发展奠定根基。

第三节　女性形象的变革

一、父权制文化与女性文学

（一）男性作家：模式化的女性形象

中国的传统文化以父权制社会为基础，父权制社会是一个充斥着皇权、族权与父权的等级社会，这样的时代背景使社会最底层的女性丧失家庭地位和经济地位，社会地位更是与她们毫无干系，父权制社会希望她们安于现状，于是"量身订制"了一系列针对女性的统治秩序，随后演变成一种意识形态体系。这种"男尊女卑"的父权制文化，一再强调女性的无条件服从。文学自然受到父权制控制，通过各种艺术手段去塑造符合父权制文化的女性形象，

试图形成固定的行为规范，巩固父权统治地位。

中国父权制文化中存在三种典型的女性形象，即贤妻良母、恶妇淫妇和风尘才女。贤妻良母的形象多表现为贞洁、温柔、逆来顺受、忍辱负重等优良品格，这都是男性对女性的理想要求，这类女性是男人落魄时的港湾，拼搏时的支撑，危难时的救星，哪怕她们所嫁非人，也会奉献一生至死跟随，这种女性仿若天使，家庭生活中的天使。

曹禺话剧《北京人》中刻画的人物愫芳，就是一个典型的贤妻良母形象，她性格温柔、心地善良且善解人意。曾家老太爷打着"亲情"的幌子把她当作丫头无偿使用，她反而怜悯他的衰老，给予他无微不至的照顾；曾家大少奶奶为人阴毒、两面三刀，她却一味隐忍；她还真诚地调解曾霆与其妻的关系；曾文清明明爱她，却恐于对抗自己凶悍的妻子，她却将自己的爱给了他，不图回报。愫芳无比宽容的胸怀和善良仁厚的心灵，俨然一个现实生活中的圣母形象。

男性作家通过创作来展现自己内心深处理想的女性形象，这些饱含牺牲精神的女人们，无论遭受生活的何样摧残，依然咬紧牙关默然承受，直到死亡。

父权制文化塑造的另一类女性形象是恶妇淫妇，与贤妻良母形成鲜明对比，这些肮脏的女性形象被设定的结局皆是悲惨，男性作家们通过作品来警告女人们，不安分守己，必不得善终。淫妇类的女性形象有妲己、褒姒、杨玉环、潘金莲等，这些女性形象正好应了"红颜祸水"的论断，但凡就近者势必遭殃，国家也会灭亡，所以她们承受人身唾弃，终以惨痛告终。男性作家们将那些精明能干却不服父权统治的女人列为恶妇形象，她们往往不得善终，如《红楼梦》中的凤姐，才智过人最终却落了个凄凄惨惨的下场。这些恶妇淫妇形象至今还存在于文本作品中，随着时代的发展尽管出现些许改变，但最终结局依旧大同小异。

恶妇淫妇固然可恨，不配有好下场，但一心为着家庭和孩子的贤妻良母们又仿若活死人，让男人们深感遗憾，于是，才女佳人的形象悄然登场。

才女们大多对权力和金钱无欲无求，仅限于琴棋书画精通，文化修养丰富，带给男人们生活情趣，却不能威胁男人们的权力地位。这些才女恭顺娴静且品德贞洁，不会仗着自己才高八斗就心高气傲，这就符合男性作家所设

定的才女佳人形象。就像《红楼梦》里的林黛玉，虽才气过人，却性情孤傲，只能当朋友。像聪慧的薛宝钗，不仅性情温厚，又懂得守拙藏巧，是男人前进之路的后盾，可以娶来做妻子。在封建社会，这些才女们只能待在大宅门里，外面的才子们根本无法靠近，于是，后花园故事应运而生。女主角不是无趣的贤妇，也非浪荡的恶妇淫妇，而是面容姣好、性格温柔，同时文学修养高的女性，她们才华横溢且万事恭顺，使男人身心享受却非红颜祸水。当然，还有沦落风尘却在思想上守身如玉的才女，她们虽失去贞洁却与良家妇女无异。

在连绵不息的历史长河中，观念虽得到更新，潜意识的东西终究难以洗刷干净，这就使得男性作家在创作中有意无意地融入父权制文化需求，潜移默化地影响着读者。父权制文化影响着人类思想的发展，形成人们固定的思维定式，对女性的评判标准似乎亘古不变，使得女性作家也深受这三种模式的影响。

（二）女性作家：难以挣脱的传统枷锁

当统治者开始倡导一种观念，并付诸手段使之与人类潜意识相融时，这势必会成为人们生命的一部分，最后再难根除。因此，现代女性作家的作品中出现与男性作家如出一辙的女性形象就显得很正常。

新中国成立后的女性作家，在创作中加入独立自主的成分，有着与男性平等的色彩，当然也不乏落后的女性想象，二者形成鲜明对比。就像杨沫《青春之歌》里朴素大方的林道静和卖弄风情的白莉苹等，这两种女性形象极其鲜明，与不断追求进步的女性相比，那些落后的女性结局都比较凄惨。

女性作家对传统女性的温柔娴静、善解人意表示认可，且将此作为作品中女主人公性格必不可少的成分。如20世纪80年代的女作家张洁创作的《爱，是不能忘记的》，当时轰动大江南北，故事的女主人公知道自己所爱的男人已有家室，而且他的妻子是对自己有救命之恩的老工人之女，所以，她选择理解，深埋这份情感，哪怕只能远远看着自己的所爱，为了这份柏拉图式爱情，她至死都不再接纳任何一个男人，这种至真至纯的爱，感动了无数人。作品所表现出的情感与当时的动乱年岁有着直接的关系，十年动乱，国家遭受巨大损失，人们的精神也饱受折磨。当《爱，是不能忘记的》走进人们视野的时候，尽管只是精神上对爱情的渴求，但已然把整个时代的"久旱"表明出来了。

随着禁欲时代宣告终结，主流话语回到传统话语中，通过褒贬的方式来将传统文化发扬光大。这就是所谓的观念一旦成为潜意识，就再也难以挣脱。

二、颠覆传统

（一）"美丽尤物"到"美丽女神"

20世纪90年代以后，中国现当代女性作家笔下的女性形象终于不再受封建传统的影响，这些鲜活的形象仿佛破茧成蝶，彻底摆脱束缚了许久的父权统治，昂然挺立于人前，一切都是新的。她们的倾城容颜一下吸引了读者，这是属于她们自己的真实形象，不再是男性作家塑造的披着道德外衣的女性形象，传统定位宣告终结，女性作家所塑造的都是纯然美丽、灵魂自由的女性形象。就像林白《回廊之椅》小说中的朱凉，可谓是明艳如光，她的女仆七叶也生得清秀灵动。还有《沙街》上那群年轻美丽的女孩，最美的姚琼，就像一颗珍珠，在人群中光彩夺目。女作家笔下的女性形象是一种令人目眩神迷的美，亦是回眸一笑百媚生的美，入了眼，便无法自拔。一些女作家对女性主义意识有所了解，在形容女性形象时会有意识地避开传统道德枷锁，真诚歌颂女性超凡脱俗的魅力。如徐小斌的《末日的阳光》，陈洁的《雨季来临》等，就是脱离道德规范的文学作品。

作家们通过描述女性之美与现实的男性世界形成鲜明对比，所产生的效果也是褒贬不一。有些读者认为女作家笔下渲染的女人都是美得不可方物，可能是作者的自我崇拜。实则不然，女性作家们借助语言来尽情描述女性的美，一方面是为了证明这种美丽与男人无关，而是女人自身由内而外散发的智慧和才情。另一方面，用女性的美丽与男性世界的丑恶进行对比，美丽的自然更动人，丑陋的会显得愈发猥琐，如朱凉与七叶名为主仆，却情同姐妹，彼此惺惺相惜，那些心怀鬼胎的男人们与之对比，简直一无是处。男性世界充斥着暴力和私欲，女性世界一片静谧和美好，这些仿若画卷般的女性形象轻轻敲打着读者的心，使之与作者产生共鸣。

世世代代的男性都是以高大威武的形象挺立于历史舞台最显眼的位置，高高在上饱受赞叹和仰慕，而今却成了女性作家笔下被嘲讽的对象。

（二）郎才女貌到郎貌女才

男性作家文本中所描述的理想女性多是纯洁无瑕、善解人意且有着无私奉献的精神，除此之外，还要绝对臣服于父权统治，外表秀色可餐，让人赏心悦目；内在小鸟依人，不挑战男权。古代的"崔莺莺"，现代的"愫芳"，皆是如此。而男性形象则是满腹经纶的才子，吟诗作赋、妙笔生花，即使身无长物，也能赢得佳人一片痴心，以身相许、至死不渝，哪怕香消玉殒也在所不惜。如崔莺莺对待张生就是典型。贾平凹《废都》中的庄之蝶，家有发妻，却不知足，身边环绕着莺莺燕燕，这些女性都沉迷于庄之蝶的才华，心甘情愿做他的情人，而庄之蝶也陶醉于温柔乡，极其滥情。古往今来，男性作家在郎才女貌的美梦中每每无法自拔，梦中的红袖添香就是他们理想中的女性形象。

如今，女性作家将这一文学模式进行完美调转，"郎才女貌"摇身一变成为"郎貌女才"。作者笔下的新时代女性秀外慧中，敢于探索未知世界。她们不再为讨好男人而存在，而是脱离卑贱的身份地位，做回自己；她们也不再降服于可恨的男权统治，而是与曾仰视的男人平等相向。面对这个错综复杂的世界，让她们感到焦灼不安的不再是男人的薄情寡义和铁石心肠，而是对生命和自由止息了追求，如同行尸走肉。她们被称为诗人、智者，终于有了自己的价值，即使微乎其微。她们有权利追寻自己喜欢的东西，不会再遭受白眼谩骂，她们终于可以为自己活。

女性主义作家们笔下的男性皆符合传统标准，外形高大、容貌英俊，唯一不同之处是形象的建构，他们不再是才气横溢的翩翩君子，反而有着温软特性的阴柔之美。他们的魅力与才华无关，更多吸引女性的是性情温和。因此，他们回到传统女性的地位，被优秀女性所引领，感受生命的体验，就像陈染作品中的老巴和阿龙。卫慧《上海宝贝》中那个强悍的女人，与柔弱的男友形成鲜明对比。叶弥在《城市里的露珠》里塑造的女主人公，是一个事业成功、经济独立的优秀女性，却养了一个吃软饭的"小白脸"，每天负责收拾屋子，等待女主人归家，男女地位倒置，女性不再委曲求全，而是傲然挺立。

古往今来，郎才女貌每每被人称许，嫁入豪门的女性多被讥讽为"攀高枝"，女性们总是处于被动和依附的地位，但作家笔下的女性被唤醒和欣赏，抬头仰望男性给予点滴同情与怜悯的时代已然过去。才华横溢不再是男人的专属，才智过人的女性摆脱传统思想的影响，拒绝那些唯唯诺诺、自私自利的"避风港"，选择自己坚强，扮演好传统男性的角色，勇敢地活着。

三、新女性诞生

女性主义作家笔下塑造的都是一些特立独行的女性形象，她们果敢坚毅，反抗父权文化，高举反叛大旗，以微薄之力颠覆传统男权统治。她们不再墨守成规，终身守在男人们圈出的"一亩三分地"，百般顺服。她们甚至对传统女性所扮演娴静温柔的角色嗤之以鼻，一生渴望脱离父权统治的捆绑，最后真的实现了，她们如脱缰野马，奔腾于世界。

这些坚强的女性形象彻底颠覆传统父权制文化，首先表现在对成家生育问题的看待上。社会赋予女性的传统职责就是先结婚、后生子、再为人妻、后为人母。"母亲"这个角色被父权制文化高度认可。一个正常的女性，拒绝结婚生子，就会被视为不正常，被整个父权制社会所唾弃，就如历史上的妲己、褒姒、杨贵妃、潘金莲等等。在传宗接代的事情上，女人毫无发言权，婚后不生子会被指责为"不会下蛋的鸡"，断了夫家香火，进入"不肖有三，无后为大"的噩梦，还要接受男人堂而皇之地妻妾成群，没资格埋怨，只能默默承受。这与女性作家笔下女主人公们的看法截然不同，女人并非生育机器，更不是为了男人而存活于世，而是一个独立的个体，才思敏捷、智勇双全，且灵魂自由，可以决定自我情感，对自己的行为负责，不受任何人的干涉和控制。

海男的长篇小说《县城》中那个我行我素的罗修，在闭塞的县城里第一个穿起喇叭裤，脚踩高跟鞋，耳旁此起彼伏的闲话，外加偷偷艳羡的眼光，丝毫影响不了她的昂然前行，她将三个男人玩弄于股掌之间，即使怀了李路的孩子，宁可忍受身体的极致痛苦，也拒绝做他的妻子；即使咖啡商送她商店，她也不屑于当老板娘，更拒绝做他的外室。单位领导要求她写检查，她递交辞职报告。她拒绝为人妻、为人母，也拒绝做外室、做好员工，她要的是做回自己。真正的独立体现在经济和精神上，靠自己，与人无关。倘若经济独立，精神却渴望男性呵护，那就算不得真正意义上的独立。罗修决定靠

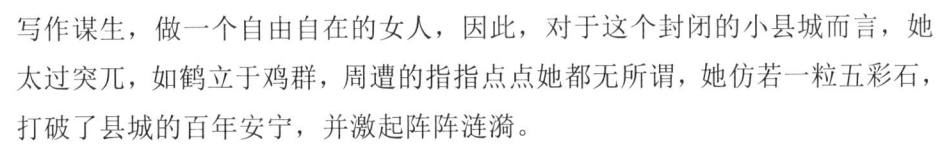

写作谋生，做一个自由自在的女人，因此，对于这个封闭的小县城而言，她太过突兀，如鹤立于鸡群，周遭的指指点点她都无所谓，她仿若一粒五彩石，打破了县城的百年安宁，并激起阵阵涟漪。

女人们在男权社会的牢笼中终其一生过着毫无美感的生活，叶弥《城市里的露珠》里那群标新立异的优秀女性们拒绝这种生活，拒绝行使传统女性的职责。当男人们提出生孩子的要求时，她们果断说"不"，并回应肆无忌惮的笑，完全不去顾及男人们的自尊心。女人拒绝生子，并非逃避责任，而是与传统社会抗争。男人们厌弃优秀女性，他们认为女人们就该静待家中相夫教子，于是，激起女性更加与男性对抗到底的欲望。当女人们在生育问题上表示拒绝，同时又远离男性时，男权统治就失去了意义。我们从这些女人身上看到了女性的真正觉醒，是男性统治轰然倒塌的声音。

女性对传统的反抗还表现在对欲望的需求和向往上，女性作家塑造的新女性与羞涩含蓄的贤妻良母们截然不同，更与滥情放荡的淫妇们无关。她们大胆表露自己的渴望，表达满足之后的快乐，几千年来只有男性的文学作品中会出现女性欲望的话题，在男人的眼中，女性有纯洁的天使与浪荡的淫妇之别。而今，女性作家们将压抑许久女人们的真实需求和情爱体验跃然纸上，用最真诚的语言来表达女人们身体的满足与快乐，主动而又唯美地描述女性的感受，打破了男性叙事中女人的被动姿态，表明女性情爱意识的觉醒，女人们不再谨小慎微地去迎合男人，而是敢于表达自己，在情爱的地位上告别卑躬屈膝，感性欲望的张扬和情爱意识的觉醒，这些都促使女性真正走向成熟，成为特立独行的新时代女性。女性主义者借助文学创作为女人们代言，倾听女人们内心深处的声音，她们并非无欲无求的族类，她们也渴望被拥抱爱抚，可是点滴的主动就会被戴上淫荡的帽子，她们爱情的火焰被压制，不敢过于火热，女性作家们通过文字来大胆地描述她们心底的渴求，妖娆而又明艳，极大地冲击了以男性为中心的父权制文化传统。

女性主义作家笔下的女性形象与传统女性形象有着天壤之别，她们运用各种艺术手法有意识地去渲染这些新女性的与众不同，试图将她们刻画成为抵挡父权统治的战士。她们的存在并非为了谁，她们有着强大的生命力，有着自己的声音和颜色，即使声音微小、力量薄弱，也会毅然决然、全力以赴。

第四章 20世纪20年代女性形象及文学研究

20世纪20年代文学作品中的女性形象个性鲜明，庐隐、冯沅君、冰心、苏雪林、凌叔华等一批女性作家登上文坛，大胆书写压抑许久的女性心声，为她们争夺权利，揭露封建文化对她们的迫害，中国现代女性文学真正开始崛起。

第一节 20世纪20年代女性文学概述

五四运动作为近代中国第一次彻底反帝反封建的革命运动，仿若惊雷一声震万里，无数仁人志士从沉睡中苏醒，一众优秀文学作家也相继登场。这一时期自由平等和个性解放的思想如潮水般奋勇翻滚，冲刷着几千年来被压于传统大山之下无法喘息的中国女性们的心，她们彻底觉醒，终于知晓何为人权，再也不愿屈服于似乎亘古不变的男权统治，不愿缄默无声卑微地活着，她们在一瞬间咬牙站立，毅然决然地走进历史。一批女性作家如庐隐、冯沅君、冰心、苏雪林、凌叔华等踏上文坛，站在女性的角度，勇敢地为这些压抑许久的女性呐喊，争得本该属于她们的权利和待遇，控诉封建传统对她们的迫害，大胆言说女性内心的欲望等，这预示着中国现代女性文学真正开始崛起。

重压之下昂然挺立的第一代女性作家们，深受五四自由平等观念的洗礼，她们要求把握自己的命运，毅然走出闺阁，回归社会，这个并非男性专属的社会。领头人物就是中国历史上著名的女作家，也是中国的第一位女教授陈衡哲，她目光坚定、姿态凛然，高举女性自我命运的大旗。对陈衡哲一生影响最大的人是她的军事家舅舅庄蕴宽。舅舅常对她说，世人对命运的反应有三种，其一是安命，其二是怨命，其三是造命。舅舅希望她有造命的态度，敢于把握自己的命运，她也确实不负所望，这一点从她的作品中可以深切感受到，那昂扬的斗志和炽热的生命力全然彰显。她蔑视那人工开凿而成的运河，世代平静地活着，对那"成也由人，毁也由人"的价值观嗤之以鼻。而扬子江则与之截然不同，它流经"峭岩如壁，尖石如刀"的高山峡谷，冲破

无数艰难，经受万千磨砺，哪怕"筋断骨折，心摧肺裂"，也要永不止息地活着。这是两种意义的活法，一种安于现状，如行尸走肉，另一种奋勇向前，坚信"生命本该是彻底的奋斗，而奋斗得来的生命才最纯粹、最美丽。"陈衡哲的"造命"哲学促使她开启社会公共生活模式，她深信女性只有获得了真正的自由才有发声的资本。后来者陈学昭也呼吁女性进入社会公共领域，参与到社会生活的各个方面，并努力取得成就。实际上，中国历史上第一代女性作家们对广大女性同胞的切切呼吁和高声呐喊正是她们自我意识觉醒的体现，是女性告别奴隶命运重获新生的开始。

新一代女性们高喊着"走出闺房、迈进社会"的口号，她们自己也正处于人生的黄金时期，青春年少、情感萌动，不得不面对终身大事的抉择。她们深知中国封建礼制对女性们的无情摧残，于是坚决反抗，强烈呼吁社会将女性的权利归还。女性作家们通过语言文字来口诛笔伐，这一时期的作品多以女性"性别意识"和"婚恋问题"为题材，反对"父母之命、媒妁之言"，宣扬"恋爱自由、婚姻自主"，体现出这些女作家们强烈的时代反叛精神。

冯沅君擅长创作爱情系列小说，多以伤感的笔风来叙述青年人为婚恋自由所付出的努力。《隔绝》和《隔绝之后》中的女主人公视爱情为生命，不甘于以"母爱之名"的幽禁，却深知无法打破这铜墙铁壁，最终选择与爱人携手殉情。不能选择自己所深爱的人，不如死去。庐隐在《一个著作家》中刻画的女主人公也深受封建社会包办婚姻的毒害，自选的爱情遭到家人百般阻挠，拒绝嫁与他人而选择死亡，最后她所爱的人也成了疯子。这些刚烈的女子用尽毕生之力向社会呐喊，即使声音微小，被世俗礼节淹没，她们也要使尽浑身解数去对抗这个万恶的男权社会。

女性文学在历史的长河中浮沉很多年，覆在女性身上那层厚重且陈旧的封建传统婚姻制度与世代人类思维相融，一场运动再怎么恢宏壮烈也难以将其彻底根除。因此，那些勇敢追求婚恋自由的女子们多以失败告终，个别成功尽管收获了爱情，殊不知看似浪漫的婚姻殿堂背后又是一处灵魂炼狱，那是婚姻与事业的矛盾，也就是我们常说的爱情与面包，所谓的"有情饮水饱"，真的饱么？陈衡哲通过短篇小说《洛绮思的问题》直白地表明婚姻与事业之间的矛盾，结婚对于男子而言，不过经济负担增加，事业无碍，然而对女子

来说，操持家务与教育孩童，一样不可少。凌叔华的短篇小说《绮霞》也在强调婚姻与事业的矛盾，女主人公原本极富音乐天赋，出嫁之前对音乐热情满满，婚后淹没在家庭琐事中，爱琴久久搁置，最后选择离家到国外进修，回国后投入社会，成为一名职业女性。而她另一部小说中的主人公小刘就没绮霞那么幸运了，激进泼辣的小刘曾号称"军师"，挣扎于传统与现实之间，对插班的小媳妇和太太们满目鄙夷，然而，时间终将她变为平庸的"母亲"，为男人传宗接代、生儿育女。女人们拼死追求的婚恋自由，婚姻与事业那难以调解的矛盾，除此之外，还有封建婚姻制度之下女性所遭受的对待。庐隐的《一封信》、冰心的《最后的安息》、凌叔华的《女儿身世太凄凉》，这些作品都在揭示封建社会男人妻妾成群的丑陋，还有包办婚姻的极端形态，童养媳们的悲惨，万恶的封建礼教和封建婚姻不断摧残着女性的身心。

新一代的女性作家们将眼光放在传统社会的婚恋自由上，这不仅是她们对旧制度下饱受摧残女性的感同身受，也是她们追求人性自由和自我价值的重要途径。她们为此付出了很多，然而当时的社会没有给予她们太多发挥才能的空间。所谓的自由恋爱也只是暂时成功，进入婚姻的那一刻，仿佛收获缠绵悱恻的爱情，实则是重新深陷封建婚姻式家庭的泥潭，由父权统治走向夫权统治。封建社会的"铜墙铁壁"让她们撞得头破血流，甚至命丧黄泉，尚有一丝气息者也终究逃脱不了婚姻的当头棒喝，这是她们身为女子的悲哀，亦是整个时代的悲哀。

父权制社会施加给女性的职责除了为男性传宗接代，还不得不供他们发泄欲望，她们永远只是卑贱的依附者，与一切权利无缘。新文化运动的惊天闷雷唤醒了女性的主体意识，女作家们意识到自己有着与男人平等的权利，于是她们开始通过创作小心翼翼地表达女性的隐秘心理和欲望需求。冯沅君受五四新思想的影响，首先叙述了这一隐秘话题，从《隔绝》中隽华在回忆与士轸初见场景的语言表达中即可看出。这一时期的女作家们虽然将女性的隐秘心理描写出来，但也只是浅尝辄止，不再深入。打破封建传统的禁忌需要太多的勇气，她们并非停滞不前，而是意识上饱受局限。

五四时期的女性一旦走出家门就能结识很多叛逆的新女性，她们惺惺相

惜，结为同盟。同性联盟的出现极大打击了以男性为主体的父权制统治，同时也增加了女性作家的创作素材，书写同性情谊的作品陆续出现，民国才女庐隐的《海滨故人》，站在女性的视角，讲女人自己的故事，与男人无关，然则男性的侵入淡化了她们彼此深厚的情谊。除了同性友情之外，还有描写同性爱情的作品，如庐隐的《丽石的日记》、凌叔华的《说有这么一回事》等，都在讲述女性之间情感的微妙变化，但最终都以一方嫁人而宣告结束。这一时期的女作家们通过细腻的笔调将这份别样的感情加以描写，不仅是对封建制度下女性们的宽容，也充分体现了她们重视人性的态度。女作家们作品中勾勒的同性之爱并无现实意义，说她们彼此相爱，倒不如彼此相惜来得实在，这些长期压抑的女子得不到异性关注，更别说安慰，只能从同性处寻得温暖。遗憾的是，面对周遭社会和来自家庭的诸多压力，她们体会到同性之爱的苦楚，最终尽都放弃。

五四时期的父子关系也显得非常紧张，作家们的笔下皆是"压抑与反压抑的对立关系"，母女关系则与之相反，表现出一片和谐，母亲成为女性作家们歌颂的对象。冰心关于母爱的诗集、苏雪林的《棘心》、石评梅的《母亲》，都在讴歌母亲的博爱和伟大。女作家们深切感受母爱的同时，也为母亲一生所承受的悲苦流泪叹息，因此，书写母亲苦难的作品也出现在世人眼前，她们一再地描述封建制度对母亲的毒害，一方面是在强烈对抗男权统治，另一方面也在表明她们女性意识的彻底觉醒。

中国历史上第一代女性作家们本着十二分斗志，神情凛然地站立于文坛，坚决抗争，要求走进社会、参与建设，追求婚恋自由，关注同性情谊，歌颂母爱伟大，她们用尽全身力气呼吁社会还给女性应得的权利，还有本该受到的待遇和同样的社会地位，将初醒的女性意识展现得淋漓尽致。这一时期的女性作家们正值芳华之年，笔风多表现为青春感伤，达不到一定的理性高度，但她们勾画出以女性为主体的文学世界，肯定女性的自我价值，在与封建男权统治的抗争上依然战功赫赫。她们是一群不一样的女子，亦可称为刚强的战士，外表柔弱，内心坚毅，仿若一枚小小的石子荡起阵阵涟漪后沉入水中，也足以让人铭记她们曾经的义无反顾，她们的存在奠定了女性文学的根基，为第二代、第三代的女作家冲锋陷阵树起营垒。

第二节　庐隐　冯沅君

五四新文化运动期间出现了一些女性主义作家，她们深受这一时期自由解放思想的影响，沉睡多年终于觉醒的女性意识促使她们握紧笔杆，书写这一时代饱受摧残的女性们的真实状况，代表人物有庐隐、冯沅君等。

庐隐（1898—1934），原名黄淑仪，又名黄英。她出生于晚清的一个举人家里，母亲难产生下她，当天又逢外祖母去世，初入人世的她就被扣上不吉利的帽子，惨遭嫌弃，母亲也对她厌恶至极，将她丢给一个奶妈，从此不闻不问。周遭环境充斥着漠不关心和满目鄙夷，在这样的境遇中庐隐渐渐长大，她愈发地意识到这个丑恶社会带给女性的只有一片苍凉。

五四的解放潮水声声敲打着庐隐的心门，她振奋精神苏醒过来，积极投身到与黑暗社会顽强抗争的队伍中，她呼吁女性同胞们走出家庭，成为一个独立的"人"。她借助创作来书写女性的爱情与婚姻，第一篇短篇小说《一个著作家》写的就是男女携手与封建婚姻制度抗争的故事，两人真心相爱，因家庭反对，逼迫女主人公嫁与他人，结局是一死一疯。

新文化运动的口号响彻大地，一部分女性成为第一批觉醒者，她们为追求自我价值，纷纷走出家门，勇敢地迈向社会，然而好景不长，这场运动只是催促沉睡的人启程，却尚未告知路在何方。封建势力猖獗了上千年，传统观念深入人心，新思想如潮水般涌来也难以平复这些"时代老茧"。这些觉醒的知识女性生于封建社会，长于传统文化的教化之下，追求自由解放时，实难"身轻如燕"，矛盾心理使得她们常常进退维谷、不知所措。就像庐隐创作《海滨故人》中的那五个女孩——露沙、云青、玲玉、莲裳、宗莹，她们曾无忧无虑地在海边度过了一段无比快乐的时光，可快乐终究稍纵即逝，苦恼总是猝不及防。三年后，活泼开朗的露沙深陷人生意义的泥潭无法抽身，爱上一个有妇之夫，一场柏拉图式的爱情让她饱尝苦楚，最后不知所踪。积极乐观的云青因无法与爱人长相厮守，最终选择青灯古佛。玲玉和莲裳也未曾收获爱情，心灰意冷。温文尔雅的宗莹终于与爱人携手走入婚姻，但婚后失去自我，终日郁郁寡欢。这些摆脱家庭桎梏，勇敢踏入社会的女性们，希望一点点被侵蚀殆尽，彷徨又彷徨，丧失千年的地位和身份不知如何争取，

只能在理想与现实的夹缝中哀鸣。

五四时期的新女性们在反抗父母包办婚姻的问题上果敢坚定，胜出者步入婚姻殿堂，以为开启了幸福生活模式，却不知又戴上另一重枷锁，陷入另一种彷徨，不知所终。从父权社会走入夫权家庭，依然未能找到属于她们自己的社会身份。

庐隐作为觉醒者中的一员大将，也难以逃脱此番命运。1923年决定独身的她，爱上有妇之夫郭梦良，最终嫁给他，成为妾室。曾经认为的"有情饮水饱"，婚后才发现，与理想生活相差甚远，终日忙于琐事，事业无暇顾及，于是陷入困惑，极其消沉，最后借助创作来排解心中忧闷。她的作品《胜利以后》借女主人公之口诉说婚后的苦恼，她们追求婚姻自由，并竭尽全力抗争，然而胜利之后依旧苦涩。五四时代注定无法为女性争取真正意义上的自由，她们的解放无非是兜兜转转又回到早已画好的圆圈，那无形的牢房。庐隐意识到这一点，但也无能为力，她能做的只是向男权社会发出嘶吼，最后身心俱疲。

五四时期的另一位女性知识分子冯沅君，她与庐隐的经历截然不同。冯沅君（1900—1974），原名冯恭兰，后改名淑兰，字德馥，笔名淦女士、沅君、易安、大琦、吴仪等。出生于书香之家的冯沅君，从小受兄长冯友兰和冯景兰的新思想熏陶，最终造就她一身叛逆。她擅长写爱情系列的小说，代表作品有《隔绝》《隔绝之后》《旅行》等，主要描述封建社会的婚恋问题，年轻男女积极反抗封建制度，追求自我人格独立。可是在仿若大山的封建势力面前，她们显得极其渺小，最后陷入感情与亲情的两难选择中，终难逃脱命运的牢笼。

《隔绝》与《隔绝之后》的女主人公隽华天性温厚，她刻骨铭心地自由恋爱遭到母亲阻挠，在外辗转六年不归家，最后被迫回到家中，却被家人软禁。逃离计划以失败告终，最后与情人双双自杀。《旅行》与《隔绝》两部系列作品的主题基本相同，相爱的男女逃课外出旅行，突破世俗界线，厮守于旅馆。冯沅君作品中的女性视爱情为生命，她们所向往的自由爱情实际上是独立意志。因此，她在给母亲的遗书里写道："我爱你，我也爱我的爱人，我更爱我的意志自由，在不违背后二者的范围内，无论你的条件怎样苛刻，我

都可以服从。现在，你的爱让我牺牲了意志自由，与我最不爱的人发生最亲密的关系，我不死怎样？"如果说这些小说都在书写男女勇敢追求恋爱自由，倒不如说他们站在统一战线与万恶的封建制度作斗争。这样看来，与五四时期描写青年男女争取恋爱自由的作家们相比，冯沅君显得更加叛逆。

　　在这个暗无天日的时代，冯沅君与庐隐笔下的女人们一样进退两难。不同之处在于，冯沅君作品中的矛盾源自以母爱之名断送情人之爱。虽然这些女子为争取恋爱自由和意志独立竭力反抗旧制度，但当母亲横亘于她们与爱人之间时，她们无法选择，二者皆难割舍，唯有一死。我们不难发现，冯沅君的作品中自始至终缺失父亲的位置，却极力渲染母亲的角色。古往今来，母亲大多以相对保守的姿态存在，小说中的母亲实际上喻指封建势力，既是封建婚姻制度的维护者，也是父权统治的执行者。那些久居深闺的女儿们为了与心爱的男子长相厮守向封建礼教宣战，大胆而又热烈，但每每遭受母爱隔绝。对于她们这群尚未完全站稳脚跟的新生力量而言，旧制度和旧伦理就像一座高耸入云的山，勇敢追求爱情被视为败坏家风、大逆不道，矛盾到了极其尖锐的地步，面对母亲的百般责难，她们只能选择死亡。殊不知死亡是一种变相的屈服，是对根深蒂固封建势力的无能为力，是在无形中承认自己的渺小和软弱，我们不禁为之扼腕叹息，她们的处境是何等艰难，她们在反抗封建传统的道路上流下了多少不为人知的血泪……

　　庐隐与冯沅君借助小说书写五四时代青年男女的爱情故事，这些女子们举起"以爱之名"的大旗，携手共抗封建礼制。虽然这面大旗下的她们极其压抑，甚至庐隐作品中的女性们对爱情颇有疑虑，她们从可恨的父权家庭进入琐碎的夫权家庭，过着丧失自我的日子。冯沅君笔下的女子们将爱情看得比生命更重要，她们向往纯洁美好的爱情，拒绝嫁给自己不爱的陌生人。因此，这两位女性作家比起来，冯沅君笔下的女性更激进，她们眼中的爱情神圣不可侵犯，一旦遭遇危机，便会奋不顾身地守护，失去生命也在所不惜。总而言之，庐隐和冯沅君通过不同的笔调将故事中的女性们陷入两难之地，虽然深浅不一，但我们可以看到这些女作家们坚决抗争封建制度的态度与勇气，这原本就是一条崎岖难行的窄路，荆棘丛生、野兽蹲伏，即便如此，她们也毅然决然地走下去，遍体鳞伤又何妨，为了自由，不死不休。

第三节　冰心　苏雪林

当五四时期的新思想如潮水奔涌的时候，一批女作家沉睡已久的女性意识开始苏醒，由于生长环境和生活经历不同，她们的女性意识也表现出明显的不同。冰心与苏雪林的笔下大多是赞颂母爱的文字，倾听母亲的心声，感恩母亲的付出，感受母爱的温暖，不同的人生际遇让她们对母爱的书写各有偏重。冰心是母亲翅膀荫下无比幸福的女儿，她认为母爱可以治愈一切创伤；苏雪林更多的是在审视母亲的真实生存环境，封建家庭的非人待遇，让她对母亲有着极大的悲悯情怀。

冰心（1900—1999），原名谢婉莹。她在一个充满爱的家庭中出生，连呼吸的空气都洋溢着父母的疼爱，这样的成长环境造就她积极乐观的性格。在五四独立自由思想与基督教"博爱"精神的双重影响下，冰心的"爱的哲学"显得更有特点，核心在于母爱、童心和大自然。五四时期直到20年代末，她的大部分作品都在歌颂母亲，一小部分是书写美好的大自然和纯洁无瑕的童心。

冰心作品中的母爱无比神圣，带给人无穷的安慰，是一切爱的基础，可融化坚冰，滋润心灵。她的代表作《超人》，堪称颂扬母爱的经典，小说中那个叫何彬的年轻人认为世间的一切爱和怜悯都是恶，在帮助了一个可怜的孩子后，他内心深处的爱被彻底唤醒，他梦到了自己慈爱的母亲，何彬终究被自然、童心及母爱所感动。冰心笔下的母爱超越了人类社会的一切情感，母亲不再被视为生育工具，她们的爱明洁如光，照亮了一切在人生路上踽踽独行的人，抚平了所有颓废者的心灵创伤。冰心将那个时代蜷缩于角落的母亲们搀扶到"灯火阑珊处"，这实际上是对父权文化制度的回击，更是对女性自我价值的肯定。

冰心的漫漫人生路笼罩着母爱的温暖光晕，她牵挂着母亲，高举母爱的大旗，面对人生风雨，母亲永远是那一抹彩虹，是她心灵的慰藉。当然，这并非冰心的个人感觉，而是那个灰暗时代下大部分女儿的观点，她们关心自己的母亲，可是面对霸道的父权社会又显得无能为力。母亲的角色将女性的生命价值彰显出来，同时也让女儿们更加勇往直前。

母亲作为父权统治下的传统女性,被赋予的身份却是奴隶,仿佛永无止境地被圈禁于封建家庭,出嫁之前面对的是父权的压制,嫁人后又不得不屈服于夫权的淫威。五四时期的女儿们将母亲作为精神的支撑,她们亲眼见证母亲所遭受的一切非人待遇,于是高举母爱大旗的手愈发有力,母亲的卑微劳苦刺痛了她们。与冰心一样,另一位歌颂母亲的作家是苏雪林,同样是书写母爱,冰心更多的是赞扬,而苏雪林则将侧重点放在对母亲所受苦难的审视和体悟上,可以说,她对母亲的生存处境是深深地心疼和悲悯。

苏雪林(1897—1999),原名苏小梅,笔名瑞奴、瑞庐、小妹、绿漪、灵芬、老梅等,她生于一个典型的封建大家庭,母亲为人温良诚实,一生为夫家默默奉献,上敬老下爱小,可祖母欺软怕硬,母亲出嫁后就开始遭受婆婆虐待。苏雪林眼见母亲在封建家庭的水深火热中受尽折磨,无比痛心却又无能为力,于是将这种愤怒诉诸笔端,在作品中极力表达对封建制度下母亲们的同情。

长篇小说《棘心》的创作与苏雪林的个人经历紧密相关,生于封建家庭的女主人公自小就被订立婚约,但长大后的她有个性、有抱负,抗拒成婚,毅然赴法求学。留学期间,面对爱慕者的强烈追求,她一度陷入苦恼。虽然饱受新文化的熏陶,但老旧思想根深蒂固,她不愿违背父母,于是拒绝追求者,与未婚夫通信,不曾想未婚夫对她亦无意,于是她欲解除婚约,却惨遭家庭反对,最终心灰意冷,回到母亲身边,与未婚夫完婚。这部小说表面上似乎在控诉封建势力对女性的压迫,但从作品的题目和内容的表达上看,实际上是在书写母爱及母亲的苦难。

《棘心》的全篇围绕母爱展开,每一章都有描写母亲的篇幅,还有母亲对她的宠爱和关怀。就像第一章《母亲的南旋》,临行之际,母亲早早起来为她收拾行装;最后一章《一封信》,她默默回忆母亲的爱。母亲从未表达过爱,却在一切细微的动作中表达着一切。每次回家时,母亲总是立于门前向远处切切张望,等待她平安归来;离家时,母亲提前为她准备好各个季节的新衣,甚至鞋袜、毛巾、发绳等都一应俱全。母亲的爱悄无声息,温暖着她的心。可是亲眼看见母亲的苦难,却无法将她拯救出来,这使她非常自责和悔恨。作家从一个觉醒者的视角审视封建传统社会对母亲的迫害,体现了女性意识觉醒的重要意义。

冰心和苏雪林都在以自己的方式竭力颂扬母爱，批判残暴的父权文化，她们对"母亲"价值的肯定就是对女性自身价值的肯定。然而，面对五四新旧杂糅的特殊文化，加之作家不同的成长环境，母爱的终极意义虽照亮了广大女性，但也遮蔽了女性的价值体系。父权文化依然难以摆脱，即使女性的地位发生改变，但母爱会让她们再一次落入传统文化的圈禁中。因此，个性温婉的冰心提倡贤妻良母，而苏雪林面对母亲与婚恋之间的矛盾，毅然选择母亲，宁愿委屈自己接受包办婚姻。无论如何，这些女作家精心塑造的母亲形象，让女儿们、妻子们发出属于自己的声音。即便声音极其微小，但这也预示着女性的自我探寻终于开启。

第四节　凌叔华

凌叔华（1900—1990），原名凌瑞棠，笔名叔华、素心、素华等，她生于一个书画世家，大学开始文学写作，代表作品《女儿身世太凄凉》《酒后》等，笔风优雅细腻，是一位极富个性色彩的女作家。她与冰心、庐隐等女性主义作家一样关注女性命运，但由于成长环境的不同，使得她不像庐隐那样去书写新女性婚姻与事业的双重矛盾；也不似冯沅君去描述为获得婚恋自由而反抗封建礼教的奋不顾身；更不像冰心、苏雪林那样去赞扬母爱、体恤母亲凄苦的一生。她的眼睛转向封建家庭的少女们和名门望族的阔太太们，着重刻画她们的内心起伏和人际交往，将她们可悲可叹的生活展现得淋漓尽致。

凌叔华作品塑造的女性之一就是待字闺中的少女，她们自幼被禁锢于深宅大院，接受封建思想的熏陶，认同社会赋予女性的传统角色，与外面的崭新世界格格不入，她们的命运总是被握在别人手里，惨淡的生命毫无希望。就像《绣枕》里的大小姐，典型的大家闺秀，顺从父亲，为了能嫁给总长的儿子，耗费整整半年亲手绣了一对靠垫，拆了绣，绣了拆，反反复复绣了三次，绣工无可挑剔，每针每线都凝结着希望和心血，结果在被送去的当天，一个被醉酒客人吐脏了一大片，一个被打牌的人挤掉当了脚垫。大小姐得知绣枕遭遇，却选择默默忍受。小说中的"绣枕"实际上是女主角自己，命运自始至终都掌握在男人手中，除了无休止的等待，别无他法。绣枕代表着她对未来生活的向往，却被无情践踏，最终使她的梦想破灭。绣枕的遭遇象征着当时男权社会对女性命运的迫害和踩躏。

《吃茶》中的芳影比这些大家闺秀幸运些，她生活的时代社会风气已然有所好转，不用死守闺房，可进行一些社交活动。但深受传统思想影响的芳影脑中充斥着旧式的婚恋观，当留学生王斌对她殷勤有礼时，她以为他倾慕自己，因此，王斌的信使她内心小鹿乱撞，打开却发现是一张婚礼请帖时，她只能冷笑。老旧的价值体系与这个瞬息万变的社会不相适应，很明显芳影被圈禁于旧有体系中无法抽身，因此，新旧价值体系激烈冲突时，她只能充当牺牲者的角色。

凌叔华作品中这些生活在新旧交替时代的多情少女，双脚虽跨出闺房，但内心却未抽离封建文化。她们性格温和顺从，面对爱情常常处于被动等待的状态，等待耗尽了她们的青春，收获的是无尽的空虚，因此，面对外面的花花世界，她们心生好奇又羡慕，却缺失冲破封建礼教捆绑的勇气，只能在新旧文化的夹缝中求得一线生机，日日困惑、年年迷茫。

与忧郁的闺阁小姐比起来，凌叔华笔下的高门阔太更加意味深长。从新婚燕尔的敬仁太太到拖儿带女的白太太，再到"有福气"的章老太太，凌叔华勾勒出一个个甘于平庸且毫无追求的女性躯壳，这些躯壳紧紧依附于男性，活得毫无价值，与独立女性相比，她们"可怜之人必有可恨之处"。《中秋晚》中的敬仁太太作为旧式的家庭妇女，把握不了自己的婚姻，也无法主宰自己的命运。敬仁与太太婚后的第一个中秋节，太太精心准备了一顿团圆宴，满怀希望地认为"吃过团圆宴，一年不分离"，结果准备吃饭时，接到干姐的病危电话，敬仁急于抽身前去看望，未吃象征着夫妻团圆的团鸭，太太对此耿耿于怀，敬仁则认为不该因为吃团鸭而耽误见干姐最后一面，二人争吵，从此心生芥蒂、貌合神离。敬仁终日在外浪荡，婚后第四年中秋夜，他变卖家产离开太太，直到最后，太太依然将这一切不幸归咎于第一年中秋节未吃团鸭。敬仁太太被老旧文化完全洗脑，最终苟活于自欺欺人的"命中注定"，她的遭遇让人觉得可笑而又可悲。

凌叔华作品中还有一类太太存活于新旧文明交替的时代，她们典型的特征就是爱慕虚荣、自甘堕落。《太太》中那位贪图享乐的太太形象，一天到

晚除了打牌无所事事，对儿女和丈夫不闻不问，在牌友面前标榜自己，大放厥词道"五十块钱还输得起"，为了满足虚荣心，甚至当掉丈夫的狐皮袍子，导致他出门找不到合适的衣服穿。《送车》中的白太太与周太太也是依附丈夫而活，整天聚在一起说长道短，抑或互相攀比，谈论的话题永远都是一些鸡毛蒜皮的小事。深受传统女性意识熏染的她们，同样在新旧文化交替的夹缝里求生存，丧失自己的价值和地位。凌叔华将她们的平庸和麻木极尽渲染，体现出作家对妇女解放时代这一类太太们命运的忧心。

除了旧社会的太太们外，凌叔华作品中还有一类新式妻子，她们是追求恋爱自由的胜利者，与心爱的人步入婚姻。她们不会因为经济拮据而又重新回归家庭，也不像旧式太太们那样自甘堕落，她们是《酒后》里的采苕、《春天》中的霄音及《花之寺》里的燕倩。《酒后》中的少妇采苕在一次家宴结束，向丈夫提出想去亲吻他醉酒朋友的强烈愿望，丈夫虽不情愿，但也最终允许。《春天》与《酒后》主题一致，《春天》中的霄音无意中听到一段琴声，想起自己的前男友正患病且穷困潦倒，于是打算写信问候，最后丈夫回来，霄音将信揉碎扔进纸篓。这两个故事中的妻子们心里都出现了丈夫之外的男性，越过现实伦理，象征着女性试图寻求自身人格独立和自我感情空间。而《花之寺》中的妻子燕倩发觉丈夫开始厌倦家庭，聪明的她为了维护婚姻，以女读者的口吻写信给丈夫，约他到花之寺共赏春色。当丈夫欣然赴约时，发现是妻子的恶作剧。小说中的妻子以第三者的身份写信，将丈夫比作园丁，自己则是他悉心浇灌下的小草，最终在他的照顾下完美绽放。在丈夫的浇灌下成长，说明妻子的美丽和价值源于丈夫的赋予。除了妻子的这层身份，女主人公意识到自己还有独立的人格。

新式婚姻中的妻子拥有爱与被爱的权利，但她们与旧式太太相差无几，依然需要背负生儿育女、相夫教子的重任，且由丈夫供养，处于被动地位，失去行动自主性，新的思想观念在夫权统治的家庭中显得毫无意义。凌叔华通过采苕、霄音及燕倩这些新式妻子形象的塑造，体现出新女性对独立人格的追求，小说中极力渲染女子处境，我们可以看出女性解放之路的不易。

与同一时代的其他女性作家相比，凌叔华的作品并未将侧重点放在时代精神上，而是重在展现女性意识。无论旧式少女还是新式太太，她们的心灵

都被打上传统意识形态的烙印。面对新思想的注入,她们只是一时抗争,彻底解放则遥遥无期,可悲的是一旦发现违背潜意识的价值规范,她们便会立即退回原地。凌叔华对她们骨子里的封建元素毫不留情地批判和讽刺,新旧文化交替时代下的女性更多的是执迷不悟。这是作家的无奈,亦是时代的悲哀。

第五章　20世纪30年代女性形象及文学研究

如果说20世纪20年代是个性解放的时代，那30年代就是社会解放的时代，"革命文学"口号被提出，中国现代女性作家的创作主题随着社会局势的变更发生显著变化。

第一节　20世纪30年代女性文学概述

文化环境往往受一定社会环境的影响，到20世纪30年代，中国女性作家的创作主题逐渐从五四时期的"个性解放"转向"革命救亡"，民族矛盾和阶级矛盾日益尖锐，女作家们从激情与想象中惊醒。这一时期的作品从人生意义和自身价值转向社会性质和发展趋势，主要是关于革命思潮和人文主义的美学思潮。

一、革命型女作家

革命型女作家有白薇、丁玲、冯铿、谢冰莹等。

冯铿（1907—1931），又名岭梅，出生于一个知识分子家庭。1929年加入中国共产党，1930年加入"左联"，次年初与柔石、胡也频、李求实、白莽同时被捕，2月被国民党杀害，史称"左联五烈士"。代表作品有小说《重新起来》《华老伯》等，随笔《一团肉》，诗集《春宵》，还有短篇集《铁和火的新生》。

冯铿早期创作的小说《最后的出路》以女性意识觉醒为主题，叙述新女性所面临的困境及种种社会问题。女主人公若莲过着安逸而又守旧的生活，母亲去世后她去当了教师。受五四新思想的影响，若莲对未来充满希望，但由于朦胧的女性意识尚不坚定，面对巨额遗产的诱惑，若莲动心，于是打算重新回归家庭。关键时刻，被好友启发，女性意识终于觉醒，开始投身革命。冯铿笔下的女性大多是以革命为最后出路。冯铿的代表作《重新起来》是根据自己早年参加革命的经历创作而成，描写一对青年男女的革命爱情，典型的"革命＋恋爱"模式，但"革命"之下实际上是女性面对男权文化进行的

自我拯救。女革命者小苹从乡下辗转到上海与爱人辛萍相聚，陌生的环境使得小苹的情绪非常糟糕。辛萍眼中的小苹只是家庭的依附者，是情感欲望的承受者，毫无自己的地位，这种不平等促使她离家出走，进入社会寻找自我价值。

冯铿作品中表现的女性觉醒意识大部分采用对比手法，不是女主人公与他人的对比，就是对自己的过去与现在的对比，旨在强调主体意识觉醒的过程和女性对自我命运的把握。就像《最后的出路》和《重新起来》中女主角的离家出走，其实就是作家对男权文化的反抗。在《一个可怜的女子》和《月下》中，作家则是用女性的自杀来表达她们强烈的主体意识。第一篇记录童养媳的悲惨生活，终日饱受折磨，最后跳河求得解脱。后一篇叙述年轻女子受尽家庭压迫，丈夫不务正业，婆婆整日虐待，使她徘徊在生与死的边缘。另一代表作《红的日记》，冯铿在作品中塑造了中国现代文学中首个女红军形象，一个敢于与统治阶级拼命的女人。通过这个形象，作家号召女性放下自身追求和性别差异，积极投身到阶级斗争和民族抗战中，将女性的解放与人民的解放紧密结合。

谢冰莹（1906—2000），原名谢鸣岗，是中国现代文学史上第一个女兵作家。1926年考入黄埔军校武汉分校，次年随革命西征，途中的所见所闻，成为她的成名作——《从军日记》的重要题材。十年后出版自传体小说《一个女兵的自传》，书写封建家庭少女受五四新思潮熏陶最终成为新时代女战士的过程。谢冰莹无法改变的性别差异，注定争取自由的方式与男性迥然不同。她坚决反抗母亲，实际上是在反对整个封建礼教，预示着她女性意识的觉醒。母亲在谢冰莹年幼时就为她订下亲事，她三次逃婚，第四次被抓，仍然伺机逃离，最后在与母亲的斗争中大获全胜。这个女兵形象与其他女性形象一样，都表现出对爱情和自由的竭力追求，将自己的真实经历和人生体验融入作品，借助作家的满腹才情，一首夹杂着生活、爱情、命运的乐曲油然而生。

二、学者型女作家

学者型女作家代表人物有沉樱、林徽因等。

沉樱（1907—1988），原名陈锳，出生于一个中产阶级家庭。与其他女

性作家一样，沉樱的笔触仍然主要停留在日常生活和日常男女的爱恨情仇，她向往爱情的美好，憧憬童话般的生活，又不得不面对骨感甚至残酷的现实，表现出时代背景下女性知识分子婚恋生活的酸甜苦辣。从1929年开始，沉樱陆续出版中短篇小说集：《喜筵之后》《夜阑》《某少女》《一个女作家》和《女性》，这些小说集主要描写男女的爱情生活，影射一些社会问题。

《喜筵之后》中的女主人公发现丈夫移情别恋，报复心理作祟，她试图接近昔日恋人，但恋人的忠厚老实，使她非常苦恼。小说中虚有其表的婚姻，丈夫的始乱终弃，都是作家批判的内容。已婚女性微妙的心理变化，还有她们在婚姻中的依附地位，都可以看出对婚姻不满的女性试图在婚外寻找精神依托。除了男女恋爱之外，沉樱较多关注的还有现代知识女性的生存状态，指明知识女性在家庭中的自我定位，《一个女作家》《生涯》《妻》等作品都在反映女性面对事业与家庭的双重矛盾时难以兼顾。而《主仆》《旧雨》等作品主要描写下层人民的贫苦生活和悲凉命运。

林徽因（1904—1955），原名林徽音，1931年发表平生第一首诗《谁爱这不息的变幻》，代表作品有诗歌《你是人间四月天》、小说《九十九度中》等，其中，《你是人间四月天》为大众所熟知，广为传诵。除此之外还有散文、剧本、译文、书信等。她的诗歌婉转柔丽、韵律自然，大多围绕个人情绪起伏展开，主要探索生活和爱情的哲理，在文学界饱受称赞。

20世纪30年代确实出现了一些非常优秀的女性作家，但却屈指可数，文学作品中的个性意识日益淡化。身处民族解放斗争的大环境中，女性问题不再是最亟待解决的矛盾，女性文学也从五四时期的"女性个人问题"转变为"外部环境问题"。

第二节　白薇　袁昌英

20世纪20年代的戏剧创作普遍以追求恋爱自由和妇女解放为素材，借以抨击传统社会老旧的道德思想，揭露封建家庭内部的腐朽没落，给当时的社会造成了极大影响。然而，通过对这些作品仔细研读，我们不难发现，女性并未彻底脱离男性而独立存在。比如《终身大事》里的田亚梅、《卓文君》

中的卓文君等，这些女性形象始终依附于男性，等待男性来救赎。男性作家虽承认男女地位平等，也赞同女性解放，但潜意识还是未能打破传统观念的禁锢。女性的真正解放还是要靠自己，其自身文化主体意识的解放至关重要。在戏剧舞台上，白薇和袁昌英最早将传统两性关系的真实状态暴露出来，强烈批判男权社会的暗无天日，表达女性解放的心声，最终实现对男性中心意识形态的文化突围。

白薇（1893—1987），原名黄彰，出生于一个普通的农民家庭，父亲创办私塾，所以她有一定的民主思想却未能冲破封建樊篱。白薇20年代开启创作生涯，投入戏剧创作仅十年，却留下了一部部个性鲜明的经典之作。她的一生都在反抗压迫，追求解放，所以这本身就是一部让人激情澎湃的作品。在那个年代，白薇也未能摆脱当童养媳的命运，父亲为维护封建礼俗逼她嫁人，在夫家她惨遭虐待，身心俱损，最终逃离。这样的痛苦经历，使得她更加关心妇女解放，呼吁女性自立自强，勇于打破旧制度的牢笼，获得自由和新生。白薇就像追求自由的战士，在20世纪的文学画卷上刻下深深一笔。只有切实体会过痛彻心扉，才能不顾一切地去争取。白薇遭受的痛苦是内外兼有的，在黑暗时代艰难地活着，命运掌握在别人手里，先被父亲送去夫家当"冲喜"祭品，后被情人弃如敝履，所谓的亲情和爱情给她带来无尽伤害，贫病交加的她挣扎于生死边缘。

1926年，白薇发表第一部剧作《苏斐》，作品中那位名叫苏斐的年轻女人，生于上层官僚家庭，与丈夫陈特属于典型的包办婚姻，婚后苏斐爱上了一个地位与收入皆无的男人，陈特在极端愤怒下开始谋害苏斐的亲人。作者通过作品谴责父权制家庭对女性人格的漠视，谴责封建制度下的包办婚姻，呼吁女性追求人格独立和婚姻自主，实现自由意志，把握自我命运。在军阀混战、生灵涂炭的时代背景下，纯洁善良的苏斐与卑鄙残暴的陈特形成鲜明对比，既是对黑暗社会的抗议，也是对美好社会的向往。

中国老旧的婚姻制度与金钱势力有着千丝万缕的联系，在白薇作品中，这种制度又与各种外来思想结合在一起，形成复杂的结构模式，书中描写生存在这种结构模式下的底层女性的真实生活，充斥着迷茫和绝望，她们的命运总是以毁灭告终。

1924年白薇开始创作诗剧《琳丽》，次年完成，书写热恋中的琳丽被情人抛弃，她把黑暗社会与个人爱情融合起来。故事发生在一个冬夜，琳丽在花园中苦苦等待恋人。妹妹璃丽上场，她们谈艺术、论自然，说出彼此对爱情的看法。妹妹离开后，恋人来了，他们享受爱情、互诉衷肠。恋人走后，琳丽做了一个梦，梦见自己想成为剧作家，去莫斯科追求理想。同时梦见花神、时神和死神，花神指引她和恋人去漫游世界，可恋人却爱上妹妹，并带着她到世界各地举行音乐会，最后在莫斯科琳丽与恋人相逢，二人关系破裂，恋人欲与琳丽破镜重圆，可妹妹已有身孕。琳丽无法接受恋人的移情别恋，最后自杀，男主角也被猩猩撕碎。整部剧的三个主人公有两个死亡，作品实际上正是作者对自己爱情的纪念，她揭露社会中的"恋爱"真相，视爱情为生命的女子，自私滥情的男子，一个掏心掏肺，一个有所保留，恋爱的不平等映射出社会关系的不平等。白薇尖锐地批判了以男性为中心的社会，女性毫无地位，丧失经济基础，男性极端利己，肆意玩弄感情，而女性往往沉迷于爱情后知后觉。作者通过作品表达了自己的爱情观，缺失爱情的人生是不完整的，这与封建社会的包办婚姻存在明显进步。白薇勇敢挣脱封建枷锁，成为追求妇女解放和自由平等的五四新女性，在外求学期间饱受歧视，因此，她向往新生，渴求爱情，将全部希望寄托于两性关系。然而自身情感的创伤和社会环境对女性的摧残，使得她作品中的女性角色有了毁灭性特点。

在男性作家笔下，恋爱自由与个性解放相辅相成，女性一旦为了爱情走出家庭就获得了解放，相恋的男女冲破阻挠，最后幸福地走进婚姻殿堂。白薇认为所谓的爱情只是女性解放一个必不可少的铺垫，或者是一条捷径，作者的笔触更加关注走出去的女性们将何去何从。爱情的本质和表象是相悖的，爱不是莺莺燕燕，而是女性斗争的兵刃。爱甚至是女性追求平等的符号秩序的一种图腾。男作家创作的作品中对爱情的描写无法摆脱性别束缚，在意识深处，他们永远是从以自身为中心、要求女性认同而展开，而白薇笔下的女性拒绝认同男性，她们自己是戏剧行动的主体，白薇彻底改写戏剧创作中的男性叙事方式，体现出深刻的女性意识。

到20年代末期，白薇作品的现实性愈发强烈，时代色彩更加浓厚。她始终坚持被压迫女性的立场，站在女性的角度去观察社会，回想自己早年不堪忍受家庭折磨而出逃的经历，她更加认识到女性解放的深刻意义。她的创作主题总是围绕女性饱受压制的命运展开，表现出女性的觉醒和反抗。《莺》中的女革命者灵芝，与军阀家庭勇敢斗争，最后从军阀父子的压迫中得以解放。《敌同志》里的女工苏大姐，打破家庭束缚，毅然走向社会，投身抗日大军，实现自我价值。

白薇的戏剧创作有着高度的主观性和强烈的反抗意识，她将自己的亲身经历和情感体验融入戏剧人物的生活中，以旁观者的身份观看眼前的故事，主人公的经历实则是自己的故事。她的大多数作品都是对自身经历的回忆和解析，具有强烈的个人体验和自我表现力，并非伤疤撒盐，而是蚀骨剜心，从撕裂的疼痛中汲取激励女性寻求解放的力量。她的创作深受20世纪女性解放思想的影响，曾经梦寐以求的美好社会关系与极其黑暗的社会现实产生对立，她长期忍受性别歧视，于是积极投入革命大军，在创作中打开回忆之门重新审视表层愈合的创伤。她全身心地投入写作，自发地表达内心的情感，真诚、细腻地描述，让读者心疼。

袁昌英（1894—1973），著名作家、教育家、翻译家，将自己的一生献给三尺讲台，文学作品中影响力最大的是戏剧，其次是小说和散文。她站在女性立场，关注女性解放，呼吁女性接受教育，积极参加政治活动。由于作者受到封建社会老旧文化的熏陶，她的现代女性意识依旧建立在传统根基之上，具有明显的时代特色。

袁昌英提倡妇女解放，但她并未与其他人一样选择极端路线，更多的是冷静思考，她认为实现男女平等首先应重视性别差异。无论生理还是心理，男女都存在天然差异，我们要在尊重各自差异的基础上实现相对意义上的平等。两性社会中，男女互助很重要，不仅表现在生活和精神上，还与文化有着密切关系。女子性柔，需要男性的感染力来激励；男子性刚，需要女性柔和的感染力去缓解。性别差异的真正意义是全面探索女性的自我价值，将两性的对立关系转化为互补关系，从观念上作出改变。袁昌英所倡导的女性解放是经济自主、人格独立，完美的两性关系应是男女互助、和谐共处，共同进步。女性通过努力使家庭趋向幸福，同时也要不断完善自我，实现人生价值，她相信女性完全有家庭与事业二者兼顾的能力。

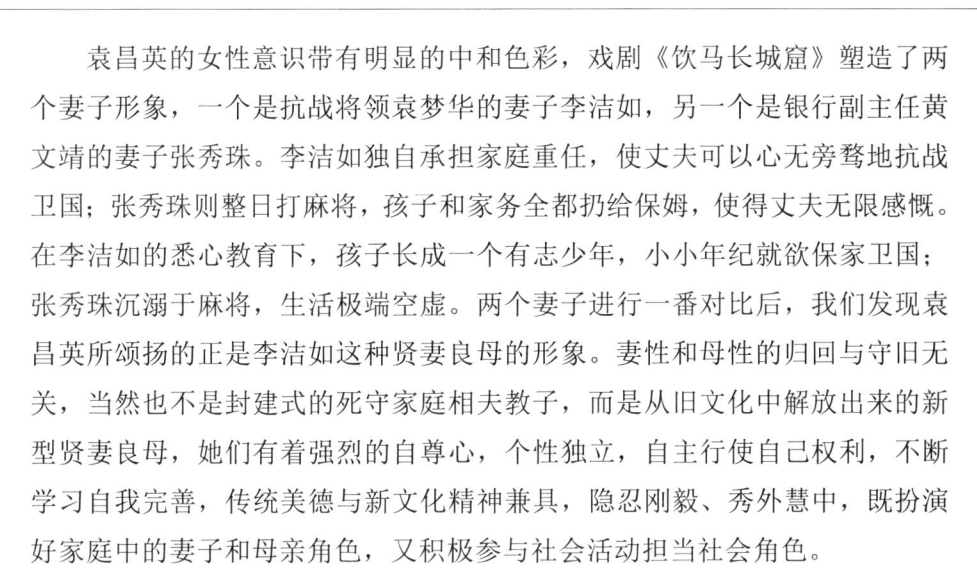

袁昌英的女性意识带有明显的中和色彩，戏剧《饮马长城窟》塑造了两个妻子形象，一个是抗战将领袁梦华的妻子李洁如，另一个是银行副主任黄文靖的妻子张秀珠。李洁如独自承担家庭重任，使丈夫可以心无旁骛地抗战卫国；张秀珠则整日打麻将，孩子和家务全都扔给保姆，使得丈夫无限感慨。在李洁如的悉心教育下，孩子长成一个有志少年，小小年纪就欲保家卫国；张秀珠沉溺于麻将，生活极端空虚。两个妻子进行一番对比后，我们发现袁昌英所颂扬的正是李洁如这种贤妻良母的形象。妻性和母性的归回与守旧无关，当然也不是封建式的死守家庭相夫教子，而是从旧文化中解放出来的新型贤妻良母，她们有着强烈的自尊心，个性独立，自主行使自己权利，不断学习自我完善，传统美德与新文化精神兼具，隐忍刚毅、秀外慧中，既扮演好家庭中的妻子和母亲角色，又积极参与社会活动担当社会角色。

袁昌英在作品中渲染的妻子和母亲的女性世界都是快乐无比的，她重视女人骨子里的妻性和母性，还有女性在家庭中的地位和对子女的影响，尊重女性的个体独立。她的作品书写女性的美好，将女性柔软的人性展现于人前。即便是《孔雀东南飞》，作者也没有着重描写焦母传统妇女的刻薄形象，而是将眼光放在她的生理和心理变化上，塑造出一个长期受压抑而身心煎熬的寡妇形象。

《孔雀东南飞》中刘兰芝和焦仲卿的爱情悲剧，把封建家长制的强硬和罪恶表现得淋漓尽致，同时也赞扬这对恋人为了爱情敢于抗争的精神。戏剧史上的改编版本大多侧重于爱情悲剧的演绎，表现出焦母蛮横的家长权威。而袁昌英并未随波逐流，她创作的同名三幕剧，将眼光停留在女性的生存境遇上，着重强调刘兰芝的美貌和焦刘二人的感情，焦母对兰芝的虐待则是为了呈现封建家长对他们自由爱情的破坏。作者探索个体的生理和心理双重因素，大胆指明长期欲望压抑所致的身心痛苦。焦母年轻守寡，心理上时刻警醒自己从一而终，但生理上寂寞难耐，于是将对丈夫的感情转移到儿子身上，把他当成自己精神上的情人，为了独享这份爱，迟迟不给儿子完婚，导致原本活力四射的儿子压抑成疾，这正说明了母亲的极度自私和儿子的软弱无能。焦母未能及时将这种变质的情感进行排解，而是任由它发酵，最后变成一种畸形的心理状态。她对儿子的依恋非一般强烈，同时具有明显的排他性，

不允许任何女性来夺走他，分享他的爱。剧本渲染焦母极其矛盾而又复杂的情感，将她畸变的人性加以还原，展现封建礼教对女性贞节毫无人道地控制。作者站在女性的角度告诉我们，妇女的解放只能靠自己，刘兰芝所依靠的焦仲卿本就孱弱，在同盟关系中根本无法顾及她的安危，女性梦想男性拯救是不切实际的。

袁昌英在作品中有意识地将人物关系从男性中心转移到女性中心，并且颠覆了以男性为中心的文化传统，作为女人，她更能感同身受，坚定地站在女性立场去竭力表达她们的痛苦和需求，为她们的凄苦落泪。同时还呼吁我们，依靠自己的力量求得真正解放。

20世纪20年代通过戏剧来表现女性意识，揭示人性内核的作家屈指可数，袁昌英属于其中之一，优秀且有智慧。古往今来，她关于女性题材的戏剧作品有着深刻的文化价值和进步意义。

第三节　丁玲

丁玲（1904—1986），原名蒋伟，字冰之，出生于一个官僚地主家庭，是中国现代女性文学领域中个性独特的作家。她幼年丧父，成长过程深受母亲影响。在新文化思潮的笼罩下，书香世家的母亲渴求妇女解放，因为母亲的见识卓然，丁玲才能入校读书，接受五四新思想的熏陶，形成女性独立的自我意识。母亲的帮助使得丁玲顺利逃离包办婚姻，赴上海求学，随后辗转北平，正式开始文学创作，最后与青年作家胡也频相识相知。

《梦珂》是丁玲的处女作，小说中的少女梦珂在五四新思潮的影响下远赴上海求学，在此期间见证了社会现实的丑恶，因此，丁玲在作品中对于女性生存现状的表达具有一定的悲剧色彩。初入文坛的丁玲随即就把眼光转向女性生存空间，她犀利的语言表达方式，着实引起了文坛一阵骚动，伴随《莎菲女士的日记》的发表，丁玲一举成名。随后发表以女性同性恋为主题的小说《暑假中》，还有吞火柴头自杀的乡村女孩《阿毛姑娘》等，这些作品一度让人们为她的创作天赋而震撼。紧接着小说集《在黑暗中》和《自杀日记》相继问世。1930年出版小说集《一个女人》。这一时期的丁玲频频关注女性心理，侧重于描写女性生存状况、情感矛盾等，凸显出作家的独特意识与

女性价值观。

　　1930年，丁玲与胡也频双双加入"左联"。受左翼文学影响，丁玲作品中出现革命者形象，虽然顺应时代潮流，但革命文学创作过于公式化、脸谱化的问题依然存在。次年，胡也频遇害，丁玲深受打击，于1932年光荣加入中国共产党。此后的创作受政治影响颇为严重，作品的社会性增强，女性意识减弱。1933年，被国民党特务绑架。1936年，逃离南京潜回上海，同年11月到陕北保安。这一时期丁玲的创作有鲜明的理性特征，关注点主要在阶级斗争、民族解放和土地改革等方面，作品有《东村事件》《压碎的心》等。1948年，发表关于土地改革运动的长篇小说《太阳照在桑干河上》，时隔两年，这部作品获得斯大林文学奖。

　　丁玲的文学创作大多反映女性命运与生存价值，受时代因素影响，女性意识有时深浅不一。1927年底至1929年属于丁玲的个性化创作阶段，初入文坛的丁玲显得与众不同，作品中极其鲜明的女性意识，语言表达方面大胆率真，敢于突破女性创作禁区，颇有一股"初生牛犊不怕虎"的闯劲，让当时的文坛为之震惊。处女作《梦珂》中的女主人公离开乡村到城市求学，好心帮助一个被教员欺辱的模特而惨遭诬陷，被迫离开学校，寄居姑母家，却不幸成为表哥及其朋友们的猎物。再次出走的梦珂想要生存下去，找了一份电影公司的工作想要从头开始，却还是逃脱不了被侮辱的命运。梦珂的一系列经历都在证明女性极其缺失生存空间，学校和家庭尚且如此，社会亦是，到处充斥着男性欲望。丁玲揭示五四时期女性的真实生存状况，强烈要求社会维护女性尊严，重视女性独立人格的建立。

　　《莎菲女士的日记》也是通过剖析女性的情感矛盾，体现丁玲对女性人生困境的关心。主人公莎菲是一个异常叛逆的女子，她性格孤傲不羁，大胆追求爱情。但她在爱人的选择上非常苦恼，一个善良忠厚却个性懦弱，爱她却不懂她；一个外表英俊却市侩平庸，对她薄情寡义。很明显，两个人都不符合莎菲理想对象的要求，但她还是处在理智与情感的矛盾中无法自拔。凌吉士俊朗的外表、挺拔的身体深深地吸引着莎菲，但他的眼里只有金钱、官位和享乐，莎菲明白与这样"金玉其外，败絮其中"的男人在一起不可能幸福，但她又无法熄灭对他的爱欲之火。在得到他的一吻后，莎菲最终理智战胜情感决定离开。丁玲作品中的女主角，为了恋爱自由失去生命也在所不惜，这样的爱情观与五四作家冯沅君那样有意避开欲望的表达有了进步，她在表达女性欲望时大胆开放。莎菲的叛逆不仅表现在对自身欲望的渴求，还有爱情的主动权。最后选择离开，不仅是女性主体意识的觉醒，也是在向传统性别秩序宣战。莎菲是封建礼教和男权社会的叛逆者，正是这种义无反顾，使得她注定一生孤苦。莎菲对个人爱情的苦闷正折射出这一时期知识青年们的普遍心理，他们处于一种极度彷徨的状态。

随着长篇小说《韦护》的问世，丁玲在创作上发生了微妙变化，即女性意识转弱，革命意识增强，集体主题取代个人主题，预示着中国现代文学从文学革命转型为革命文学。《韦护》写的是革命者韦护与小资产阶级丽嘉的恋爱故事，主要表达革命者面对个性主义与集体主义冲突时果断选择集体，恋爱与革命发生矛盾时毅然选择革命。丽嘉从沉迷爱情难以自拔到不满爱情据理力争，最后为爱伤神，整个过程记录了女主人公的心理变化，与同时期作家笔下的女性形象不同的是女主角进行一番思想斗争后，决定振作起来，走出苦闷，从头开始。

1936年冬丁玲到达延安，走进工农大众，主动接受无产阶级革命和集体主义指导，将妇女解放与民族解放相融合。这一时期的创作以阶级斗争和民族解放的内容居多，奴役性质的题材都被处理为阶级压迫的话语。如《新的信念》是围绕陈老太婆在战争中遭受日军强暴展开的，这一事件有效地唤起了民族仇恨，民众纷纷加入革命队伍，受辱的陈老太婆并未退缩，而是在大会上控诉日军暴行，助燃了人们满腔仇恨之火。丁玲在作品中高举民族解放的旗帜，将女性意识和性别差异暂且搁置。但有着强烈女性意识的丁玲也有失控的时候，如《我在霞村的时候》就属于她失控期创作的文学作品。

《我在霞村的时候》讲的是中国女子贞贞不幸被日军抓去当特殊服务者，而后利用这一身份为政府提供情报，最后生病回村的故事。传统文学中不乏女性以姿色救国的故事，不过被设定的结局不是完成使命后牺牲，就是消散于人们的视野，之后被大众遗忘。丁玲在《我在霞村的时候》中并未这样结束，而是继续叙述贞贞回村后的遭遇。有人认为，贞贞的故事是丁玲几番辗转的心境写照，虽然人到延安，但南京的经历却被人质疑。丁玲接受组织审

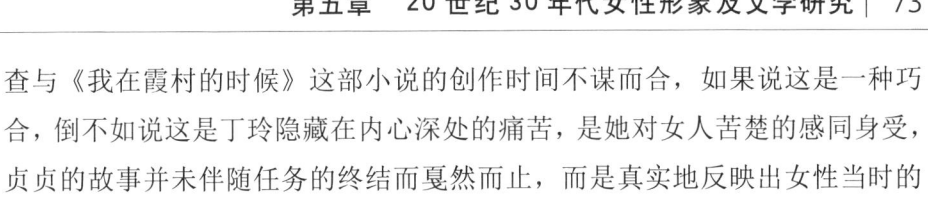

查与《我在霞村的时候》这部小说的创作时间不谋而合,如果说这是一种巧合,倒不如说这是丁玲隐藏在内心深处的痛苦,是她对女人苦楚的感同身受,贞贞的故事并未伴随任务的终结而戛然而止,而是真实地反映出女性当时的生存困境。

有人对贞贞的形象解读为伟大的"英雄",有的却说她是苟且偷生的"变节者"。这些人的评判都只是着眼于小说的部分情节,作家要表达的贞贞与"英雄"无关,亦非部分人所谓的"变节者",之所以将女主人公取名"贞贞",首先是肯定和认可她为国献"身"的行为,其次是对传统贞操观的嘲讽。贞贞只是一个平凡女子,身体惨遭异族蹂躏后又被同族利用,精神蒙受敌人羞辱后又被同胞嫌弃,毫无容身之地。因此,作者通过《我在霞村的时候》这部作品要表达的是女性生存境况和身为女子的痛苦,从国家和民族的角度为小说添加"英雄"或"变节者"的标签明显偏离作品本意。

女主角形象塑造的特色之处在于她回村后的举动,即使身染恶疾,也并未以受害者的姿态现身人前,也没有声泪俱下地哭诉自己的不幸,反而表现得极其心平气和。这一点完全颠覆了受害女性楚楚可怜的形象特征,而是赋予她坚韧乐观的品性,也正是这种乐观引起了村民的满目鄙夷。弱者形象往往能够引起大众物质上的施舍和精神上的同情,人们可以借此来获得精神优越感,而贞贞的表现彻底打消了人们想饱尝优越感的心理。

贞贞形象的另一个显著特点是她对待日本兵的态度,她没有做烈女,而是想要活下去,无论面对怎样的困境她一贯如此,这也是为她后来利用暧昧关系顺利展开情报工作夯实基础。那么这部小说中的边区政府又在扮演何种角色?日本兵惨无人道地蹂躏贞贞的身体,边区政府则是为了抗日救国利用贞贞的身体。这样看来,后者的行为显得无比崇高,与前者截然不同,但承受痛苦的却是贞贞一个人,代价是隐藏廉耻之心的肉体共享,除此之外,她得到的还有同胞们的嗤之以鼻,身体几经蹂躏,精神饱受折磨,陷入永恒的孤独,这一点体现出革命对女性的残酷。最后百般无奈之下的贞贞离开家乡,前往延安治病和学习,重新开始。丁玲顶着政治风险展示了特定条件下女性艰难的生存状态,她们还不得不面对个人价值与国家利益的矛盾。

因此,丁玲要求妇女做到"强己",表现在避免生病、保持乐观、多多用脑、敢于吃苦。她号召女性同胞们爱惜自己的生命，成为一个健康、积极、理智、坚毅的人。"强己"不仅是在呼吁广大女性，也是丁玲的自我鞭策，是女性意识的核心。作品中的故事并非个体案例，也不会局限于延安，但凡有男权压迫，这种问题就难以根除。丁玲站在女性立场，揭露男权社会中女性的真实生存境遇。1944年，随着报告文学《田保霖》的发表，丁玲的创作得到肯定和鼓励，然而做回"女性"的丁玲距离女性意识愈发遥远，更加趋近于革命政治。

　　作家的整个创作历程都在不断关注女性命运，重返文坛的丁玲创作了第一篇小说《杜晚香》，主要描写一个北大荒女劳动模范的工作和生活，给这个女性人物渲染了极强的时代色彩。女主人公跟随丈夫到北大荒，在垦区建设气氛的感染下，自始至终勤勤恳恳，最终带领一群家属加入建设大军，成为工作标兵，表现出强烈的集体主义奉献精神。但是，我们可以明显感觉到这篇小说并非丁玲的创作风格，早期作品中的个性话语和女性意识已然消失殆尽。

　　我们透过丁玲的小说看到，女作家始终挂心于女性命运和人生价值，无论是早期的梦珂和莎菲，还是后来的丽嘉和贞贞，到最后的杜晚香，丁玲都在竭力表现不同历史时期女性的悲哀与向往，分析女性的心理变化与社会现实的关系，情感表达方面大胆而又细腻。丁玲创作初期的作品展现出鲜明的女性意识，着重探索女性的生存意义，追求自我爱情，书写女性欲望，呼吁人格独立。30年代则不得不面对个人话语与政治话语、女性意识与革命意识的多重矛盾。整风运动后，丁玲作品中的个人话语和女性意识成分逐渐减弱最后消失。由此可见，丁玲自始至终在对女性命运的关注中饱经风霜，从个性解放到社会解放，由个人主义到集体主义，最后声嘶力竭的呐喊也变成了悄然无声的沉默，当眼睛盯向社会化叙事的时候，独特的个人话语也被喧哗声遮盖，最后消失不见。

第四节　萧红

　　在中国现代文学史上，萧红用她短暂的生命谱了一曲女性悲歌。她终其一生都在漂泊，陪伴身旁的是男权的压迫和女性的苦痛，正是这些千疮百孔

的人生经历让她完成了最具性别自觉的女性篇章。

萧红（1911—1942），原名张廼莹，出生于一个乡绅家庭，父亲曾投身五四新文化运动，是一个顺应时代潮流的维新人物，也正是因为这一点，萧红才得以进入新式学堂接受教育。但同时父亲深受封建礼制熏染，骨子里虽新还旧，对女儿严加管教，试图将其培养成端庄贤淑、知书达理的大家闺秀。重压之下，父女关系日渐冷淡，同时暴躁无情的父亲形象也在年幼的萧红心里定格。九岁时母亲离世，萧红与登堂入室的继母关系十分淡漠。祖母典型的重男轻女，对萧红自然也谈不上喜欢，唯一带给她童年家庭温暖的是祖父，教她背诵《千家诗》，带她在后花园锄地拔草，笑呵呵地看着她蹦蹦跳跳，捕蜻蜓、追蝴蝶、捉蚂蚱，玩得不亦乐乎，祖父的眼睛充满慈爱的光芒，萧红的心里则是自由自在的快乐，这与家中的沉闷和束缚比起来，简直是天壤之别。祖父和后花园成为萧红童年时光的唯一一抹亮色，亦是萧红成年经历的永久精神抚慰。

早年的成长环境和生活经历使得萧红并未出落成父亲期望中的闺秀形象，而是极其任性和叛逆。中学毕业想要继续求学时，遭到父亲反对，受新思想影响的萧红为躲避家里安排的亲事前往北平投奔表哥，虽然表哥已有妻室，写信提出离婚要求后，经济供应中断，生活陷入危机。最终，二人万般无奈之下终于妥协，第二年春节前夕踏上归程。萧红的第一次出走宣告失败，回到闭塞的家乡，周围流言蜚语不断，被迫举家搬迁至乡下，之后就被圈禁起来，失去行动自由，十个月后，萧红决定再次出走，这一次的出走很成功，却也正式开启了后半生的漂泊模式，被父亲开除族籍，永远驱逐。离家出走的萧红无依无靠、穷困潦倒，为生计所迫与父亲给她订下的未婚夫交往，两人开始同居生活，旅馆积压的房债促使未婚夫回家拿钱，结果却一去不复返，身怀六甲的萧红无处可去，也无力还债，身处绝境、万般无奈之际写信向当时最具影响力的《国际协报》求助，负责协报文艺副刊的编辑裴馨园收到言辞恳切的求助信函被深深打动，不久便委派副刊作者萧军去看望萧红。这一次见面，开始了二萧的爱恨情缘。

一场洪水袭来，旅馆被淹，萧红搭坐救济船逃脱，不久临产，由于经济窘迫，产后的萧红忍痛将孩子送人。这段经历每每灼烧着萧红，生育的身痛和放弃的心痛使她夜不能寐，发表的第一篇短篇小说《弃儿》正是这段经历的真实写照，这种生命体验成为她创作的主导元素，使她有意识地去关注女性的生育与死亡。之后二萧住进俄国人经营的欧罗巴旅馆，面对饥寒交迫的生活，唯一值得安慰的是两人感情深厚。萧红正式开始文学创作，二萧出版的小说散文集《跋涉》使得她在文坛崭露头角。时隔一年，二萧来到上海，不久与鲁迅先生见面，他们视鲁迅先生为精神导师，鲁迅先生也竭力帮助这两个年轻作家。随着《生死场》的出版，萧红步入中国女作家之林，奠定了其在中国现代文学史上的地位。

在二萧生活和创作刚刚开始，逐渐摆脱生存困境时，二人出现感情危机，个性粗暴的萧军与倔强脆弱的萧红之间的矛盾愈演愈烈，这使萧红陷入痛苦中无法自拔，于是动身前往日本。期间，小说《红的果园》《家族以外的人》《孤独的生活》等小说相继出版。抗战爆发前，萧红回国，随后二萧退往武汉。抗战第二年，二萧、端木蕻良等人应邀到山西临汾的民族革命大学任教，不久日军攻陷太原，学校决定撤离，作家可随校撤离，也可随战地服务团去西安。二萧为去留问题激烈争吵，最终各奔东西。萧红到达西安后，与文学创作方面看法相近的端木日益亲密，最后两人在汉口举行婚礼。婚后第二年年初，萧红与端木南下香港，这一时期疾病缠身的萧红内心异常孤独，身心饱受煎熬之下完成了她此生的最后创作，即《呼兰河传》《小城三月》《后花园》《马伯乐》等。1942年元月，萧红入院，由于医生误诊，她接受肿瘤手术，术后伤口无法愈合，加上日军管制，无法买到消炎药，导致她病情急剧恶化，1942年1月22日，一代才女离开人世，徒留一缕思乡之情和满腹遗憾。

萧红的一生，两次出走、漂泊流离、不断抗争，少年时反抗父权统治，长大后反抗性别歧视，仿佛永远摆脱不了男权的桎梏，从一个男人漂向另一个男人，终其一生都在寻找一处安稳的避风港，始终做不到女性的独立自主，男权统治下的性别歧视带给她的只有漫无边际的苦楚和无助，离开父亲的暴虐，得到爱人的离弃，萧红内心深处是无法言说的痛。因此，她才会无比感慨，这一生最大的悲哀和不幸就是做了女人，也切实感受到当时的社会提供给女性的生存和发展空间是多么有限。她不甘心在男性光环的笼罩下苟且偷生，渴望成为一个独立的发光体，发出属于自己的光，然而她生命中遇到的

几个男人皆是懦弱无能之辈，这就使得她作品中的男性形象大多是这样的性格特征，从未出现理想型的男性，即使是社会底层饱受压迫的劳动者，他们也只会将一腔怨愤发泄到地位更加不堪的女性身上，就像《生死场》中的男主人公一样，这是一部关于阶级压迫和反抗的作品，更揭露了性别压迫下女性的真实生存境况。

萧红笔下的男主人公性格粗暴且极度自私，女人在他眼里担任的角色是出气筒和泄欲器。他们本是备受欺辱的奴隶，而家中的妇人则是奴隶的奴隶，昼夜挣扎于万劫不复的深渊，所受的伤害全拜男人所赐。小说的金枝和成业原是一对恋人，婚前的成业百般殷勤，金枝抱着对美好生活的憧憬嫁给了这个看似热情的男人，却不知噩梦已然开始，婚后的成业立马变了一个人，金枝终于明白这个与她朝夕相处的男人与其他男人并无二致，都是薄情寡义的族类，除了无休止地打骂妻子，就剩下动物的本能。即便她将要临盆，这个所谓的丈夫也只顾发泄自己的兽欲，完全不顾妻子死活。面对日益窘迫的生活，这个男人丝毫未考虑将来的温饱问题，更不存在与妻子共渡难关的想法，而是日复一日地埋怨，视妻子女儿为负担。最后，又逢五月节，家中一无所有，妻子无米下锅，女儿不停哭闹，烦躁的成业一把抓起一个月大的女儿将其活活摔死，可谓丧尽天良。

作家作品中的另一位"极品"丈夫，完全不念夫妻情分，虐待瘫痪的发妻，那个曾经打鱼村最美丽的女人月英，婚后不幸瘫痪，起初迷信的丈夫还请神烧香，眼看病情不见好转后便不再理睬，自己吃饱安睡，任妻子撕心裂肺地呼唤到天明，一口水都不予施舍，就盼她早日死去，甚至抽走被子，付之砖块，即便妻子的身上生蛆长疮也不闻不问。疾病的折磨和丈夫的虐待使得这个曾经貌美如花的女人活得像鬼一样。月英的悲惨命运与异族侵略抑或阶级压迫无关，而是源自男性的残暴无情。除此之外，小说中极度自私的二里半，白天照管山羊，晚上打骂妻子。这些社会底层的男性面对贫穷与灾难，完全不会想到保全家庭，为妻子遮风避雨，而是欺辱比他们地位更加低下、力量更加弱小的女性，充分暴露男权统治之下男性对女性的极端压迫和百般践踏。

萧红笔下塑造的男性特征大多粗暴狂躁，这与幼年定格在她心里的父亲形象有关，那是家庭带给她难以磨灭的阴影，当然也有爱人留下的种种伤害。

尤其是大男子主义的萧军，这个可以与石头的坚硬度相"媲美"的男人，就像一颗定时炸弹，一触便玉石俱损。萧红作品中的男性形象特征除了暴戾无情，就是懦弱胆小，就像长篇小说《马伯乐》中的马伯乐，有着鲜明的人物色彩，身兼人夫与人父的双重身份，却无力养家糊口，反而依靠父亲和妻子，堂而皇之地吃白饭。除软弱无能之外，对待家人也是极其自私，大难临头完全不顾家人安危，自己安全就好。国难当头，毫无民族使命感，苟且偷生，典型的投降主义者嘴脸。这样一个胸中无国、心中无家且一无是处的男人，完全颠覆了以男性为中心的社会所赋予男性的专属特质。

萧红作品中粗暴或懦弱的男性形象旨在反映男权社会的男性特质，将男女置于性别对立面形成鲜明对比，更能揭示女性的真实生存状况。作家认为，性别歧视和性别压迫是亘古以来女性追求独立自主的最大阻碍。萧红创作的小说有着极不和谐的两性关系，性别压迫随处可见，长期的身心折磨使得女性对男性抱有严重的恐惧心理。除此之外，还有男权社会给女性编织的各种条规给她们带来的无形压力，女性的处境更加举步维艰。

萧红指出以男性为中心的社会给男女设定不同的价值评判标准，男性是主宰者，女性是臣服者，既要对其心生畏惧，又要温顺克己。女性只有符合这一要求，才会被社会接纳，反之，就要接受各种惩罚。就像小团圆媳妇（童养媳）就是被那个时代愚昧无知的人们按照这一价值标准活活扼杀的代表。男权社会所设定的团圆媳妇应是温顺、害羞，可她却截然相反，大大方方、一顿三碗饭、不看人脸色、坐得笔直、走得飞快，在街坊邻居间饱受非议，以至于婆家对她严厉惩治。他们想通过打骂来让她变得老实温顺，不过，毒打并未使小团圆媳妇顺服，婆家认为她被狐妖附体，于是找人驱鬼，这样的精神折磨使她的意识愈发糟糕，婆家仍不罢休，继续所谓的"治病"，将她丢进大缸滚水。终于，那个鲜活的生命宣告终结。小团圆媳妇的死与男权社会的价值标准直接相关，同时还有人们的愚昧迷信，走出条规就会被认为不懂安分守己，后果惨烈。

《呼兰河传》中的王大姐，也是男权社会价值观念下的牺牲品，劳动家庭造就她膀大腰圆、勤快麻利、性格豪爽、长相好看的她在出嫁前饱受夸赞，可婚后街坊四邻对她的态度变成冷嘲热讽，因为她拒绝嫁给家里安排的丈夫，

自作主张与磨倌冯歪嘴子结为夫妻，她的行为脱离了传统社会给女性设定的条规，人们将其定位为伤风败俗的形象，就这样，王大姐成为众矢之的，成为街头巷尾人们茶余饭后的八卦人物，耳边充斥着嘲讽，加上沉重的生活压力，使得这个原本积极向上的王大姐日渐消瘦，最后凋零。

小团圆媳妇和王大姐都是男权社会女性价值标准的挑战者，结局都是惨遭惩治，付上生命的代价。那么，假如女性未曾扮演这个挑战者角色，也未与男权社会价值标准相对抗，结果又会如何呢？《小城三月》中皎洁如月的翠姨，与其他女孩一样憧憬美好的爱情，她爱上了"我"那个在哈尔滨读书的堂哥。不过这份爱只能深藏心底，因为终身大事的决定权紧握在长辈手中。翠姨是再嫁寡妇的女儿，深知自己身份卑微，加上她温顺的性格，除了接受家里给她选择的夫婿，别无他法。三年后，听到结亲消息的翠姨一下就病倒了，而婆家听说她病了，便要立马迎娶。翠姨心有不甘却又无可奈何，拼命糟践自己，盼望早日死去。她临死前终于见到了自己的心上人，他刚一伸手，她就紧紧拉住他的手，哭得撕心裂肺，最后诀别人世。即使解放自由的新思潮已然席卷了那个偏远闭塞的小城，但还是难以与根深蒂固的传统价值观相对抗，封建伦理和陈规陋习在有形与无形中束缚着女性的言行举止和思想观念，这也是翠姨不敢大胆追求爱情的缘由，最后只能带着满腹的遗憾和深情离开世界，用死亡来表达自己的无限愤慨。

由此可见，对于男权社会而言，女性的反应无外乎两种，顺从抑或反抗，但结局都一样，以悲剧告终。因为那个社会的她们根本没有选择权，命运只能听从别人安排，就这样周而复始一代代地恶性循环，似乎永远逃脱不掉。就像《红玻璃的故事》中的女人们，无休止的命运轮回，主人公王大妈的丈夫去黑河挖金子，十余年对家里不管不顾，随着时光流逝，王大妈对这种孤寂的日子早已习以为常，但仍怀揣希望，期盼丈夫回归好好生活。王大妈的女儿出嫁后，女婿也去黑河挖金子，五年杳无音信，留下孤单的女儿。有一天，王大妈去看望外孙女小达，看到小女孩的玩具——红玻璃花筒，她似乎一下子就感知到小达的命运，也会像这红玻璃花筒一样，逃不出凄凉的命运轮回。红玻璃花筒象征着女性的命运，拼死挣扎也终究被人摆布，脱离不了一代代轮回的人生悲剧。我们从这种带有绝望色彩的女性命运可以看出，作

家经历种种坎坷后对女性自我生命价值的悲观。

男权社会对于女性的压迫是以有形或无形的外在形态呈现出来，除此之外，女性还要承受自身的生育之苦。或许是作者经历过这种实实在在的痛楚，因此，在她的笔下不乏描写女性生育的作品。《王阿嫂的死》是萧红的处女作，故事的女主人公王阿嫂是一个勤劳善良的农村妇女，与其他穷困家庭的女人们一样，迫于生计给张地主家做工，一天王阿嫂挺着肚子在田间劳作，稍作休息时被张地主踢了一脚，几天后在疼痛中产子，但很快母子尽都死亡。小说揭示了那个年代阶级压迫带来的悲剧，也表现了生育给女性带来的痛苦。

在萧红眼中，那些为女性"量身订制"的条规，诸如生育、母性和妻性等，都是夺取女性主体自由的罪魁祸首，它们严重阻碍了女性追求人格独立，也是男权社会为女性建造的人间地狱。萧红解构了女性生育的神话，同时认为母性是一种累赘，女性具备自由选择权，尤其在物质条件极其艰苦时，放弃母性值得被原谅。这是作者的观点，同时也是她的选择。作者有过两次生育经历，第一次由于生活太过匮乏，百般无奈下忍痛割爱将孩子送人，第二次出生没多久的孩子夭亡。尽管作家也是强忍锥心之痛而作出的选择，但人们还是无法认同。我们发现，萧红的作品中很少塑造散发母性光辉的女性形象，也几乎没有充满母爱温暖的感人片段。《生死场》中的王婆，她非常冷静地向别人讲述她女儿的死，孩子的死并未让她觉得活不下去，自己的"生"与"母性"相比，生存永远大于母爱，因此，在肯定"生"的意义上，"母性"光环瞬间消失。萧红笔下缺失理想的母亲形象，同时视母性为女性追求自由之路的绊脚石。

女性的生育、母性、妻性等遭到萧红强烈否定，这与她的个性独立和自由观念分不开，传统社会赋予女性的职能只会成为她追求道路上的障碍，她看到甚至切实感受到了男权社会无处不在的性别压迫与性别歧视，这种不平等跨越时代，存在于封建社会，也发生于现代社会。萧红对这种性别歧视感到极其痛苦，切切呼吁女性独立起来，翱翔于属于自己的天空，自己坚强站立，不去依靠男人。因此，萧红喜欢两本书，即史沫特莱的《大地的女儿》和丽洛琳克的《动乱时代》，这两本书的共同之处是其间都有坚强勇敢的女性形象描写，她们敢于追求自由独立与自我生命价值，这是萧红内心的渴望，

唯愿自己也能像她们那样展翅高飞、不畏风雨。

由此可见，女性想要维护自己的人格尊严，就必须做到与男性并肩而立，而非委曲求全、卑躬屈膝，做一个真正意义上自由自在的"人"，但萧红在否定女性自然属性的立场上不自觉地展现出"非女性化"的一面，她对女性缺乏信心，对女性身份也存在认同危机，这样看来，她就陷入男权主义架构的性别歧视中而不自知。具体表现在，她有意识地埋没自身的女性特点，想要接近甚至超越男性，生活中抽烟酗酒，禁止娇揉造作的女人气质出现在自己身上，取而代之的是男子汉的豪爽刚烈。可以看出，萧红的性别意识是建立在反对自身自然属性的根基上，这种女性主义观点实际上是矛盾的。虽然秉着男女对立的观点去与性别歧视抗争，要求女性们获得应有的平等自由，但又对自身的性别属性缺乏足够自信，有意识地想要将其舍弃，这就导致萧红追求的性别独立最终还是未能逃脱男权话语的牢笼，仍旧跌入女性"第二性"的宿命轮回。除了自己性别意识中存在的矛盾，萧红的一生也都在这种矛盾中浮沉，摆脱不了、挥之不去。

总而言之，萧红揭开愈合的伤疤，用她短暂的一生与痛苦的生命经历加以调和，书写出自己内心深处的女性意识，渴望女性获得自由，摆脱悲惨的命运轮回，虽然存在些许的意识矛盾，但她真实揭露了男权社会下女性不堪的生存境遇，这是她作为女性，同时作为女性主义作家的高度自觉。

第六章　20世纪40年代女性形象及文学研究

20世纪40年代的女性文学在不安定的历史环境中艰难发展，这一时期的文学主题也呈现出不同的基调，文学方向高度逆转，各个领域都能听到"救国"的呐喊，作家们以迅雷不及掩耳之势将笔杆转向关乎民族生死的书写，号召人们全身心地加入抗日救亡的大军。

第一节　20世纪40年代女性文学概述

随着抗战的全面爆发，中国的领土被分割为三个政治区，即沦陷区、国统区和根据地，到20世纪40年代后期根据地又被称为解放区。文学领域与20、30年代相比，也呈现出截然不同的面貌，文化界与文学界的关注点逐渐从"启蒙"转向"救亡"，同时这也成为整个时代的主题。突如其来的战争给国家的各个方面都带来巨大冲击，导致国内政治、经济、文化等的分化与重组，甚至在很大程度上规定了文学的发展方向，迫使作家们迅速调整创作内容，书写国家生死存亡，投入全民抗战和民族救亡中。

一、沦陷区女性文学创作

沦陷区包括华北、东北、上海、华南及港台的大部分地区，被日军占领后，在上海生活的张爱玲和苏青，几番辗转最后定居北平的梅娘，还有一些东北流亡作家等，她们共同创作了这一时期的"沦陷区女性文学"。与20、30年代及同一时期解放区的女性文学创作相比较，沦陷区的女性文学表现出明显不同。前者的侧重点在于批判封建礼教和男权统治的文化传统，揭露女性的痛苦大多源自家庭和社会，女性意识固然强烈，但也未能彻底摆脱自身的依赖性，总是向外汲取力量，很少尝试自我改变。后者同样批判封建伦理道德，但却显得内敛而又冷静，将目光盯向自己，进行自我反思与剖析，揭露女性内心痼疾，尝试从根本上解决问题。这一时期的代表作家有张爱玲、苏青、梅娘、潘柳黛、杨绛，还有一些"东吴系女作家"等。

潘柳黛（1920—2001），原名柳思琼，笔名南宫夫人等，出生于北京一

个旗人家庭，代表作《退职夫人自传》，与苏青名作《结婚十年》堪称"双璧"，除此之外，还发表有中、短篇小说《魅恋》《恋》等。作家的性格往往决定作品的文笔风格，排山倒海抑或是春风拂面，心直口快的潘柳黛注定属于前者。她的笔风犀利，有一句说一句，既不含糊其词，也不矫揉造作，一些文章评判潘柳黛的写作风格是"像神经病一样"，不可否认，她的作品确实给人一种歇斯底里的感觉，可以说与文静、内敛毫无关系，字里行间都充满了泼辣的味道。潘柳黛创作的大胆体现在对知识女性欲望的描述上，与五四时期含蓄的女性作家们相比，她显得更加直白，站在女性的视角，毫不避讳地去表达女性自身的渴求与冲动。女性不再唯唯诺诺，而是化身成欲望的主体，表达自己的意识和需要，这种对女性欲望的大胆书写体现出40年代女性意识的张扬。

杨绛（1911—2016），本名杨季康，江苏无锡人，中国女作家、文学翻译家、外国文学研究家，代表作有《干校六记》《洗澡》《我们仨》，她早年创作的喜剧《称心如意》和《弄真成假》在40年代的上海沦陷区大获成功，其中《称心如意》风靡舞台六十余载，到2014年还在公演。杨绛的笔风极其细腻，注重对世态人情的捕捉，国外留学期间深刻体验西方风俗，加之她骨子里纯正的东方元素，她将二者完美融合，同时把中国的家族式关系搬至欧式客厅，可谓是别出心裁。因此，《称心如意》公演结束后，李健吾先生对其评价颇高，他曾欣喜地说："假如中国有喜剧，真正的风俗喜剧，从现代中国生活提炼出来的地道喜剧，我不想夸张地说，但是我坚持地说，在现代中国文学里面……第一道纪程碑属诸丁西林，人所共知，第二道我将欢欢喜喜地指出，乃是杨绛女士。"杨绛敏感地捕捉世态人情，其细腻程度使得她创作的喜剧极其贴近日常生活，故事情节的延伸丝毫未受客厅狭小空间的限制，反而借着有限的客厅空间，更好地施展出家庭女主人特有的优势，日常生活的琐碎被一览无余地呈现出来，同时女性对于家务的管理才能也被完美彰显。

20世纪40年代的上海文学界，特殊的历史条件造就出一批"东吴系女作家"，主要有汤雪华、施济美、程育真、俞昭明、郑家瑷等，尤以施济美最为突出，她们大部分是胡山源的学生，由于抗战从东吴大学迁到上海学习,在恩师胡先生的培养和提携下,这些年轻女作家们的创作方法及风格颇有相似之处,因此,称为"东吴系女作家"。她们活跃于40年代的上海文坛,被视为文坛新秀,作品主要有小说和散文。年轻的女作家们仿若一缕清风吹向文学界,实践着胡山源理想中的"通俗文学",切近社会现实,展现人生百态,追求自我理想和道德诉求。"东吴系女作家"的创作大多将目光定睛到校园生活,着重书写青年学生,在题材、风格、人物塑造等方面与五四时期女作家们的创作一脉相承,受全新时空关系、时代条件及个人遭遇等因素的影响,她身上又体现出鲜明的校园特色,使得40年代的校园女性创作充满活力。

二、国统区女性文学创作

与沦陷区欣欣向荣的女性文学创作相比,国统区的女性文学创作显得十分单调,主要原因在于人才的缺乏,作品中关于女性的描写也更加显得低回而潜隐,但也存在几个值得一提的女性作家。

郁茹生于1921年,浙江杭州人,现代女作家,1941年开启文学创作生涯,发表作品有《郁茹作品选集》《郁茹作品选萃》,还有中篇小说《遥远的爱》等。《遥远的爱》以男女情爱为视角,讲述的是女主人公罗维娜由家庭走向社会,成长为抗日新女性,争取民族解放的过程,歌颂了知识女性勇于反抗"灰色环境"的积极进取精神和献身神圣事业的高尚品格。

40年代国统区的另一位女作家、诗人是郑敏,生于1920年,福建闽侯人,1943年毕业于西南联大哲学系。作为一名诗人,寂寞是她的本体姿态,通过作品感叹生命的不同存在方式,用诗歌自我言说,浅吟低唱中充满对女性生命价值的思索。在风云变幻的时代更迭中关注女性的成长际遇,战争使人们忧心生命的迅速消亡,同时也赋予了女性另一片生存天地,面对如此特殊的环境,敏感的诗人更能发现自我,她时刻保持清醒,与时代紧密相关,竭力在硝烟弥漫的条件下构筑属于女性自己的独立空间和生命体验。除此之外,在郑敏的诗学思想和创作实践中还有对母性的独特体验。母亲承担着孕育生命的伟大使命,她们深深地了解生命的脆弱和来之不易,这是女作家们独享的创作资源,同时与生俱来的性别优势使得她们更能体会生命的变化无常。

三、解放区女性文学的创作

解放区的女作家有着相对漫长的创作生涯，不同作家的作品呈现出一定程度的相似性，同时具有鲜明的历史特征。多数女作家在进入延安之前就已经开始创作，较为稳定的创作模式与书写风格已然形成，这一时期的作品变化较大，有的受五四精神熏陶，有的则受"左翼"文学影响，有的干脆二者兼具，整体社会意识递增，总体来看，文学创作在这一时期相对自由，无需顾及太多，所思所想，皆可成文，这就使得作品内容非常丰富。既有揭露封建压迫的，又有抗议日本入侵的；有个体灵魂的低吟，也有社会苦难的哭诉；有知识女性的塑造，也有劳动妇女的记录；有对自身命运的咏叹，也有对民族兴亡的感慨等，可谓是包罗万象。进入延安后，经历短暂的相对自由，随着整风运动的开展，女作家们也加入到思想改造运动中，创作的立场、情感、内容和风格等相继发生改变，作品被注入新的元素。这一时期的创作遵循特定意识形态要求，创作的支柱在于社会阶级分析和政治价值判断，作品中的女性意识明显减弱，变为走与工农兵相结合的道路，以歌颂为主，创作风格十分明朗。

赵清阁（1914—1999），生于河南信阳一个小官僚地主家庭，笔名清谷、铁公、人一，著名作家、画家，代表作《女儿春》《自由天地》。这个有着男子汉气概的女子，幼时的成长环境造就她忧郁的气质，同时也赋予她倔强的性格。1936年发表第一部电影文学剧本《模特儿》，时隔一年，出版五幕话剧《女杰》、三幕话剧《反攻胜利》、四幕悲剧《雨打梨花》，还重新改写五幕话剧《此恨绵绵》，紧接着出版《血债》《汪精卫卖国求荣》《生死恋》《清风明月》《关羽》《花木兰》等作品，并与老舍合著四幕话剧《桃李春风》。抗战胜利后出版独幕剧集《桥》、短篇小说集《落叶》、中篇小说《江上烟》和《艺灵魂》、长篇小说《双宿双飞》《月上柳梢》等，还有许多杂文散文。她的代表作品《女儿春》和《自由天地》是解放后创作的。1943年开始着手研究和改编《红楼梦》，将其分成五部话剧，即《贾宝玉与林黛玉》《晴雯赞》《鸳鸯剑》《流水飞花》《禅林归鸟》，这些话剧倾注了赵清阁大量的心血和精力。

安娥（1905—1976），生于河北省获鹿镇一个书香家庭，中国近代著名剧作家、诗人、记者、翻译家，代表作《燕赵儿女》《古城的怒吼》《孩子们的队伍》《台儿庄》等。安娥有着独立自由的民主思想，竭力反对女性出卖自身去获取生活资源及社会地位，她的一生独立而又勤奋，全然依靠劳动获取尊严，她认为自由与独立相辅相成，女性一旦拥有独立人格，必然收获自由，这一点从她创作的歌曲《四姊妹》中即可看出，歌曲对梅、杏、兰、莲这四姊妹凭借双手努力创造生活进行赞扬。依稀记得《我怎样离开母亲》一文中，那个年纪轻轻的安娥，为了能够投身革命，发出"愿将一切去换自由"的嘶吼。抗战期间的作品大多涉及妇女问题，有《战地之春》《警报》，还有报告文学《马上行》《五月榴花照眼明》等。这些作品将根据地广大妇女们的精神状态和时代风貌展现出来，呼吁知识女性切勿爱慕虚荣，满足于小家庭而丧失"自我"，应积极投身抗日群众队伍。20世纪40年代的作品不仅呈现出反侵略战争的斗志昂扬，同时为女性觅得一条实现自我价值的道路。

面对抗日战争的烽火狼烟和人民群众的革命热情，这一特殊环境下解放区女作家们的创作受战时文化规范和革命理性的影响，这就使得这一时期的创作风貌与五四时期明显不同。国家危在旦夕，女作家们逐渐弱化了作品中的女性主体意识，去迎合时代的需要，关注点从女性身上转移到国家民族，暂且忽略了女性的性别特征，性别辨识度降低，构成中国现代文学史上普遍存在的一种"被压抑的女性叙事现象"。

第二节　张爱玲

在20世纪的中国女作家中，张爱玲可谓是一个传奇人物，她笔下荡气回肠的故事诉说着世俗男女千疮百孔的爱恨情仇，解构了一切爱情童话，充斥着无尽的苍凉感。张爱玲在20世纪40年代的上海沦陷区一举成名，颇具影响力，至今海内外依然有许多"张迷"，他们深深折服于她的作品，沉醉其中无法自拔。

张爱玲（1920—1995），原名张煐，笔名梁京，生于一个没落的贵族家庭，祖籍河北丰润，中国现代女作家。张爱玲出身世家名门，外祖父是晚清名臣张佩纶，祖母是李鸿章的长女，遗憾的是，张爱玲并未享受到名门望族

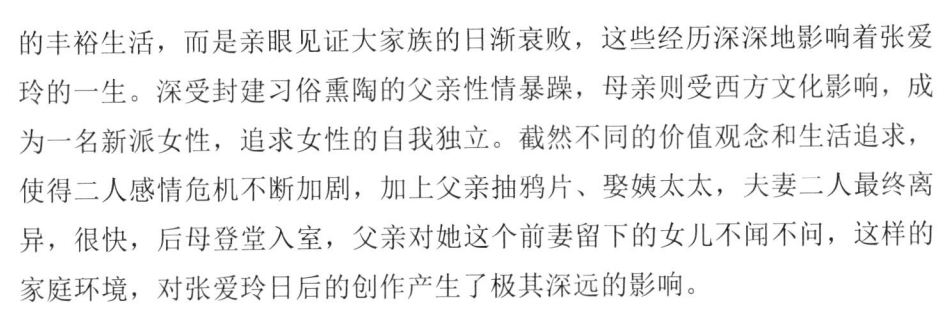

的丰裕生活，而是亲眼见证大家族的日渐衰败，这些经历深深地影响着张爱玲的一生。深受封建习俗熏陶的父亲性情暴躁，母亲则受西方文化影响，成为一名新派女性，追求女性的自我独立。截然不同的价值观念和生活追求，使得二人感情危机不断加剧，加上父亲抽鸦片、娶姨太太，夫妻二人最终离异，很快，后母登堂入室，父亲对她这个前妻留下的女儿不闻不问，这样的家庭环境，对张爱玲日后的创作产生了极其深远的影响。

幼时的记忆影响着张爱玲的一生，她的记忆深处充满了父母永无休止的争吵、离异以及各自的私心，这些都深深地伤害了张爱玲，以至于她晚年借助撰写自传体小说《小团圆》来聊以慰藉。即使父女俩也有看看小报、谈谈亲人笑话的温情时刻，但定格在张爱玲心里的依然是父亲的残暴无能。当她与后母发生冲突时，父亲不明缘由就对其进行殴打，并将其禁足长达半年之久，最终张爱玲逃离父家，满心欢喜地去投奔母亲，虽然母亲收留了她，并表示愿意抚养她，但大家庭出身且受西方思想影响的母亲，对子女的责任心十分有限，她做不到传统母亲那样为了抚育孩子甘愿自我牺牲。母亲有限的爱深深刺痛了张爱玲的心，相对于父亲的暴虐，母亲的寡淡更让她痛苦，这样的经历使得成年后的张爱玲对母爱看得非常透彻。

支离破碎的家庭、残酷无情的父亲、自私自利的母亲，加之日益拮据的经济，压得张爱玲喘不过气，她感觉自己就像一个被世界遗弃的人，身处绝境、极端恐惧、孤苦无依，这些成长中的伤痛决定了张爱玲对人世的态度，那是一种日后多少温暖都难以消释的怀疑。因此，张爱玲作品中对爱情的神圣描写遍寻不见，母爱的伟大不复存在，她更愿意去关注和揭露人性的弱点，毫不留情地进行讽刺。对于虚空的生命而言，她想要把握诸如金钱、物质等这些能够带给人安全感的东西，同时也能让人感觉安稳，她喜欢倾听街市的嘈杂，从这些声音中了解世俗男女的日常琐碎。

世界上任何东西都有其两面性，无爱的家庭给张爱玲带来无尽痛苦，但也让她得到了良好教育，父亲的旧学根底和英文都不错，张爱玲自幼受传统文学熏陶，其文学天赋与父亲早期的"诗教"有很大关系。张家藏书丰富，张爱玲幼年就阅读了大量文学作品。除此之外，家族的凋落和不堪的经历也为她日后的创作提供了很多素材。《传奇》中的不少作品如《金锁记》《花凋》《创世纪》等,这些小说的取材实际上都来自张爱玲曾耳闻目睹的其他家族故事。世家名门昼夜上演没有硝烟的战争,亲人之间争权夺利,为财产明争暗斗,为利益相互算计,人情淡漠如水,人性凉薄成冰,这些都成为张爱玲笔下的精彩故事,通过这些内容敏感地揭示人性的弱点。

在圣玛利亚女校,张爱玲开始了中学的学习生涯,入校就着手写作,并在校刊上发表文章,创作小说《秋雨》《牛》《霸王别姬》等,年纪轻轻的她颇富才情,令人瞩目。毕业后,张爱玲考入英国伦敦大学,但因战事吃紧未能赴英报到,改读香港大学文学系。1942年,太平洋战争爆发,香港大学停办,张爱玲未能毕业,于是返回上海,正式开启文学创作生涯。

1943开始至1945年,是属于张爱玲创作的高峰时期,她也是在这三年里逐渐被人熟知铭记。《沉香屑·第一炉香》是张爱玲文学创作生涯发表的第一篇小说,这篇小说在上海文坛大获成功,使她初次从幕后展露于人前。随后她又陆续发表了《沉香屑·第二炉香》《茉莉香片》《心经》《倾城之恋》等小说,还有一些散文,这些小说都收入她一生最重要的小说集《传奇》中。1945年初,张爱玲出版散文集《流言》。这一时期她还在创作两部长篇小说即《连环套》和《创世纪》。柯灵先生曾言:"我扳着指头算来算去,偌大的文坛,哪个阶段都安放不下一个张爱玲;上海沦陷,才给了她机会。日本侵略者和汪精卫政权把新文学传统一刀切断了,只要不反对他们,有点文学艺术粉饰太平,求之不得,给他们什么,当然是毫不计较的。天高皇帝远,这就给张爱玲提供了大显身手的舞台。"可以说,张爱玲的文学创作之路是低年龄、高起点,二十出头的女孩子,一开始就达顶峰,这样的作家在现代文学史上实在寥寥无几。

抗战胜利后,张爱玲先后发表长篇小说《十八春》、中篇小说《小艾》《多少恨》、电影剧本《不了情》《南北和》《太太万岁》等。1952年,张爱玲赴港,时隔一年,她创作了两部带有政治倾向的长篇小说,即《秧歌》和《赤地之恋》。1955年,遍地黄花堆积,张爱玲离开故土,远赴美国,之后开始改写旧作,将《十八春》改为《半生缘》,《金锁记》改为《怨女》,同时完成了小说《同学少年都不贱》的创作,还发表了自传体小说《小团圆》《雷峰塔》等。人的精力是有限的,与40年代活力四射、精力充沛的自己

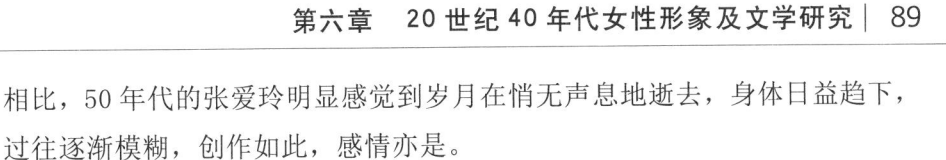

相比，50 年代的张爱玲明显感觉到岁月在悄无声息地逝去，身体日益趋下，过往逐渐模糊，创作如此，感情亦是。

关于女性的本质、地位、弱点等一直是张爱玲记挂于心的事情，她对此有着非常清醒且睿智的认识，这种认识尽显成熟，与她年轻的生命对比鲜明，独特而又内敛，世故而又从容。这些女性观点从她的散文和小说中即可看出，大致总结如下：

关于女性的本质。张爱玲认为，日光之下存在于任何文化时期的女人都是最普遍的个体，象征着四季交替、循环往复、生老病死、代代繁衍。女人身上的原始性，代表着博爱、同情、安息，她们有着柔软的心，是真正意义上的女神，与容貌无关的女神。她们用母爱抚慰呱呱坠地的婴儿，为春天的到来、生命的萌芽而喜乐欢呼；安慰那些濒临死亡的人，为经历季节轮回凋落的生命而哀哭忧伤，然而自己却终究逃脱不了恋爱、结婚、怀胎、生产的苦楚。正因为如此，张爱玲觉得，我们应对妓女在内的女人表示同情，宽容她们，相对于她们的付出，没有什么不值得原谅。女性是踏实、安稳的代表，承载着一个家庭的希望，一代过去，一代又来，最平凡的人间烟火，温暖着冰冷的生命，这种由内而发的力量正是女性的本质，它恰好蕴藏于世俗生活中，不起眼，却又让人肃然起敬。

关于男女关系与婚姻。张爱玲认为，男女关系除了最基本的感情，还有亲情，当然这种亲情并非单纯意义上的家属关系，而是母子成分。我们常说，女人成熟较早，男人往往晚熟，他们某种程度上就像一个永远长不大的孩子，女人在成长过程中会形成包容、博大的性格，同时成为一个矛盾体，庇护男人，又崇拜男人。生活于男权社会的广大女性们，生不容易，活下来亦不容易，社会并未赋予她们选择的权利，她们的生存空间极其狭小，无论如何，永远低人一等，扮演的角色也仅限于过错方，被世俗嘲笑，默默承受。可想而知，女性的生存之路何其艰难，因此，她们看重婚姻，用心经营，并付之大量的精力和心力，无论是新时代女性，还是传统女性，她们比男人更善于择偶。但是，男权统治下的婚姻并不能给她们带来安全感，也难以保证她们的权益，因此，张爱玲对于婚姻的看法与丁玲一样悲观，以交换和谋生为目的的婚姻，实际上是一种长期卖身。理想的婚姻应以女性为本，但凡决定权

操纵在男人手中，这样的婚姻注定不公平。

关于女性的弱点。张爱玲认为，女性往往最容易走极端，女人坏起来要比男人更彻底。另外，社会上一些现象将母亲形象过于神圣化，张爱玲指出："自我牺牲的母爱是美德，这种美德是祖先遗传下来的，家畜也同样具有这一美德，我们似乎不能引以自傲。"从上古时期开始，女人因自身体力不济，屈服于男人的铁拳之下，几千年来饱受压制，最终养成了所谓的妾妇之道。可以说，女人的劣根性是男人一手造成的，身上的缺点则是受环境影响。即使体力有限，女人也应承担一定的使命，凡事怨怼男人也似乎说不过去，长此以往，难免有推卸责任的嫌疑。因此，女人必须有一定程度的自审意识，这种自审意识帮助张爱玲在以后的创作中很好地剖析了女性的负面特性。

张爱玲笔下的女性意识不仅体现于她的散文中，更借助小说中人物形象的塑造来完美呈现，她在早期的创作中已然显示出自己的女性主义立场，勇敢地探寻这条关于女性命运的道路。中学时代的张爱玲就完成了小说《霸王别姬》的创作，她从女性立场出发改写了这一经典的历史故事，未曾改变的是英雄最终四面楚歌的遭遇，还有他身边那个让多少人梦寐以求的美人，生命即将终结，爱情挥之不去。不同之处是作家设定的主角不再是"力拔山兮气盖世"的项羽，而是那个似乎永远默然无声的虞姬。她总是扮演英雄的陪衬物，倩丽的身影终究只是一个模糊的存在，但她在张爱玲的小说中活过来了，不仅让人们看到她的绝世容颜，还倾听到她内心的声音，成为女性命运的代言者。虞姬懂得反思自己的一生，也清楚地知晓父权统治下男性的本质，于是选择在项羽之前自刎，对自己命运的选择代表着虞姬女性独立意识的觉醒，她是在用生命反叛千年运行的传统女性结局。

作家通过虞姬这一历史人物形象折射出以男权为中心的社会中女性的可悲命运，即使意识到自己的生命需要独立的价值和地位，不能再依附男人，但却始终难以摆脱这种已然长久存在的依赖性，女性想要赢得自身的价值绝非易事。虞姬的自刎只是一种表面的解脱，与五四时代离开传统家庭走向社会的女人们一样，属于表层意义上的毅然决然，前途一片渺茫，美丽而又苍凉，真正的出路遍寻不见。碧玉年华的张爱玲借助虞姬形象，表达对女性生存命运和生命价值的担忧，用女性主体意识来改写历史文本，给似乎亘古不

变的故事情节赋予浓厚的女性主义色彩,更加耐人寻味。

张爱玲在文坛创作中深知自己的创作方向,选择站在女性立场上为广大女性代言,并将这种女性意识沉淀于笔下,荡漾在作品中。她所展示的是一个日益消逝的国度和一群饱受欺压的百姓,还有她们一代代暗无天日的生活。就像张爱玲曾经在《自己的文章》中说的,"一般所说'时代的纪念碑'那样的作品,我是写不出来的,也不打算尝试,因为现在似乎还没有这样集中的客观题材。我甚至只是写些男女间的小事情,我的作品里没有战争,也没有革命。"张爱玲的眼睛时常盯着大时代中世俗男女的小爱情,这个时代下的女人,思想与情感总是原地踏步,甚至习惯于将自己禁锢在灰色的牢笼中,满腹惆怅,望眼欲穿,极其悲哀,让人无奈。

张爱玲作品中的女性,无论是受过教育的知识青年,还是目不识丁的家庭妇女,无论是新思潮熏陶的女性,还是旧思想影响的女性,她们的共同之处是身份上的相似,都是作为"女结婚员"而存活于世。在小说《花凋》中张爱玲指出,这些女人将结婚当成职业,有着"很好"的择偶标准,选择经济丰裕的男人为伴,这也是她们毕生的梦想。所有的心思和精力都在择偶上,想要通过男人来改变自己悲催的命运,借助婚姻这根救命稻草来飞黄腾达,求得一世安稳,感情不重要,交易而已。这些女人就是男权社会典型的牺牲品,为男人而存在,缺失自我主体意识和独立生存能力,活得毫无价值。心甘情愿地扮演婚姻生活中的弱势群体,遭遇背叛,也选择沉默,本就一场利益交换,自食苦果是必然。《花凋》中那群封建遗少的女儿们,不能当女店员和女打字员,只能做"女结婚员",最后凋零在风雨飘摇的时代中。《留情》中的敦凤嫁人七载就逢丈夫去世,生活陷入困境,最后嫁给比自己足足大了23岁的米先生做姨太太,老夫少妻自然谈不上感情,但有钱足以支撑生活。米先生虽然对脾气暴躁的妻子不满意,但一起经历风风雨雨,也是有感情的,每天去看望卧病在床的发妻,敦凤对此并不反对,当然这与大度无关,因为根本没有动情,也就谈不上醋意横生。敦凤满足于千疮百孔的婚姻,虽无幸福可言,但至少得到了经济保障。

在男权统治社会中,女性的就业机会十分有限,那些目不识丁且无一技之长的女性,为了生存,只能一嫁了之。婚姻成为她们与社会结合的唯一途径，假如无人迎娶，那在一定程度上就成了废品。从微观来看，女人成长于父亲与兄弟支配的大家庭中，丧失自我主权，由某些男性嫁给另一些男性，到了一定年龄，她们需要被转手，只有婚姻能让她们得到供养。因此，传统女性将嫁人当成一种职业，也是百般无奈，这一现象是男尊女卑的不平等地位造成的。而那些受过新式教育的知识女性，实际上也与传统女性并无二致。就像《封锁》中的吴翠远，虽然接受过高等教育，大学毕业后留校任教，既独立又有文化，应该是家族的骄傲，但事实并非如此，她在父家备受冷落，原因是二十五岁了还未出阁，父母不希望她光耀门楣，只想让她寻得一个有钱的女婿。饱读诗书的翠远活得一点都不快乐，即使经济独立，也没有丝毫的幸福感，她的家庭生活一团糟，终究逃脱不了传统女人的命运。由此可见，男权社会给予职业女性的依然是夺走独立价值的境遇，对她们的评判标准也只与出嫁的对象直接相关，自身的满腹经纶永远抵不过他人的富可敌国，女人的价值借此衡量，兜兜转转都逃脱不了男权社会早已设定好的漩涡，结局无二，被父家无情驱逐，受夫家不公对待，世代流转的附属品角色，弃之无生还，受之凄凄惨惨。

　　短篇小说《倾城之恋》的题名明显取意于"倾国倾城"，一代君王为求绝色佳人不思江山不顾黎民，最后国家倾覆、民族消亡。张爱玲有意解构这一成语的文化内涵，并将其改写为一座城市的倾覆最终成全了美人。小说中的男主角范柳原是一个极其自私的男人，女主角白流苏也是一个自私的女人，这是他们的相似之处，精明的人往往能看清对手，况且是一对"精干"。范柳原的目的很明确，他看上白流苏只是自身需要，他给她的身份仅限于情妇，而非妻子；而身无分文的白流苏看上他，也只是迫于无奈，在娘家饱受冷嘲热讽，看尽世态炎凉，她需要他的"拯救"，需要这张长期饭票。两个情场高手为着各自的目的明争暗斗，一头扎进情爱的汪洋彼此胶着，然而，随着一场战争的突然造访，香港沦陷，生死攸关，使得这对自存私心的男女开始对彼此产生一刹那的谅解，患难时的回头相顾，足以让他们安安稳稳地做十年夫妻，尤其是在兵荒马乱的年代，实难独善其身，但是两个人总比一个人好。可以说，生存之地惨遭沦陷在某种程度上成全了白流苏，进而彻底逆转了"倾国倾城"的内在文学逻辑。张爱玲将"倾城之恋"的内外意义来了个

大翻转，一声炮轰震落了裹在爱情上的浮尘，小说的结局看似圆满，实则透着无尽苍凉。倾城之恋原无恋，重在倾城，殊不知这一"倾城"有着极大的偶然性，这一偶然足以消解来之不易的皆大欢喜，就像小说首尾声声入耳的胡琴声，咿咿呀呀地渲染苍凉意境。张爱玲通过这个简短的故事，揭示男权统治下"女结婚员"们的生存现状，无路可走、无处可去，悲哀而又无奈。

张爱玲看到男权社会带给女性的压迫，同时也感受到女性自身的依附性，压迫让女性谨小慎微地活着，随时面临被深埋尘埃的结局，可是依附更甚，它让女性自我遗忘，认定只有男人才是她们的归宿，她们是"绣在屏风上的鸟"，死也只能死在屏风上，这些"鸟儿"栖于张爱玲的小说中，是旧式女性悲惨命运的真实写照。

《茉莉香片》中的冯碧落年轻时就与大学生言子夜有意，但门不当户不对，冯家长辈拒绝仕途出身的子夜，一个年轻气盛不甘家族受辱，一个年纪尚小只能以家族为重，二人就这样生生错过。后来冯碧落不堪忍受家族压力嫁给聂介臣，这个自己不爱的男人，从此她就变成了"绣在屏风上的鸟"，终身被禁锢，年深日久，容颜逝去，在屏风上抑郁而终。这是她一生的宿命，无可选择。

《金锁记》中的"麻油西施"曹七巧年纪轻轻嫁到上流社会的姜家，嫁给那个身患骨痨的残废少爷，婚后除了照顾终日卧病在床的丈夫外，就仔细盘算这个世俗大家的财产分配问题。最后如愿以偿地将财产握在手里，但却被金钱锁得更加牢固，几近疯狂，眼睛里除了钱，就是怅然若失的恐惧，身边出现的任何一个人都会让她无限恐慌，认为他们是为着她的钱。这个手戴黄金枷锁三十载的女人，心灵扭曲到极致，最后亲手葬送了儿女的幸福，一个人的悲剧带来多人的悲剧。

张爱玲认为，女性的悲剧大多源于男性的自私，但可笑的是这样不懂得怜香惜玉而又自私透顶的族类却以"好男人"的皮囊混迹于戏文中。无论是"绣在屏风上的鸟"，还是"玻璃匣子里蝴蝶的标本"，抑或是"冰箱里的一尾鱼"，这些原本鲜活的生命，奈何被绣于屏风、钉于玻璃匣、冻于冰箱，成为血液凝固、缺失灵魂的东西，被禁锢、被观赏。这些比喻揭露了传统社会下旧式妇女的真实命运，展现出女性从拥有生命到丧失生命的变化过程，

张爱玲清醒地认识到男权社会对传统女性的迫害,未曾动武,身心俱损。

张爱玲的女性意识表现在她大量书写传统女性在男权社会的命运,将她们的哀哭和凄惨置于人前,同时她借助女性书写策略与男权书写模式大胆对抗,在作品中呈现出极其鲜明的性别立场和文化倾向。这种女性主义书写策略主要包括:男性的整体弱化,母亲的负面化,堕落女性的情欲化。

我们不难看到,张爱玲的笔下鲜有阳刚之气的男性形象,大多数都是懦弱无能,甚至病态的人物,有身体的残疾,如《金锁记》中的姜家二少爷;也有精神的残障,如《怨女》中的姚二爷。张爱玲在作品中形容成年男性为孩尸或者未发育完全的孩子,言语间的褒贬一读即明。《花凋》中那个典型的封建遗少,在社会中如小男孩般无担当,在家庭中又时刻充满名士做派。《留情》中那个一有学问、二有地位的米先生,张爱玲也用婴孩来形容他,"米先生除了戴眼镜这一项,整个地像个婴孩,小鼻子小眼睛的,仿佛不大能决定他是不是应当要哭。身上穿的西装,倒是腰板笔直,就像打了包的婴孩,也是直挺挺的"。张爱玲在起伏不定的家庭环境中,亲眼看见封建遗老遗少们的荒谬言行,这群人就像跳梁小丑,百无一用,因此,她用"孩尸""婴孩"这些词汇来讽刺他们。他们坐享其成、不思进取,面对万贯家财眼高手低,将此生的全部精力放在争夺家产、吸食鸦片和光顾青楼上。《创世纪》中的匡霆谷和匡仰彝可谓是一对"极品"父子,生活来源完全仰仗儿媳紫微的陪嫁,整个匡氏家族的男人终日无所事事,几十年怀抱外财坐吃山空,最终没落为平头百姓。生活零落不得温饱,仍旧闲居深宅,曾经饱读诗书的匡霆谷演变成典型的封建遗老,毕生志趣仅限一杯莲子茶。除此之外,就是与妻斗法。其子匡仰彝绝对一枚亲生子,自甘堕落,已然成家的他依然要靠母亲养活,完全不知廉耻为何物,甚至将眼睛盯向半大的女儿,计划着饥寒交迫时让她们去当舞女,没有丝毫责任心,简直是无能鼠辈。还有《倾城之恋》中白流苏的父亲,小说中并未发现对他的直接描述,但是从家人的回忆中可以知晓,白父的赌徒身份"远近闻名",因为赌博,最后倾家荡产,白家少爷效法父亲的"丰功伟绩",在外狂嫖滥赌,最后身染脏病。在封建社会的这些遗老遗少身上,我们看到男性的无能。在这样家庭环境中长大的年轻一代,必然深受影响,一生的年日都充斥着颓废、衰残。就像《茉莉香片》中的男主人公聂传庆，二十岁的身体仿佛还没发育完全，容貌还有几分女性的柔美，面对粗暴的父亲和阴冷的后母，还有家中到处弥漫的鸦片味，聂传庆想要逃离，渴望去过健康正常的生活，但是在父亲的重压之下，聂传庆愈发懦弱、孤僻，始终摆脱不掉灰色的家族生活。他与母亲一样，注定只能做那只绣在屏风上的鸟，死也要死在屏风上。聂传庆至少还为自己的命运努力过，至少想过逃离，像姜长白、姚玉熹等这些人就自觉继承了父辈的生活，狂赌、滥嫖、抽鸦片，这种病态的生活让他们完全麻木，意志极其消沉，浑浑噩噩过一生，成为"精神上的残障儿"。

张爱玲在揭示封建社会遗老遗少们懦弱无能的同时，还敏锐地发觉那些知识男性在两性关系上的自私本质。就像《红玫瑰与白玫瑰》中的经典名言：

也许每一个男子全都有过这样的两个女人，至少两个。娶了红玫瑰，久而久之，红的变了墙上的一抹蚊子血，白的还是"床前明月光"；娶了白玫瑰，白的便是衣服上沾的一粒饭粘子，红的却是心口上一颗朱砂痣。

红玫瑰嫌之，就是蚊子血，爱之，即是朱砂痣；白玫瑰嫌之，就是饭粘子，爱之，即是明月光。失去的总是最好的。故事的男主人公佟振保，典型的好男人，出身好，留过洋，满腹经纶，高职厚禄，上孝敬母亲，下提拔兄弟，热心待友，重义气。然而，这样一个打着灯笼都难寻见的好男人也有不好的一面，对待女性的态度上尽显男性的自私。红玫瑰是他国外求学期间的初恋，最后嫁与他人，正是她有夫之妇的身份，使他不用考虑对她负责。意料之外的是这个"红玫瑰"爱上了他，为了和他长相厮守，大胆地向丈夫坦白。可笑的是，这个男人得知此事，表现出的态度是畏惧和退缩，他看重自己的前途与名声，于是选择辜负。曾经的"床前明月光"，娶回家后，变成了他眼中那个庸俗乏味的妇人，就像衣服上的饭粘子，让人避之唯恐不及，于是开始彻夜不归，流连青楼，以至于独守空房备受冷落的妻子也有了私情，佟振保更加肆无忌惮地徜徉"烟雨巷"。小说叙述佟振保与两个女人的情感纠葛，爱情的诗意荡然无存，男性的贪婪跃然纸上。还有《五四遗事》中那个为了自由恋爱反复"玩转"婚姻，最终抱得三美归的五四新青年，结局"圆满"得超乎想象，讽刺时代面纱之下似乎无比神圣的爱情，揭示所谓好男儿骨子里的朝三暮四、背信弃义。

这样看来，张爱玲笔下的男性形象大多病态而又无能，极度不理想，这就是作家女性主义策略中的男性整体弱化。与此同时，张爱玲小说中的母亲也不再是五四时期多数女作家塑造的慈爱崇高、坚韧不拔的圣母形象，而是走了另一条与之截然相反的负面书写模式。女性文学产生初期，冰心认为母爱是创造和推动社会的原动力，苏雪林、冯沅君、石评梅等女作家也创作了大量讴歌母爱的作品，这些女性作家们执着于颂扬母爱的伟大，当然也别有深意。"母亲"是女性成长过程中的另一重要身份，她们对这一最具社会兼容功能的身份给予高度肯定，旨在向男权社会高声呐喊女性的价值和地位不可取代。30年代的革命文学日益兴盛，女作家们将目光转向社会底层那些饱受苦难、默默隐忍的母亲身上，如冯铿《贩卖婴儿的妇人》中塑造的那个为了生活迫不得已卖掉自己孩子的母亲形象。丁玲则是以生母为原型创作了长篇小说《母亲》，作品中的母亲余曼贞平凡而可敬，一心渴望女性独立和追求知识，勇敢地冲破封建统治的牢笼，艰难地走上自我解放之路。随着抗日战争的全面爆发，女作家的作品以书写国仇家恨居多，但是深明大义、勇敢无私的母亲形象依然出现在字里行间。可见，时代在更迭，作家笔下的母亲形象也在不断变化，每一时期或多或少都会存在差异，但大部分还是积极向上的。

在没落家族成长的张爱玲，幼小的心灵饱受失望，那个原以为会给予她百般疼爱的母亲，态度冷淡，退避三舍，她逐渐看清那份母爱是多么的自私和有限，利益面前，亲情靠边。本该欢喜无忧的童年，张爱玲感觉自己就像一个弃儿，父母健在，却已无爱，因此，长大之后笔下的母亲形象也注定好不到哪里去，塑造出与其他女作家截然相反的另类母亲形象，神圣的母爱光圈黯然无光。又说到张爱玲的小说《金锁记》，翻译家傅雷曾对其评价颇高，说它颇有鲁迅先生《狂人日记》中某些故事的风味，堪称文坛最美的收获之一。文学评论家夏志清称它为中国最伟大的中短篇小说。小说反映了封建统治下备受压迫的女人曹七巧，出嫁之前的愚昧温情，到婆家之后却变为阴鸷狠毒，心理重度扭曲，精神彻底畸变。她原是麻油店主的女儿，被贪财的家人嫁给残疾的姜家二少爷，而后戴上黄金枷锁，再也不能正常生活。身患骨痨、卧病在床的丈夫给不了她幸福，满足不了她对爱情的渴望，由于出身卑

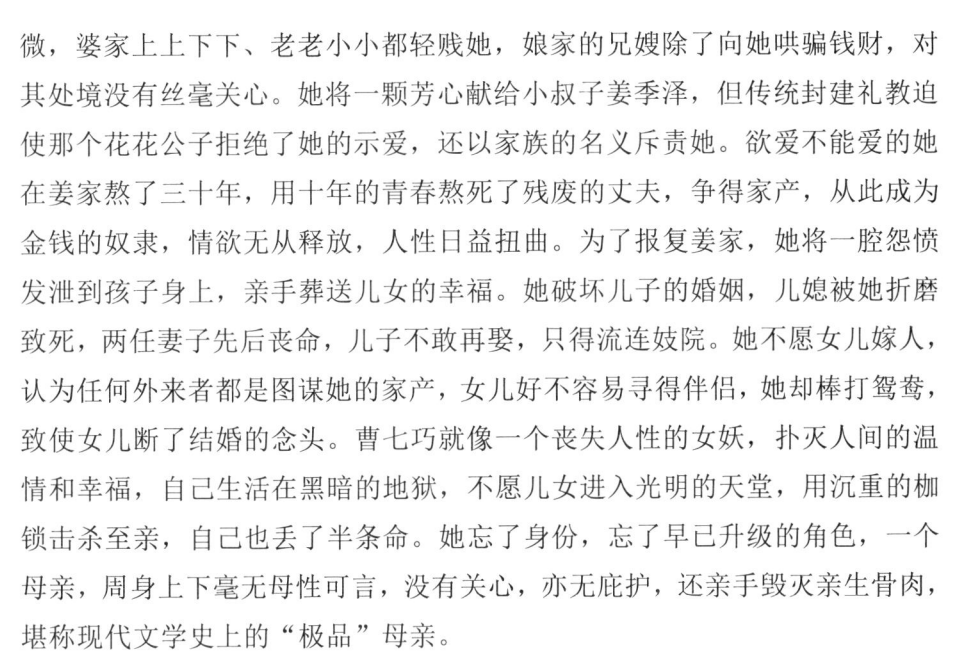

微，婆家上上下下、老老小小都轻贱她，娘家的兄嫂除了向她哄骗钱财，对其处境没有丝毫关心。她将一颗芳心献给小叔子姜季泽，但传统封建礼教迫使那个花花公子拒绝了她的示爱，还以家族的名义斥责她。欲爱不能爱的她在姜家熬了三十年，用十年的青春熬死了残废的丈夫，争得家产，从此成为金钱的奴隶，情欲无从释放，人性日益扭曲。为了报复姜家，她将一腔怨愤发泄到孩子身上，亲手葬送儿女的幸福。她破坏儿子的婚姻，儿媳被她折磨致死，两任妻子先后丧命，儿子不敢再娶，只得流连妓院。她不愿女儿嫁人，认为任何外来者都是图谋她的家产，女儿好不容易寻得伴侣，她却棒打鸳鸯，致使女儿断了结婚的念头。曹七巧就像一个丧失人性的女妖，扑灭人间的温情和幸福，自己生活在黑暗的地狱，不愿儿女进入光明的天堂，用沉重的枷锁击杀至亲，自己也丢了半条命。她忘了身份，忘了早已升级的角色，一个母亲，周身上下毫无母性可言，没有关心，亦无庇护，还亲手毁灭亲生骨肉，堪称现代文学史上的"极品"母亲。

  在张爱玲的所有作品中，曹七巧的形象病态到极致，达到其他母亲形象未能达到的高度。除了《金锁记》之外，其余小说塑造的母亲并非十恶不赦，只是母爱有限，遮遮掩掩，做不到完全付出，更不能给儿女带来庇护，就像《花凋》中川嫦的母亲。主人公川嫦是家中最小的女儿，父母和姐姐们对她不甚在意，她在大好年华时不幸身患肺痨，父亲是典型的封建遗少，不愿再出钱给她看病，眼看女儿日渐苍白，母亲也心急如焚，只是犹豫再三，若拿出私房钱给女儿买药，那就意味着向众人宣告她藏私房钱，眼看着一个年轻美好的生命凋零在腐朽颓败的家中。对郑夫人来说，女儿的性命远不如私房钱来得实在，简直可笑之极。除此之外，张爱玲的小说中还有一些懦弱的母亲，她们不能保护自己的孩子。白流苏摆脱了婚姻的枷锁，却围上另一个世俗的藩篱，她回到了婚前的家，赖以为生的一点财产却被兄嫂花光，后惨遭嫌弃，每天旁敲侧击、指桑骂槐，言语上折磨她。当她找母亲哭诉，母亲只是让她理解兄嫂，劝她返回婆家，娘家不能久住。白流苏突然看不清这个所谓的亲生母亲，她的痛苦这个妇人根本不以为意，眼前这个生养她的母亲与她心目中的母亲大相径庭。张爱玲在小说中指出了理想母亲与现实母亲的差距，理想中的母亲会义无反顾地保护女儿，她趴在母亲的膝上，母亲抚摸着她的头发，温言细语地安慰她，告诉她常回家，然而，现实中的母亲性格懦弱，只会为家庭和睦、家族利益考虑，唯有嫁出去的女儿当真是泼出去的水，一荣俱荣，一损也与娘家无关，甚至有的母亲还会摇身一变成为加害女儿的帮凶，就像张爱玲创作的第一部长篇小说《十八春》又名《半生缘》，书中那个可怜女子曼桢的母亲。由此可见，张爱玲站在女性的角度重新审视这一饱受颂扬的母亲群体，并未与其他作家走一致的温情路线，而是在她的笔下浩浩荡荡地现身了一群自私、懦弱、愚昧甚至变态的负面母亲形象，与五四时期女性文学中的母亲形象形成鲜明对比。张爱玲的负面母亲形象也是她女性主义书写策略之一。她认为，男权社会下大肆歌颂母亲确实是对女性生命价值的肯定和认可，但利弊共存，"贤妻良母"的形象只会掉入男权意识内定价值标准的沼泽中，自此，讴歌的母爱就会陷入一种悖论：弘扬母性会阻止女性挣脱传统角色的束缚。而想要彻底冲破这一束缚，就要找回自我，勇敢打破男权文化价值取向，张爱玲认识到这一点，这就是她小说中接二连三出现那些负面母亲形象的根本原因。

除此之外，张爱玲笔下的女性还有关于情欲心理的描写，这部分书写完全没其他女作家如丁玲、苏青那样直白，而是表现得含蓄隐晦、浅尝辄止。性别优势使得张爱玲更能理解女性，她站在女性的立场去剖析她们的隐秘心理，创作出的小说犹如一把利剑，总能穿透男性中心文化书写模式的铜墙铁壁，就如她的中篇小说《沉香屑·第一炉香》，讲述了从上海来到殖民地香港的女中学生葛薇龙，在这个纸醉金迷的地方，如何从一个有着强烈自尊心并一心渴望读书的新女性一步步堕落的故事。大部分人都认为葛薇龙的堕落都是爱慕虚荣所致，被奢华的物质生活所俘虏，其实，这其中的缘由确实关乎虚荣，但并非重点。

可以说，葛薇龙的堕落在某种程度上是清醒的，她也试图抗拒，但总是以失败告终，可见情欲面前，理性和道德的力量多么有限。葛薇龙对乔琪乔的为人很清楚，那是一个背信弃义的浪荡子，毫无责任感，只会哄女人开心的花花公子。葛薇龙当然也知道嫁给他，自己会面临怎样的生活，需要夜以继日地出卖肉体挣钱，来维持那貌合神离的关系。但她仍然选择自我毁灭，仿若飞蛾般一头扎进火海，义无反顾，驱使她的就是那股情欲的力量，难以

抗拒，虽死若生。葛薇龙明白自己的选择，也清楚这股驱动力，她知道他的浪子身份，这些都不重要，重要的是他周身上下的吸引力，使得她来不及想太多，就要奋不顾身奔向他，为了乔琪乔，葛薇龙愿意付出一切，包括出卖自己。

张爱玲关于葛薇龙堕落故事的书写，与批判社会无关，旨在揭示人性的弱点。而对于这一人类普遍存在的弱点，她并未过多谴责，而是给予悲悯，凸显出女性在非理性面前的挣扎和无奈。张爱玲对于堕落女性的书写与男性作家截然不同，男性作家的书写模式无外乎两种：一种是用女性沦落风尘来批判社会，另一种是女性由于贪慕虚荣才自甘堕落。张爱玲用《沉香屑·第一炉香》打破了男性作家的这一书写模式，在少女葛薇龙的故事中，作家揭示女性堕落的根由原是来自一种无法控制的情欲力量。张爱玲将导致女性堕落的外在因素转为内在本体，从普遍存在的人性弱点转为广大女性的心理特质，无声中表达内心深处对女性的理解，这是一种深层次心理结构的轻轻触摸。

总而言之，张爱玲对于小说中的女性人物充满了怜悯，同为女人，因为懂得，所以慈悲。无论是蠢笨的，还是苍白的；无论是罪大恶极的，还是怯懦自私的；无论是传统女性，还是新时代女性。张爱玲都真实地描述了她们在男权社会中的生存处境和悲惨命运。即使饱读诗书的新女性，其生存状态也是不堪，骨子里依然有着强烈的依附性。张爱玲不仅指出男权社会对女性的禁锢和压迫，同时也呼吁广大女性要有自审意识，对自身的弱点予以客观审视，这在中国现代女性文学发展进程中具有重要意义。虽然作家并未指明正道，但大量书写女性在传统社会的夹缝中死亡，抑或疯狂，实际上也是一种暗示，那是一条通往幽暗之地的路，奈何前往？

第三节　苏青

20世纪40年代的上海沦陷区是很多女作家的成名舞台，除了才女张爱玲以外，还有当时与之齐名的作家苏青。这两位红遍大江南北的海派女作家身上有着很多的相似之处。张爱玲曾言："如果必须把女人作者特别分作一

档来评论的话,那么,把我同冰心、白薇她们来比较,我实在不能引以为荣,只有和苏青相提并论我是甘心情愿的。"可见,张爱玲内心对苏青的认可和肯定。她曾在苏青主编的杂志上发表过作品,如短篇小说《封锁》等。张爱玲和苏青也曾针对妇女、家庭、婚姻等问题进行过深度讨论,并就此发表了《苏青张爱玲对谈录》。二人的不同之处在于,张爱玲的作品主要是小说,苏青的创作则是以散文居多,小说数量寥寥。正是因为这一点,苏青对于女性问题的阐述比之前一些女作家显得更为全面,表达上更加大胆直白。可以说,苏青是中国女性文学史上最早主动发表个人女性观的现代作家,她所阐述的某些惊世骇俗的观点直到如今仍有启发意义。

苏青(1914—1982),原名冯和仪,字允庄,生于浙江宁波的一个书香之家,父亲是美国哥伦比亚大学的留学生,母亲毕业于师范学校,苏青就是在这样一个良好的家庭氛围中接受教育的,1933年,她考入民国第一学府国立中央大学外文系,但一年后因结婚退学,移居上海,开始扮演家庭妇女的角色。在这期间,22岁的苏青开始写作,并向外投稿,1935年发表处女作《生男与育女》,这篇文章将她快人快语、大胆泼辣的个性展现得淋漓尽致,表现了她的言他人所不敢言的写作风格。在这之后,苏青的婚姻生活遇到危机,丈夫的婚外情事件犹如晴天霹雳,让她无法忍受,这个枕边人甚至不愿养家,简直薄情寡义到极致,苏青于婚后十年与丈夫离婚。此时的她为了养育三个孩子,被迫走向社会,她以文为生,将写作作为自己的生存手段,正式开始了她的职业创作生涯。苏青的代表作主要有长篇自传体小说《结婚十年》和《续结婚十年》,中篇小说《歧途佳人》,短篇小说《蛾》,散文集《浣锦集》《涛》《饮食男女》《逝水集》等。

应该说,张爱玲和苏青这些海派女作家最终成名,在某种程度上与40年代上海沦陷区特殊的政治文化环境有着很大关系。一方面,沦陷区的政治高压使得国家、民族的主导意识形态普遍失声,女作家们纷纷进入一个前所未有的时代,一个没有性别之分的时代,因此,她们比先前任何一个时代都自在,可以毫无顾忌地书写女性感受。另一方面,在战争的影响下,沦陷区的女作家们愈发觉得命运无常,她们想要把握一些实实在在的东西来证明自身的存在,所以她们关注日常人生,重视物质生活,尤其是对世俗的人生价

值观给予肯定和接纳。的确，苏青的创作也是物质的、世俗的、日常的。在实用主义的生存哲学之下，苏青展开了对两性关系的探讨，既不对爱情抱有不切实际的幻想，同时又站在女性立场务实地寻求女性在男权社会中安身立命之法。苏青对女性解放有着十分清醒的认识，她认为即便社会解放，女性也不一定解放，只有女性自身解放，女性才能获得真正的自主和自由。苏青对男权意识的批判及其站在性别差异立场上强调两性平等的观点与西方女性主义遥相呼应，显示出中国女性主义批评的自觉与实绩。

苏青的女性观大致包括以下几个方面：

首先，对男权社会、男权意识的批判。这又包含两个层面：其一是对男女不平等社会地位的批判。在《生男与育女》一文中，苏青首先指出生儿与生女的差别待遇，中国社会一向母以子贵，生了儿子的母亲无论如何不堪，总是丈夫家族传宗接代的功臣。故而，女子从一出生就受到男权意识的压制，社会已估定了其价值为"赔钱货"。于是刚出生的女婴便因这种男尊女卑的思想，成为众矢之的。苏青进一步指出，这种男尊女卑的思想已内化到很多女性的意识深层，作为女性本体也不由得被男权意识所掌控。小说《结婚十年》中，苏怀青因头胎生养了女儿，受到婆婆及家人的冷遇，产前产后的待遇差别很大，甚至于自己哺育女儿的权利也因为还要生育儿子被剥夺，连苏怀青的母亲也因为女儿生了女儿而心有愧疚。当然，这种男女的不平等不只是体现在出生阶段，它伴随着女性今后生活的诸多方面。比如，社会对待男女离婚的不同态度，"对男人是不予重视，管他丧妻也好，离婚也好，一经续娶便没事了；对女人则是万般责难，往往弄得她求死不甘，求生不能"。此外，由于男权意识的影响，女性的审美往往都是为了取悦男性，迎合男性的审美心理，于是女性自觉或不自觉地按照男性的标准来求美，实际上是将自己置于男性"玩物"的地位，也因此难保不"红颜薄命"了，由此，苏青指出"红颜薄命"的实质。其二是对女性自我价值失落的批判。苏青注意到在男权社会中，女性往往将男性的价值标准内化为自身的价值标准，从而在思想上成为男性的附庸，有时甚至比男性还要忠实地执行男权社会的价值标准。苏青认为，女子自小到大所接受的教育都是来自男权社会的价值规范，在这样的教育下，女性是很容易失去自我价值观的，所以"置身在从前的男

人的社会中，女子是无法说出她们自己所要说的话的"。旧式女子如此，新式女性同样也面临为男权思想异化的问题。那些新文学作品，"对不住得很，也还是男人写给男人们看的，因为现在仍旧是男人的社会呀。虽然他们也谈到妇女问题。提倡男女平等，替我们要求什么独立啦，自由啦，但代想代说的话能否完全符合我们心底的要求，那可又是一件事了。所以我敢说，读这类文章读出来的女生，她们在思想上一定仍旧是男人的附庸。她们心中的是非标准紧跟着男人跑，不敢想男人们所不想的，也不敢不想男人们所想的，什么都没有自己的主意。"故而，针对五四时期出现的体现女性自我价值观的"走出家庭，走向社会"现象，苏青毫不客气地指出，这些走出家庭的女性确实背负着广大女性的盼望，彻底摆脱男权社会的桎梏，认清很多所谓的强权，只是性别带来的差异而已，有些女人孜孜追求的，其实未必是适合女性的，未必是好的。男女性别的不同造就出彼此不同的渴望和追求。

其次，提倡尊重性别差异基础上的两性平等。苏青不仅看到男权社会中男女不平等的现实，同时呼吁建立平等的两性关系，但这种平等不是无差别的平等，而是尊重性别差异基础上的平等。相比较五四时期提出的宽泛意义上的男女平等，苏青的立场尤为可贵。苏青坚持女性与男性的差异、对立，以此来坚守女性的自我。苏青反对女性男性化的倾向，认为这是"男女平等"思想走向极端的结果。针对女子的教育问题，苏青指出："严格地说来，我国根本没有所谓女子教育；学校里一切设施都是为男生而设，不是为女生而设的。"然而很多人没有意识到这点，"一般自命为新女子的还高兴得很，以为这是男女平等"。苏青因此指出我国的女子教育是失败的，因为"身为女子而受着男子的教育，教育出来以后社会却又要你做女子的事，其失败是意料之中的事"。

苏青针对社会中男女分工的现状，务实地指出女子教育不能忽视女性在家庭中的分工与作用，应将家务培训也纳入女子教育中，这样才能让女性更好地适应将来她所要承担的角色。除此之外，苏青强调女性在生理、心理等方面区别于男性，如果不顾女性的自身条件，而以男性标准来衡量、要求女性，则很难达到真正的平等。因此，苏青对那种不顾及女性的生理、心理特点，一味空谈男女平等是不认可的，苏青认为女性权利的争取首先应该从自

身的生理特点出发，不能盲目地要求与男人事事相同，更不能一味地强调与男性处处平等。这是因为，"一个女子需要选举权，罢免权的程度，决不会比她需要月经期内的休息权更切；一个女人喜欢美术音乐的程度，也决不会比她喜欢孩子的笑容声音更深"。当然，苏青也并不认为"女子一世便只好做生理的奴隶"，而是希望女性"能够先满足自己合理的迫切的生理需要以后，再来享受其他所谓与男人平等的权利"。那么，如何达到真正的男女平等呢？苏青认为，由于"男女先有一种天然的不平等，即生产是。我们要做到真正的男女平等地步，必须减轻女人工作，以补偿其生产所受之痛苦。假如她更担任养育儿童工作，则其他一切工作更应减轻或全免，这才能以人为补自然之不足，也就是婚姻的本意。"故而，"妇女运动是妇女要求合法的，也是合理的减轻工作，不是要求增加工作，或与男人一样的工作"。应该说，苏青提倡的男女平等是在强调两性差异基础上的平等，这是一种站在女性立场、讲求实用的平等观，与五四时期提倡的建立在个性解放基础上的平等观有着根本的不同。

另外，大胆正视女性的身体欲望。长期以来，受封建礼教和男权思想的影响，女性的身体欲望是被遮蔽的，是沉在地表之下的。五四时期，多数女作家虽然呼唤恋爱、婚姻自由，但对女性的欲望仍是采取规避的态度。冰心的作品歌颂母爱、童心与大自然，基本不涉及爱情题材；冯沅君的小说虽大胆追求自由恋爱，但当作品中无法回避男女主人公共居一室时，她特别强调男女主人公除了拥抱、接吻，没有进一步的身体接触了，以性爱关系的缺席来保证爱情的纯洁神圣；庐隐笔下的女性对男性充满着一种神秘的渴望，但一旦走近男性后，她们又显示出逃避和厌憎的姿态；直到了丁玲笔下，女性欲望才浮出历史地表，莎菲对男性充满了欲望，她渴望凌吉士的吻，不过由于凌吉士卑劣的灵魂，莎菲处在灵与肉的矛盾冲突中，而这样的内心痛苦多少抵消了欲望的纯粹。此外，丁玲笔下女性的欲望是建立在个性解放的基础之上，具有某种精神价值的高度。而在苏青看来，欲望如同吃、喝、睡眠一样是人的正常生理需求，所谓"饮食男女，人之大欲存焉"，苏青对欲望的肯定是建立在世俗价值观的基础之上。相比较前代女作家，对于女性的欲望，苏青毫不遮掩，而是大胆正视它、肯定它，甚至专门写文章"谈性"。苏青注意到了受传统思想文化的影响，女性往往不敢承认性欲的现实，"性欲是人人有的，但是女人就决不肯承认；若是有一个女人敢自己承认，那给人家听起来还成什么话？"不过在苏青看来，"性是人类自然要求之一种，也称本能"，"是促成婚姻关系的第一个原因"，而"只有真正有爱情的性生活才可以使人满足"。苏青不仅从生理层面肯定女性欲望的合理性，同时也指出欲望需建立在情感的基础上，只有这样，性才是美满的、和谐的。又如《结婚十年》中，苏怀青直言性生活对于女性的重要，多次表达自己对爱欲的渴求，"我需要一个青年的，漂亮的、多情的男人，夜夜偎着我并头睡在床上，不必多谈，彼此都能心心相印，灵魂与灵魂，肉体与肉体，永远融合，拥抱在一起"。正如谭正璧评价的，苏青往往敢言"别的女性所不敢吐露的惊人豪语"，对于女性欲望的直白言说，苏青确实是无所顾忌。不过，也因为这样大胆的言说方式，苏青被冠以"文妓"和"性贩子"的帽子。可见，在男权社会中，女性要想说出内心欲望是要承受多大的社会压力与道德谴责。

另外，对于婚姻生活、女性生育、养育孩子等诸多问题的探讨。苏青站在世俗的生存哲学立场，对于女性生活的诸多方面予以指点，故而，从某种意义而言，苏青的文章可视为女性的婚姻生活指南。对于婚姻的本质，苏青有着清醒的认识。在她看来，理想的婚姻至少需要具备三个条件，首先，"理想婚姻是应该才貌相当的。所谓才貌相当，也不仅是男有才而女有貌"，"乃是说男之才与女之才相称，男之貌与女之貌也相当之谓。男女双方之才均称则精神上愉快，男女双方之貌得当则肉体上满足，这是灵肉兼顾的顶完善办法。"除此之外，"尚有更重要者，则为道德之讲究。在婚姻关系中，若有一方不讲道德，即令才貌相当，恐亦难致幸福。"不过，这种理想的婚姻是很难有的，现实中的婚姻往往都是千疮百孔。苏青对婚姻不抱乐观态度，她认为由于生理本能导致男性往往对待爱情不专一、不永久，故而，"爱情是不能够靠结婚来保障的，它的本身是性的本能与美的幻想的混合物，要使它持久而且专一最不容易"，故而"结婚之目的，乃正在于保障儿女，不在于保障爱情。"所以，她建议，"为女人打算，最合理想的生活，应该是：婚姻取消，同居自由，生出孩子来则归母亲抚养，而由国家津贴费用"。甚至认为，"婚姻只是一种可有可无的关系，随各人自由意思，而用"。而能够

实现这一目标的前提是要将恋爱结婚与养孩子职业化。苏青认为由于生理原因，女性在生产及养育孩子方面付出比男性多得多的精力与心血，但往往得不到社会及男性的认可与尊重。所以，她提出由国家负责养育孩子的报酬，这可在一定程度上解决婚姻对女性的束缚以及女性对男性的依赖。另外，为女性着想，苏青认为节制生育也是必须的，"生育问题一日不得合理的解决，女人就一天不会真正抬头。女性的将来幸福是建筑在儿童公育上，而相当的节制生育也是必须的"。此外，对于女性离婚，苏青的态度亦是开明的，认为这没有什么不妥，不过需要考虑清楚今后的生活。"一个女子在逼不得已的时候，请求离婚是必须的。不过在请求离婚的时候，先得自己有能力，有勇气。"因为"娜拉并不是容易做的，娜拉离开了家庭，便是'四海虽大，无容身之所'了"。

应该说，苏青的婚姻观大胆前卫，有时甚至较为偏激，她将婚姻中的男女双方视为对立的个体，由于男权社会中婚姻并不能保障女性的权益，无论是情感还是经济，故而，苏青对婚姻不抱任何希望，甚至提议取消婚姻制度。苏青的这一态度不可谓不激进，不过这恰恰体现了处于弱势地位的女性对于男权社会的一种绝望的反抗。

苏青的小说作品不多，主要有《结婚十年》《续结婚十年》以及《歧路佳人》《蛾》《朦胧月》等。与其散文风格一样，苏青的小说同样是平实直白，无所顾忌的。苏青的小说较多从自身经历出发，将自己的情感体验倾注其中，注重探讨女性的生存困境与精神苦闷。《结婚十年》是一部自传体小说，苏青从平凡的、琐碎的家庭生活入手，将女性在家庭生活中的各个方面展示出来。小说由苏怀青上花轿、洞房花烛夜写起，到丈夫的婚外情，再到生儿育女，然后战乱逃难，及至夫妻离异，到最终走向职业女性生涯，苏青完整地描绘了现代女性角色的转变历程，展现了"少女—妻子—母亲—离婚女人—职业女人"的艰难蜕变。小说不仅揭示了女性在家庭生活中的诸多问题，同时也再现了女性走出家庭之后的艰辛与困惑。"娜拉出走"是五四以来现代作家热衷表现的小说题材，出走即是宣告个性解放的胜利，不过女性出走之后如何生存却是空白。鲁迅深刻地指出如果没有经济能力，那么出走之后的娜拉，等待她的只有两种结局，堕落或是归来。"娜拉出走之后"在40年代苏青的小说中有了新的结局，苏青以自身的经历说明除了堕落和归来，女性还有第三条路，即职业女性之路可走。

《结婚十年》及《续结婚十年》中，苏青强调了经济权对于女性独立的重要性。长期以来，横亘在女性解放道路上的第一道屏障就是女性经济的不独立，没有独立的经济权，女性的人格独立和个性自由就得不到保障。苏怀青最终与丈夫决裂的导火索就是经济问题，在此之前，尽管知道丈夫有外遇，尽管内心很痛苦，但苏怀青并没有选择离婚。每次当苏怀青低声下气地向丈夫讨要生活费时，需要忍受丈夫的冷言讥讽，这让苏怀青意识到没有经济权，就没有尊严与人格。

当丈夫最终不愿再提供养家费用后，夫妻彻底决裂，苏怀青也因此被迫走上职业女性之路。由于有着对生存权的切身体会，故而，苏青强调经济独立对于女性尤其是走出婚姻围城的女性的重要意义，因为"你恨你的丈夫，怕他，想逃避开他的魔掌，那只有一条路可走，便是自谋生活"。

不过当女性意识到了经济独立的重要性，那么，这种经济权容易获得吗？苏青显然不太乐观，她意识到在半新不旧的过渡时代，女性的经济独立往往较难实现。"娜拉的出现曾予千万女人以无限的兴奋，从此她们便有了新理想，一种不甘自卑的念头。她们知道自己是人，与男子一样的人，过去所以被迫处于十等男子之下者，乃是因为经济不能独立之故。于是，勇敢的娜拉们开始在大都市中寻找职业。结果是：有些找不到，有些做不稳；有些堕落了！成功的当然也有，但是只在少数。"苏青指出了在男权社会中女性寻求经济独立的艰难与困境。不过少数成功获得经济权的职业女性就一定幸福吗？苏青给出的答案是否定的。"这些少数的成功者当中，尚有一个普遍现象，便是她们在职业上成功以后，对于婚姻同养育儿女方面却失败了。"由于整个社会充斥的仍是男权文化意识，职业女性无论是在社会还是家庭都依然摆脱不掉男权的压迫与歧视。除此之外，"在目前过渡时代，职业妇女都负着双重责任，忍受着双重痛苦"，这些都加重了职业女性生存的辛苦与精神的苦闷。苏青在不少文章中都颇有同感地谈到职业女性之苦，这种苦包括三个方面："第一是必需兼理家庭工作；第二是小孩没有好好的托儿所可托；第三是男人总不大喜欢职业妇女，而偏喜欢会打扮的女人"。所以，在苏青看来，

职业女性并不一定就优于家庭妇女，其在爱情、婚姻等方面往往会更加吃亏，这既体现了实用主义的生存哲学对苏青女性观的影响，同时也反映了苏青女性观的矛盾与新旧杂糅。

《结婚十年》中的苏怀青与丈夫徐崇贤的结合过程体现了新旧合璧的特点，先是通过父母之命、媒妁之言相识，再是通过自由通信相恋，最后举办新旧合璧的婚礼。而新旧合璧不仅体现在两人的结合过程中，同时也是苏怀青人格的写照。作为一个接受过新式教育的女性，苏怀青身上体现出了很多新女性的特点，比如苏怀青具有明确的自我意识和强烈的平等观念，她要求与丈夫处于平等的地位，要求做丈夫的唯一，她不甘心只做传宗接代的生育工具，有着自己的精神追求，每天读书看报写文章。正因为苏怀青受到新思想的影响，所以她才没有在婚后的家庭生活中对丈夫逆来顺受，她有过反抗行为，尽管这些反抗往往半途而废。当新婚之夜发现丈夫与别的女性有暧昧关系后，苏怀青决心离开丈夫远走C大继续求学，在"爱的饥渴"中与应其民产生感情。然而不久之后，苏怀青发现自己怀孕，便主动中断了这段"两颗樱桃"的爱情，又重回到夫家，这是苏怀青在情感上反抗失败的表现。同样，苏怀青在经济上的反抗也是以失败告终，因不满大家族的人际关系与生活环境，苏怀青选择出去工作，在一小学做教员，不过这段小学教员的生活只持续了三个多月，便因婆婆的要求和自己的退让而宣告结束。

可见，苏怀青是新女性但又不是一个彻底的新女性，在她身上，仍有着一些"旧"的痕迹，其行动还受到旧道德、旧思想的束缚。因此，苏怀青才会忍受丈夫的婚外情，委曲求全，希望通过维持无爱的婚姻来确保自己和孩子的生存问题，最终当丈夫不再提供经济供给才彻底打破苏怀青的幻想。应该说，苏怀青走上职业妇女之路完全是被迫的，如果不是丈夫太过绝情，苏怀青是不愿走到离婚这一步的。正如苏怀青对自己的剖析，"我是个满肚子新理论，而行动却始终受着旧思想支配的人。就以恋爱观来说吧，想想是应该绝对自由，做起来总觉得有些那个。一女不事二夫的念头，像鬼影般，总在我心头时时掠过，虽然自己是坚持无鬼论者，但孤灯绿影，就无论怎么解释也难免汗毛悚然"。在苏怀青或是苏青身上，集中体现了接受过新式教育的女性骨子里所渗透的传统思想的影响。所以我们会在苏怀青身上或是言论

中，看到某种矛盾性。比如，苏青一方面强调女性应该经济独立，另一方面又认为用丈夫的钱是一种快乐；一方面强调女性不要做男性的附属品，另一方面又认为女性以"失嫁"最为可怕；一方面强调女性不应一味地按男性的标准而求美，另一方面又认为职业女性吃亏就在于没有时间打扮自己去获取男性的欢心。正如张爱玲所指出的，苏青是"新式女人的自由她也要，旧式女人的权利她也要"。从苏怀青及苏青身上，我们看到了女性解放之路的漫长与艰辛，这既是由于男权意识形态的强势所造成，同时也是因为女性自身所受的文化因袭的结果。

总之，苏青的女性观站在市民价值立场，讲求实用性，肯定世俗欲望，强调性别的差异性平等，其不少观点即便是在今天看来，仍是大胆前卫的，也仍具有启发意义。与此同时，苏青的女性观也具有那个时代共有的特点——新旧杂糅，这使得她的女性意识又充斥着某种内在的矛盾。

第四节　梅娘

梅娘是三四十年代活跃于东北、华北沦陷区文坛的一位风格独具的现代女作家，也是一位具有传奇色彩的女性，曾与张爱玲一起被称为"南玲北梅"。梅娘1920年11月4日出生于俄罗斯海参崴（现称符拉迪沃斯托克），吉林省长春市人，祖籍山东省招远县（现招远市），原名孙嘉瑞。梅娘一生历经磨难，她的遭遇像一个悲惨的神话。幼年失母，少年丧父，青年丧偶，中年丧女，老年丧子，被错划为"右派"劳动改造，作为"黑五类"被强制劳动，这样深重的灾难，轮番而来。但她性格坚强，开朗乐观，通过给人帮佣、做苦工，熬过了生命中的重重磨难。2013年5月7日梅娘病逝于北京。

在中学读书时，梅娘就已显露出她的文学才华，1938年由长春益智书店出版的《小姐集》，就是她中学时期的习作。梅娘小说创作的黄金期在20世纪40年代，从1940年到1945年，共出版小说集《第二代》《鱼》《蟹》，连载长篇小说《小妇人》《夜合花开》，童话集《聪明的南陔》《青姑娘的梦》。自1945年后，她主要写作散文。40年代她创作的小说主要有：《侏儒》《鱼》《旅》《黄昏之献》《雨夜》《阳春小曲》《动手术之前》《小

广告里面的故事》《行路难》《一个蚌》（现名《蚌》）《春到人间》《蟹》。此外还有短篇小说《侨民》，未完成长篇小说《夜合花开》《小妇人》等。另外有散文随笔及日文小说翻译。

梅娘的小说多以女性生活为题材，她善于用细腻的笔触表达女性内心对爱情的执着追求及苦闷，从平凡的日常生活中表现女性生存环境的险恶，批判男性中心社会给女性造成的压迫和束缚。在40年代的沦陷区，在民族蒙难的艰涩岁月中，梅娘的作品同样表现出忧国忧民的情怀。梅娘与张爱玲的作品同是沦陷区特殊境遇下的产物，同是重视个体生命的存在意义，同样表达女性婚姻爱情的爱恨怨怒，但审美个性迥然不同。张爱玲既现实又超脱，在苍凉的人生背景上，以一双冷眼俯视芸芸众生；梅娘则更为纯真与理想，她以饱满的情感表达女性对爱的渴望与追求，以激越的文字批判男性中心文化给女性造成的悲惨命运。

梅娘对两性之间的性别差异和性别压迫有着清醒的认识，她的众多作品都表现了女性所处的险恶的生存环境以及女性追求爱情而不得的悲剧与苦闷。她的水族系列小说《蚌》《鱼》《蟹》用"象征性的水族名称暗含了女性命运和生存能力，成为中国女性几千年文化境遇精辟的象喻"。

《蚌》的开头这样写道："潮把她掷在滩上，干晒着，她！忍耐不了——才一开壳。肉仁就被啄去了。——系己。"梅娘用软体动物蚌的悲剧来象征女性封闭被动、软弱无助的悲剧命运。作品描写了大家庭出身的少女梅丽不愿在家过小姐的生活，中学毕业后到税捐总局上班，并与单位同事琦自由恋爱。由于环境的不允许，他们的恋爱并不充分，结果整天吵架。恋爱的过程交织着甜蜜与痛苦。梅丽的家庭，母亲冷漠偏心，长兄抽大烟，叔伯妯娌关系不和，梅丽在家中得不到爱与温暖，更渴望在恋人那得到情感的抚慰。母亲因为贪财，要把她嫁给有钱但品行恶劣的朱少爷。琦也接到家信，要他回家完婚。由于双方家庭的压力，性格软弱的二人互不信任，关系极度恶化。在此期间，梅丽的同事张先生因为垂涎梅丽的美貌而不得，在小报上编造谎言，诽谤梅丽。当二人再次见面时，琦轻信报纸上的谣言，再次不辞而别。梅丽逃脱家人的看管，在清晨赶到车站，载着琦的火车刚刚驶离车站。梅丽陷入迷茫当中。小说描绘的是20世纪40年代青年人的自由恋爱，尽管此时

已经不再是子君涓生恋爱的时代，但外在环境并不宽松，加上梅丽与琦二人性格软弱，互不信任，家庭的阻力，恋爱的悲剧在所难免。这部作品给人印象深刻的并不是恋爱悲剧本身，而是作者借人物之口对女性生存境遇的描写与控诉，对男权中心社会婚姻本质的批判。梅娘与萧红一样，看到了女性生存空间的狭小、逼仄。尽管与五四时期有所不同，但女性只作为男性附庸，没有自主权的现象依然普遍存在。"这社会原不是给女人预备的，原想还可以读书、做事，现在连那样一点小希望都没有了。读书去，一天六点钟功课有三点钟家事，做事，女人是低能的，只配端茶水，一天八点钟两手不闲着，给你一块钱还觉得太多。""想着从家里走出来，其实跟着就得走进另一个家去，一样的洗衣服、做饭、还得看孩子，到天边也得扮演着受欺负的角色。"这完全是男性主宰的社会，女性不论是接受教育与否，还是接受教育的程度不同，是做家庭妇女，还是从事社会工作，都得作为男性的附庸而存在，女性根本没有自己的主动权和选择权，没有自己独立的生存空间。女性的天空是低的，至于自由恋爱，作者也控诉了女性在婚姻中的被动地位，以及人们思想的守旧，这两点导致恋爱环境太过逼仄。"'恋爱的时候不容你选择，结婚头几天还新鲜，过几天发觉满不是那么一回事，于是就吵，于是男人出去荒唐去，女人活受罪。'雯又颦起了双眉。'我看就是人嘴缺德，两人刚认识，一块走一次，别人就不得了，仿佛要不把两人说得如何如何就对不起谁似的。结果，两人想不好也不行，就那样马马虎虎，这好，绝不会迷路，一条道，见面——爱——结婚。"尽管是自由恋爱，但并没有自由的实质。由于受几千年父母之命、媒妁之言传统观念的束缚，人们思想僵化，风气未开，恋爱的环境仍然是险恶的。女性在恋爱婚姻中的从属性、被动性没有实质性的改变。在婚姻中，女性仍然是金钱婚姻或政治婚姻的交换品，是传宗接代的生育工具，是男性泄欲的对象，女性自身没有任何主动权和选择权。可见，鲜明的性别差异和性别压迫体现在家庭、社会的方方面面。

梅娘的短篇小说《鱼》以自我倾诉的方式，讲述了青年女性芬被有妇之夫林省民欺骗情感后，怀孕生子，芬拒绝做姨太太，决心打开另一条生活之路的故事。小说情感饱满，细腻真实，在满含血泪的倾诉中蕴含着女性对社会及他人清醒的认识，对自我深刻而理智的剖析，对女性内心深处的情感展

露得细致真切，是一篇饱含血泪、情感真挚的女性控诉书和反省书。芬出身于思想守旧的大家庭，聪明美丽，性格活泼，情感丰富，敢于追求爱情，在校读书期间成绩优秀，表现突出。芬暗恋国文老师，但在毕业演出时发现老师爱的是另一位女学生，芬情感上受到打击。此时，有妇之夫林省民早已看上了刚刚毕业的芬，他隐瞒了自己已婚的身份，与芬自由恋爱并同居生子。但此时的林省民由于背负经济的重担，希望芬回家做自己的姨太太，芬不愿意，经常与丈夫吵架，丈夫经常对她拳打脚踢。芬在情感上备受折磨，向丈夫的好友琳倾诉内心苦闷，寻求精神安慰。芬很清醒地认识到自己的处境，也很清楚丈夫和琳对自己是怎样的一种情感。她拒绝做姨太太，拒绝做男人裤腰带上的附属品，决定带着孩子寻求另一条生路。"真正的快乐不是依赖别人所能获得的。我不能忍耐目前的生活，那就只好自己去打开另一条生活的路子。"芬勇敢独立、情感丰富又清醒理智。她需要情感，但不祈求情感。她渴望独立，拒绝依附。当林省民欺骗了她的情感，她愤恨、控诉，但不依赖，而是自审自省，寻求夫妻的真义。当她婚姻破裂，情感陷入困惑时，琳安慰了她，芬心怀感激又清醒地认识琳所给予的情感。不论是林省民情感的欺骗，还是琳富人般情感的随意抛掷，都不是芬真正追求的。她不愿过锦衣玉食但情感空虚的姨太太生活，不愿做男人的附庸。她也不渴求随意抛掷的面包，她需要的是相互尊重，心灵相通，需要两颗诚挚的心真诚相对。在男性中心的社会里，女性要想寻求这种生活，还需要靠自己去努力争取。

中篇小说《蟹》以"捕蟹的故事"作为开头。"捕蟹的人在船上挂着灯，蟹自己便奔着灯光来了，于是，蟹落在已经摆好了的网里。"作品以蟹比喻向往美好，渴望光明的女性，以"捕蟹人张着网的等待"来比喻女性恶劣的社会生存环境。小说以小姑娘玲玲的视角，描写在日本占领满洲后，父亲孙二爷因政治原因病故，昔日红火的大家族迅速分崩离析的过程。孙家是一个大家族，原本是父亲孙二爷一手支撑起来的。在日本人侵占满洲，父亲病故后，大家族迅速分崩离析，衰老的老太太嗟叹流泪，各房都在盘算着自己的未来。大爷掌握着地产，不再交工；二奶奶掌握着几家公司分号的收益，私藏积蓄；三爷找到一批外账项目，狠要了一把；狡猾的管家王福跟着三爷，在各房之间撺掇，谋取利益。原本和睦的大家族树倒猢狲散，各房之间相互

猜忌、分食而居。没有亲娘的玲玲在父亲去世后犹如无人照顾的孤儿，独自一人在厨房吃着没有油水的菜。聪明而要强的玲玲不愿接受祖母令人窒闷的珍爱，她拼命读书，渴望着有朝一日能逃离这个令她窒闷的家庭。她讨厌奶奶"为什么你不是个男孩"的叹息，对自己的性别身份有清醒的认识和明确的追求。"她不愿意作为男人的附属品，既然男女是平等的，为什么女人不能有自己独立的人格？她曾计划过，到北平去上大学，学工，像爸爸一样，创建有利人生的实业。"在这个家庭中，自立自强，有远大理想的玲玲看清了这个家庭所有人的面目，祖母的懦弱，大伯的直性，继母的小气，三叔的专横。人与人之间除了利用与被利用，没有一点心的交流。连一向很受她尊重的堂哥祥，也被她看清了本质。从已婚的祥"多少次窥看过祥对翠那火一样的凝眸。那么这凝眸是假的了。玲玲第一次觉到了祥跟家里的所有男人一样，他们只不过是玩女人，玩女人消遣生命。她认为属于新型男人的堂哥也不过是披了张新派的外壳"。玲玲以自身性别的敏感觉察到女性在男性中心社会中难以摆脱的悲剧命运。小翠是管家王福的女儿，自尊自强，希望靠自己的双手养活自己，但最终还是被贪婪的父亲像蟹一样捕进网中，作为摇钱树嫁给孙三爷做了姨太太。女性生活的世界犹如一张早已由男性张好的网，等着女性自投罗网。女性要想摆脱几千年来被男性规范的附庸地位，只有自己冲破这张网，打开另一条生路。

　　梅娘的水族系列《蚌》《鱼》《蟹》分别以蚌、鱼、蟹比喻在男性中心社会中软弱无助、身受束缚，无知地等待诱捕的，处于险恶生存环境的女性。梅娘对女性的性别身份有清醒的认识和体悟，她在作品里表现男性中心社会里鲜明的性别差异和性别压迫，控诉女性生存环境的险恶，表现女性反抗的艰难，表达女性对真挚情感的渴望。短篇小说《雨夜》通过描写一位美丽的少妇在海边遇到暴风雨，躲避在小屋内遭到男性强奸而反抗的故事，表现女性外在生存环境的险恶，男性对女性的玩物心态及占有欲望。小说《黄昏之献》《春到人间》通过刻画男性对年轻女性容貌和身体的渴望表现男性对女性的占有欲望和玩弄心态，这是单纯的动物式的兽欲。在《动手术之前》中，梅娘借一位因生活所迫不得不卖淫而得了性病的妓女之口，愤怒地控诉男性中心社会中男性对女性的欺凌和压迫。小说以自我倾诉的形式表现了一个被

压迫得无法存活下去的女性青年的愤怒控诉和呐喊，艺术上虽显直白，但掷地有声。

童年的不幸经历不仅让梅娘看到了在男性中心社会中，女性附属性的社会地位和险恶的生存环境，也让她清醒地认识到物质丰富并不是幸福的唯一条件，相反，在婚姻爱情中，她更追求人格的尊重，情感的交流，心灵的相通。在梅娘的小说中，她笔下的正面女性形象，都有大体相同的特征：个性独立，自尊自强，情感丰富，勇于追求爱情，如《蚌》中的梅丽，《鱼》中的芬，《蟹》中的玲玲、小翠等。她们不论是大家族的小姐，还是贫寒人家的女儿，都表现出了可贵的女性独立精神，同时在追求爱情时更注重人格的尊重，心灵的相通，不愿做男人裤腰带上的附属品。未完成的长篇小说《夜合花开》中的黛黛和黛琳就是这样的一对姐妹。黛黛和黛琳是同胞姐妹，父亲是中学校长，母亲是家庭妇女，在日本人侵略中国之前，一家人生活安稳。姐妹二人都端庄美丽，且接受过良好的教育。姐姐黛黛因为美丽端庄，嫁给有钱的少爷日新做了少奶奶，锦衣玉食，生活富足。丈夫日新对自己的生活很满足，既有舒适的生活，又有美貌的妻子作为高雅的装饰。但"黛黛觉得自己被蔑视了，她愿意轰轰烈烈地做些什么，她觉得自己是池中的龙，总有一天是会腾身云上的。没有理解，没有目的，没有真正的两性交流的夫妻生活像囚在笼中的鸟一样，纵然吃着最好的粮食，住着华丽的屋子，受着贴心的照顾，但是黛黛蓬勃的心依然被寂寞浸蚀得变质了。她要去寻找一个新鲜的、有意义的爱情来滋润生活；一个新鲜的、不止于两性间肉体的爱欲的爱情。"锦衣玉食的少奶奶不满足于物质享受，不愿无所事事，渴望走进社会，为社会奉献自己的力量；她不愿仅仅是丈夫的装饰品，渴望心灵相通、互相尊重的爱情。但她也有明显的局限性，软弱，且缺乏行动的力量。相对于黛黛的软弱、胆怯，妹妹黛琳更自尊也更坚决一些，她不愿接受姐姐的资助，因为姐姐的钱不是她自己挣的；她不愿再去上学，因为不希望爸爸妈妈那么辛苦，她要自食其力，减轻父母的负担。黛琳与爱群之间的爱情，更是相互尊重，相互爱慕。这是一部未完成小说，但从已完成的部分，我们看到，梅娘通过描绘普通人家出身的姐妹黛黛和黛琳的同与不同，赞扬女性身上自尊自爱、自立自强的优秀品质。

梅娘笔下的女主人公执着而勇敢地追求爱情，梅娘与丁玲、苏青一样大胆突破女性不可言性的传统文化桎梏，大胆地表现女性心理和身体欲望，并进行深刻的自我反思。这种自我反思、自我否定又自我肯定的心理，将梅丽恋爱时的心理欲望表达得细腻完整，真切动人。梅丽的表达既肯定了男女恋爱时正常的生理欲望，又表现了外在逼仄的环境导致恋爱的不充分，从而加速了错误的产生。这种欲望表达和心理分析切实表现了女性心理，推动了中国现代女性文学的发展，反映了40年代女性文学的特征。

在《鱼》中，尽管芬受了林省民情感的诱惑，但她并不后悔。她真实地表达女性内心深处的情感和生理欲望，对自我及他人的情感和欲望需求也有清醒而正确的认识。但几千年男性中心社会造成的男性性别的优越感和对女性的占有玩弄欲望并不是一下就能废除的，这不仅需要女性自身清醒的认识和坚决的反抗，同样需要男性的自我反省和自我批判。

梅娘是40年代沦陷区有鲜明的女性意识、睿智深刻、乐观坚强、有爱国情怀的作家。她对几千年男性中心文化传统造成的性别差异和性别压迫有着极其清醒的认识，她通过小说创作描绘女性险恶的社会生存环境，表现女性内心真挚而热切的情感追求，表达女性对性别压迫和欺凌的控诉和反抗。同时，作为沦陷区作家，梅娘用曲笔表达自己的民族意识，表现自己的爱国情怀。在75岁高龄时，梅娘撰文《我是一只草萤》，说"陆诗人的'僵卧孤村不自哀，尚思为国戍轮台'的情愫一直潜存在我的心底，传承着愤世豪情，温暖着生命的尾日"。由于"南玲北梅"的称呼，很多读者习惯于将张爱玲与梅娘进行对比，对此，梅娘在85岁高龄时撰文《我的答案》，这样评价张爱玲："天才的激情否定了天才的自己，她只体认胡兰成之流的花言巧语，却无视胡某人的背信弃义。因而一叶障目，堵塞了通往祖国母亲的心灵通路，朦胧之下丢掉了生活的重心，陷入了不愿自拔不肯自拔的无奈螺旋。"如果摒除文学作品的艺术性，单从女性意识和民族意识这个角度来说，梅娘要积极、开朗、坚强、爱国得多。

第七章　新时期以来的女性形象及文学研究

在20世纪70年代末，中国女性文学迎来了历史新时期，截至21世纪初，这段时期是女性文学的复苏期、繁荣期和成熟期。

第一节　新时期以来女性文学概述

随着新时期的到来，女性作家群日益崛起并走向成熟，这有其历史的必然性和存在的合理性。首先，受新时期思想解放运动的影响，女性的自我意识重新浮出历史地表，给一切旧观念和旧意识带来强烈冲击。其次，大量西方女性主义文论被翻译进入中国，对中国本土女性作家的思想意识造成极大影响，这些作家为了寻求女性存在的自我价值，故而通过文学作品，竭力与主流的男权文化相抗争。再次，市场经济逐渐消解了传统的一元化文化，为女性写作空间的多元化提供了可能。新时期以来，一批优秀女性作家的出现，有效推动了女性文学的发展。

一、20世纪80年代：自觉寻找女性的本我意识

从20世纪80年代开始，女性文学的创作主体由"人"转向"女人"。女性作家们不断开拓女性书写空间，这一空间包含四方面内容，即对理想化男女平等观念的呼唤、双重性别意识的艰辛与迷茫、女性本我欲望的抒发、超现实的女性叙事。

1. 对理想化爱情的呼唤

20世纪50年代至60年代的女性创作一直规避爱情主题，直到70年代末，社会环境才逐渐开明，饱受压抑的人性终于解放，女性以新的独立姿态走出自己的屋子，天真烂漫的她们对爱情满怀期待。舒婷和张洁的早期作品就表现出这一历史新时期女性意识的复苏及对理想化爱情的呼唤。

舒婷（1952—），原名龚佩瑜，中国当代女诗人。1979年，舒婷发表《致橡树》，旨在打破旧时期女性之于男性的依附关系，宣扬女性人格独立的精

神。诗歌拥有鲜明的女性立场，诗人站在新时代女性的角度，借木棉树的内心独白，真挚而坦诚地歌唱女性的人格理想以及对男女两性比肩而立、各自独立又深情相对的理想化爱情的向往。如果说《致橡树》是舒婷对女性独立意识觉醒的呼唤，那么《双桅船》则是诗人对女性本我意识的自信彰显。诗中的"岸""风""风暴""灯"等都具有象征意义，它们象征着女性已然能够独自走在风浪中，勇敢去追寻自我，从而女性的独立意识得以真正确立。《神女峰》中，舒婷大胆地喊出千百年被忽略、被湮没、被埋葬的女性的心声："与其在悬崖上展览千年／不如在爱人肩头痛哭一晚。"千百年来被作为贞操观念典范的神女峰传说被舒婷改写，从反思者的视角表达了女性内心真实的感受。这是当代女性对生命本真的呼唤，是她们对爱情的强烈渴望，也是女性全新价值观的确立。

张洁（1937—），中共党员，当代著名女作家。张洁的女性主义文学创作大致分为三个阶段：第一阶段表现为对理想化爱情和生活的执迷。她在1979年发表的短篇小说《爱，是不能忘记的》，率先突入长期被视为文学创作禁区的爱情领域，具有浓厚的理想主义色彩。小说通过一个名叫珊珊的30岁未婚女青年对已故母亲的回忆，揭开了母亲钟雨与老干部"有情人未成眷属"的爱情悲剧，同时也表达了一个知识女性的爱情婚姻观。张洁在小说中深切地描写了"没有婚姻的爱情的痛苦与没有爱情的婚姻的不幸，作家并不是表层地批判所谓的封建传统道德对爱情的束缚，而是尖锐地揭示了社会现实与传统观念对人性、人的自由的剥夺以及在这种束缚与剥夺的语境中人的精神困境。"张洁以女性的视角感受和体悟现实与理想存在的隔阂和矛盾，意在探讨人类情感，表现女性心灵对理想化婚姻爱情的呼唤。第二阶段张洁的创作表现了对爱情婚姻的迷惘与反思。在女性的生活中，爱情和婚姻所占的比重与男性截然不同，这也是女性要走出男权主义的第一道桎梏。小说《方舟》的卷头清醒地认识到了这点——"你将格外地不幸，因为你是女人"。梁倩、荆华、柳泉，她们都分别经历了婚姻家庭给她们带来的种种不幸，小说没有去表现这种不幸，没有渲染悲情，最终，三位女主人公从传统道德给她们设置的陷阱中走出来，并且用自己的勇气、坚韧不拔的生活态度与社会做抗争，试图摆脱男权的束缚。第三阶段的创作表现为对婚姻爱情的

彻底解构。小说《无字》是张洁历时12年呕心沥血写出的长篇力作，小说讲述了三代女人的婚姻爱情悲剧。张洁从女性的叙事角度出发，通过对小说中女性命运的描述，努力去对束缚女性的传统爱情观、婚姻观进行最彻底的解构。不难看出，张洁小说中的女性主义意识随着时间和伤痛的堆积不断明晰强烈。

2. 双重性别意识的艰辛与迷茫

20世纪80年代初期，女性在男女平等观念指导的社会话语体系中参与社会生活，她们不自觉地忽视自己的性别，试图把自己装扮成坚毅勇敢的男性，以男性的观察视角、思想观念积极主动地去参与社会生活各个领域的开拓。她们抛弃传统的相夫教子的人生观、事业观，"她们的必然、唯一道路是由奴隶而为人（女人）、而为战士。她们将不是作为女人、而是作为战士与男人享有平等的、或者说是无差别的地位"。为了有一间"属于自己的房子"，女性抛却自身的性别，与男性一起成为"社会工作者"。可是，一旦她们回到家里，她们得重新拾起"妻子"和"母亲"的角色，忙碌起家庭的琐事。社会现实造就了80年代初期"花木兰"式的"女性"，这种"花木兰"式的人物形象亦表现在同时期的文学作品中。在事业上，她们是"铁姑娘"；在家庭中，她们是"贤内助"。社会意识形态的变化，让此时期的女性背负着双重性别，事业和家庭的双重担子都压在了女性身上，这加重了女性的负担。女性在生活中感到焦虑和困惑，对自己所扮演的角色稍显茫然与疲倦，家庭和事业的两难选择让女性力不从心；"男女平等"的思想解放运动更是在实际生活中解构了女性的独立意识。以谌容、张辛欣为代表的作家，她们在80年代初的作品中鲜明地展现了这个阶段女性承担"铁姑娘"和"贤内助"双重性别的艰辛与不易。80年代初期创作的小说，女性对自己有了新的认知：她们对自己的生存状态感到困惑，对自己的双重性别意识感到迷茫。这个时期的小说戳穿了以往宣扬的"男女平等"的神话，揭示出女性生存的困境。

谌容（1936—），原名德容，当代著名小说家。谌容在1980年发表了中篇小说《人到中年》，引起社会反响。小说讲述的是20世纪80年代初，一个中年眼科大夫——陆文婷，她一方面承担着沉重的医务工作，另一方面又要承担四口之家的繁重家务，最后因工作、家庭负担过重，病累交加、濒

临死亡。陆文婷的艰难人生，客观而又真实地映射出改革开放初期女性知识分子的困境，"文革"结束，百废待兴，女性迎来了一个发展良机，然而，同样的事情，她们面临的困难却是男人的数倍，尤其是内心深处对自己在社会中数重角色的扮演，以及旁观者在潜意识深处对她们的要求，这些都让她们心力交瘁。陆文婷是一个长期坚守在自己工作岗位上的好大夫，但作为一个中国女性，她的内心深处一直为没有扮演好贤妻良母的角色而感到深深愧疚。小说揭示了知识女性的生存困境与精神焦虑。

张辛欣（1953—），祖籍山东。张辛欣在1980年创作的小说《我在哪儿错过了你》中，揭露了妇女解放运动后女性生存的实际境况，并对"男女都一样"的性别平等观念提出质疑。小说女主人公是一个售票员兼剧作家，在社会生活中，她明晰地感受到"现在社会对女性的要求更高些，家庭义务、社会工作，我们和男性承担的一样，甚至更多些。迫使我们不得不像男性一样强壮"。为了生存和理想，女主人公"不得不常常戴起中性、甚至像男性的面具"，这种无可奈何的"雄化"过程让女主人公形成了要强的男子性格，她以为那只是一件男式外衣，却不曾想到要强的男子性格已经深深渗入到她的个人气质中，想脱也脱不下来。因为自己被"雄化"，女主人公错失了自己的良人，她对自己感到失望，却又不得不在现实生活中选择妥协，重新戴上"男性的面具"。1981年，张辛欣发表小说《在同一地平线上》，讲述了在竞争激烈的社会生存环境下，一对夫妻为了追求各自的艺术理想而选择离异。小说旨在表达男女都一样的观点：女人有女人的苦恼，男人有男人的不幸。女人不再取悦和依附男人，她们与男人一样站在同一地平线上，付出更多努力，独立勇敢地去追求自我价值实现的机会。

3. 女性本我欲望的书写

在20世纪80年代初期，女性文学的创作表现出一种不自觉的、无意识的女性意识觉醒，到了中期，以王安忆、铁凝为代表的作家都向自觉的女性意识抒发过渡，她们的作品由宏大的历史叙事转变为个人生活和情感体验。这一时期的女性作家除了将关注点放在女性存在的意义和价值外，她们开始将笔触伸向女性自身的欲望描写；她们塑造的女性形象不再沉浸于无奈苦恼和困惑迷茫中，而是大胆地去体验生命和感受生命；她们试图创造女性专属的艺术世界，从而拆解和颠覆男性的社会中心地位。

王安忆（1954—），生于江苏南京，中国当代著名女作家、文学家。她是新时期第一个大胆涉笔"性爱"禁忌的女作家。王安忆曾说："如果写人不写其性，是不能全面表现人的，也不能写到人的核心，如果你真是一个严肃的、有深度的作家，'性'这个问题是无法逃避的。"她的"三恋"系列——《小城之恋》《荒山之恋》《锦绣谷之恋》及《岗上的世纪》等作品以本能欲望的身体话语进行小说架构，小说主旨直指男女性爱生活，抒写女性性爱体验，消解神圣叙事，颠覆男性中心的性观念。"三恋"突破了女性本我欲望的禁区，王安忆以鲜明的女性独特的身体意识，从女性的角度出发去阐释生命的形态和欲望，用女性的叙事手法，去解读生命的流程。

在描述女性的性爱意识和生命意识时，王安忆主要刻画性爱心理及欲望的变化，而同样从性爱角度展现女性本我意识的铁凝，注重的则是展现性爱意识被压抑扭曲或放纵宣泄后，女性生命所受到的戕害。

铁凝（1957年—），生于河北赵县，中国当代著名女作家。她于1986年开始发表"三垛"系列（《麦秸垛》《棉花垛》《青草垛》），为我们打开了一扇女性的"玫瑰门"，透过这扇门我们可以清楚地看到女性的生存方式、情感状态和生命流程。这不仅是一道女性的欲望之门，更是一道女性的灵魂之门。1988年问世的《玫瑰门》是铁凝的第一部长篇小说，也是女性写作的典范之作。小说讲述了一个婚前失贞女人的命运悲剧，揭示了女性在面对男权社会压迫时的反抗与挣扎，尽管这种反抗有时以极端的、变态的方式呈现，但她们仍摆脱不了女性的悲剧命运。

4. 超现实的女性叙事

改革开放后，大量前沿的西方文艺思潮和文学作品传入中国，本土女作家纷纷借鉴西方现代主义小说技巧表现本土化的女性主义思想。她们在文学创作上勇于突破，敢于尝试新的文学叙事方式，其中以80年代中后期的刘索拉和残雪作品为代表。

刘索拉（1955—），祖籍陕西志丹，生于北京，音乐家、作曲家、作家，曾被视为中国真正的"现代派"作家。刘索拉的小说植根于自己的亲身经历，通过文学艺术的加工，采用西方现代派"黑色幽默"的笔法，却又不

同于西方黑色幽默小说的绝望感，以戏谑、夸张、变形的方式，表现当代中国20世纪80年代的社会现实，于荒诞的氛围中克服精神困难、追求自我价值。刘索拉在1985年发表中篇小说《你别无选择》，以某音乐学院为背景，描写一批性格鲜明的教师和学生，塑造了一群不可思议的人物形象，这些人物多为"精神贵族"或"迷惘的一代"，如音乐学院的大学生李鸣，有才能，有气质，富有乐感，却总是想着要退学，他的教授对此的回答是："你老老实实学习去吧，傻瓜。你别无选择，只有作曲。"从那以后，他便赖在床上不起来。小说中的人物意欲打破传统，却又因种种原因，桎梏于传统，从而除了妥协式的反抗，别无选择。在21世纪初，刘索拉发表长篇小说《女贞汤》，作者用超现实的手法跨越到未来，讲述一段子虚乌有的荒诞故事，力图用批判的文笔去还原曾经存在过的往事，作者试图构建一种平等的叙事结构，将男性、女性、道与情都作为一般符号来呈现，表现出一种强劲的超现实意识。

残雪（1950—），原名邓小华，湖南耒阳人。残雪的小说具有强烈的女权主义色彩，她认为"中国男性原本是孱弱萎琐的一群"。她善于颠覆传统的叙事方式和思想观念，"要写的东西不在大家公认的这个世界里"，创作的内容和主题全由她自己捡拾和填充。残雪80年代的小说创作通过夸张、变形的现代派叙事方法和技巧，旨在表现人物畸形的人格和病态的自我。在《山上的小屋》中，残雪用一种超现实的先锋叙事展现了非理性人群的丑陋，以陌生化的手法叙述一个家庭中，亲人之间互不信任、相互猜忌的岌岌可危的生存关系。小说颠覆了男性的庄严和权威，父亲晚上绕着房子奔跑，发出凄厉的嗥叫。小说也解构了母性的光环，母亲暗中与女儿作对，并图谋弄断女儿的胳膊。1988年，残雪发表小说《突围表演》，围绕着五香街发生的"莫须有的奸情"展开，通过议论、推理及心理描写等来表现五香街居民对X女士和Q男士"奸情"的热衷。小说揭露了中国人对性的态度，并且用戏谑反讽的方式暴露每个人内心丑陋不堪的一面，"无论是对人、观念、理论还是艺术，作者都一一进行了深刻而露骨的批判"。残雪构建的非理性世界不仅体现了女性的生存境遇，并且以女性的视角对人类存在境遇进行书写，这种形式超越了一般意义上的女性创作。

二、20 世纪 90 年代：女性自我的多元化呈现

20 世纪 90 年代，文坛出现了一系列的女性作家，创作了大量的女性文学作品，女性文学的创作进入繁荣期。总的来说，90 年代活跃在文坛第一线的大致有五种类型的女作家，她们都具有强烈的女性主义意识。

1. 成名作家的继续创作

活跃在 20 世纪 90 年代文坛的第一类女性作家是 80 年代已经成名，90 年代仍保持强劲创作力的资深作家，如王安忆、铁凝、张抗抗、瞿永明等，王安忆的《长恨歌》、铁凝的《大浴女》、张抗抗的《情爱画廊》、瞿永明的诗歌都是这一时期女性文学的重要作品。

张抗抗（1950—），生于浙江杭州，祖籍广东新会。张抗抗最初的小说创作具有明显童话性质的启蒙主义和人道主义特征，她以"超性别意识"的写作策略来表现自己对自然社会宇宙人生的审美感触。1980 年，张抗抗发表小说《淡淡的晨雾》，小说讲述了一对年轻夫妇郭立枢和梅玫，起初，丈夫在妻子面前拥有着绝对的威望，妻子对丈夫满怀钦佩之情、乖巧顺从。后来梅玫受到思想解放运动的冲击而觉醒，与具有男权主义思想的丈夫分道扬镳。小说中的梅玫是理想化的幸运女性，时代给了她走向独立与自由的契机，这也让小说表现出女性主义意识的萌芽。20 世纪 90 年代，张抗抗小说中的女性意识进入自觉阶段，她开始关注女性地位，聚焦妇女命运，表现女性自我意识。1996 年发表的《情爱画廊》以一位背着画板，提着油画箱的青年艺术家周由去苏州寻求创作灵感为线索，展开一个缠绵着江南柔情和北京豪情的情爱故事。小说充满着人生的变故：阿霓带周由回家，渐渐爱上了他；周由苦恋阿霓母亲——水虹，并对其发起强烈攻势；水虹为了心中的爱想要离婚，但又割舍不下丈夫和女儿；丈夫老吴因妻子水虹的婚外情和无法抑制的情欲与阿秀发生关系；周由前女友舒丽的回归让复杂的情感纠葛变得更为扑朔迷离。小说指出追究过去的"如果论"并不能解决实际问题，迎难而上、积极主动地去想出万全之策则显得更为有益。书中的女性人物面对生活的变故，选择自我调整，选择坚强，然后以一种积极乐观的态度重新面对生活。同时，小说敢于突破传统的藩篱，大胆地把笔触伸向"情爱"与"性爱"的艺术层次，揭露人心灵深处的爱情理想——超越"性爱"之上的"情爱"。

翟永明（1955—），祖籍河南，生于四川成都。1981年开始发表诗作，1984年完成第一个大型组诗《女人》，因诗歌中的"黑夜意识"表现出的强烈女性主义立场而震惊文坛。以此为标志，中国女性诗歌进入自觉书写女性意识的时期。翟永明发表的《女人》组诗中反复出现"黑夜"这一意象，比如组诗的第一首《预感》中"我一向有着不同寻常的平静／犹如盲者，因此我在白天看见黑夜"，《世界》中"我创造黑夜使人类幸免于难"，《独白》中"渴望一个冬天，一个巨大的黑夜"，《七月》中"我微笑因为还有最后的黑夜"……"黑夜"意象是与象征男性中心秩序的"白昼"相对独立存在的女性空间。"黑夜意识"表现了翟永明对女性性别意识的归属感和认同感，同时表现出诗人于抗争中守望美好到来的愿景。20世纪90年代，翟永明继续坚持女性主义诗歌创作，陆续发表《去过博物馆》《咖啡馆之歌》《小酒馆的现场主题》《黑夜里的素歌》等诗歌。如果说翟永明80年代的诗歌注重歌咏女性的本我意识，那么其90年代的诗歌则更倾向于关注和反思个体生命意识，这一变化表现在：其一，诗歌的主体实现了从"女人"向"个人"的转变；其二，诗歌中女性主义意识的表现日趋自觉。

2. "个人化写作"的中坚力量

这类作家多于80年代开始创作，90年代走向创作高峰期，代表作家有陈染、林白、徐小斌等，她们规避主流文学和宏大叙事，主张边缘化写作；以私人化的生活经验和情感体验作为文本叙述的中心和重心，大胆袒露女性肉体和心灵的隐秘，这种边缘化写作的倾向称之为"个人化写作"。"个人化写作"将笔触伸向个人生活体验和情绪情感的抒发层面，使得文学作品叙事主体从"人"到"女人"进而发展到"个人"。90年代的"个人化写作"呈现出鲜明的特色：独特的"自叙传"色彩、"孤独"的情感体验、书写"女性身体"、彰显"女性情谊"等。

徐小斌（1953—），生于北京，祖籍湖北。徐小斌自1999年发表《双鱼星座》以来，她的小说体现出对女性叙事话语、女性个体经验以及"对一些形而上玄妙的观念"的情有独钟。徐小斌善用犀利锋芒的话语对知识女性的生存状态及其内心深处进行解剖与探究，最终得出"男女平等不过是个神话"的定论。小说《双鱼星座》讲述了一个女人与三个男人之间的故事，"星

座""女巫""幽灵""上帝"等物象让徐小斌的女性主义小说中充斥着神秘主义色彩。徐小斌通过女主人公卜零深入剖析中年知识女性在男权社会中所遭受的不公正待遇，通过潜意识表达女权主义宣言：男性和女性仿若双鱼星座一般交叠在一起，如果不能摆脱男性的桎梏，"那就同归于尽吧"。《敦煌遗梦》带有浓重的神秘宗教主义色彩，小说旨在讲述一个女性进行自我救赎的故事。作者极力渲染的神秘主义，力图表现女性对社会的逃避和对现有秩序的抗拒，"隐含着回归女性生命本源的文化企图"，渴望与恐惧贯穿着小说始终，这让《敦煌遗梦》具有强烈的女性本我意识。

3. 新生代作家

新生代作家于 20 世纪 90 年代后步入文坛，代表作家有徐坤、孟晖等，与 60 年代之前背负厚重传统的作家不同，新生代女作家拥有更为独立坚毅的女性主义意识，率性写作，在文学创作中还原生活的本真。

徐坤（1965—），生于辽宁沈阳。她被认为是极具"女性人文主义"色彩的代表性作家，中篇小说《白话》是她的成名作品，小说通过幽默的叙事手法和辛辣的表达方式，描写了年轻知识分子下乡的故事，独到的意趣和构思引起文坛广泛关注。小说《女娲》在女性文学史上颇具影响力，小说以戏谑反讽的方式消解中心话语，讲述了女娲造人的现代版变奏——李玉儿一家五代人反伦理、反传统的生养方式。小说解构了母系社会的美好神话，弱化了男性的存在感，体现了对人的命运的探索。小说《厨房》中，主人公枝子是一个美丽干练、事业成功的都市白领，十多年前，她主动挣脱婚姻家庭的"围城"，去寻找女性的自我价值、实现自己的人生理想。获得事业上的成功后，枝子又义无反顾地想要重返自己曾经视为牢笼的"厨房"，准备在这里俘获能让她的心灵得到慰藉的松泽。然而，松泽却是一个玩世不恭、多情纨绔的艺术家，他视枝子的爱为游戏、为累赘，拒而不收。小说最后枝子紧紧地提着一大包厨房里的垃圾迎风落泪。如作者所言："厨房是一个女人的出发点和停泊地。"小说揭示了当代知识女性寻求自我的复杂历程以及面临的精神困境，并对当代女性的生存处境及出路进行反思。《狗日的足球》于 1996 年在《山花》发表，小说从主人公柳莺惊闻马拉多纳要来北京参赛写起，中间插入了柳莺被未婚夫带入足球场的经历，在球场上柳莺听到的骂人话语

都是对女性的侮辱,这让柳莺感到屈辱。徐坤借此对男权政治下女性被挤压的生存状况进行控诉。徐坤有意识地运用女性叙述视角置男性于"被看"位置,试图消解男性权威并建构女性自我世界。

孟晖(1968—),达斡尔族,生于北京,自由撰稿人、专栏作家。孟晖的小说处女作《夏桃》讲述了一个神秘女性——桃花仙子的故事。在颐和园的昆明湖畔,一个美丽女子搭乘两位男士的船,在黄昏时分,她一人入山,后消失不见,唯有一株正开着白花的桃树。小说蕴含着浓郁的神秘主义倾向,这种神秘主义倾向不仅表达了女性对现实生活的规避和抗拒,还传达了女性试图在小说中构建一个女性乌托邦的美好愿景。此后,孟晖创作的女性主义文学作品一直延续着这种神秘主义色彩,如2001年出版的《盂兰变》。小说《盂兰变》立足独特的女性视角,切入历史横截面,以女皇武则天即位后的数年为背景,讲述了一段惊心动魄的宫闱故事。女帝专权,江山动荡,政治婚姻,血腥阴谋……小说充斥着无边荒凉的生命叹息。小说以"金蛇"这一隐喻式意象统帅全篇,作者通过超现实手法与技巧,营造了一种神秘的氛围,达到梦与现实的统一。此外,"编织"也是小说中的重要意象,九成富的才人柳贞风日夜以机杼为伴,编织锦绣;女皇武则天凭借权智、谋略编织天下。"编织"凸显了孟晖的女性主义立场,不仅代表一种技艺,还是一种女性性别、身份的指认。

4. "美女作家"

20世纪90年代的文坛还有一批"美女作家",包括卫慧、棉棉等,作为文坛的后起之秀,她们对女性主义意识的抒发和阐释毫不逊色,但她们作品中反映出盲目的享乐主义、物质主义等倾向,对此须加以批判。

卫慧(1973—),现居纽约与上海,专职写作,她被称为"晚生代""新新人类"女作家。卫慧在22岁的时候发表小说处女作《梦无痕》,小说呈现出物质条件富足的青年频繁出入大都市各种声色犬马的消费场所的生活图景。小说字里行间表现出对纸醉金迷的消费主义观念的推崇,这是卫慧小说中需要被批判的部分。但与此同时,《梦无痕》亦有可取之处——不惧男权,主张女性本我意识的解放。卫慧有着浓烈的"上海情结",她对上海有着疯狂的迷恋,成名作《上海宝贝》就是一部发生在"上海秘密花园里的另类情爱小说"。女主人公倪可时尚前卫、自由浪漫，过着小资的生活，周旋于精神伴侣和性伴侣之间。卫慧的小说充斥着不少性爱描写，作者试图借此从男性那儿赢回女性身体，建立独属女性的"伊甸园"。

棉棉（1970—），出生于上海，当代中国新生代作家。棉棉的女性主义文学作品旨在反映社会时代问题，尤其是凸显现代都市女性生活处境的艰难。棉棉的作品中营造了一种灰暗低沉的氛围，然而又饱含激情和希望。代表作《糖》是一份疼痛而又充满希望、献给热爱思考却又失魂落魄的都市青年的爱的礼物。小说具有鲜明的自传色彩，围绕主题"自由与选择"展开故事情节，叙述了一个"问题女孩"——红困惑迷茫而又不失希望的成长史。小说详尽地反映了社会现实中的诸多难解问题，试图以此阐释个人在成长过程中遭遇不如意在所难免，但每一个不如意的生命，都能找到改变自己的"医生"。"医生"在哪、是谁，不得而知，不过，"医生"终会到来，迷惘心伤的个人也有办法让自己变得强大起来。小说整体基调是灰暗的，却又富含对生命的热情以及对美好未来的憧憬。

第二节　张洁

在中国当代文坛，张洁是一位女性意识相当突出的作家。在其女性主义小说创作中，张洁一以贯之地关注女性的性格心理、生活遭际和情感命运，为20世纪中国女性文学的发展做出了独特的贡献。

张洁1937年出生于北京，祖籍在辽宁省抚顺市，1960年毕业于中国人民大学计划统计系，在第一机械工业部工作。1978年，张洁发表第一部作品《从森林里来的孩子》，获当年全国优秀短篇小说奖。第二年，张洁加入中国作家协会，并发表短篇小说《爱，是不能忘记的》，引起当时文坛的广泛关注。1980年，张洁调至北京电影制片厂工作，后为作协北京分会专业作家，以长篇小说《沉重的翅膀》和《无字》两获茅盾文学奖。张洁的创作大致可以分为四个阶段。第一阶段为审美阶段：自1978年开始到1979年发表《爱，是不能忘记的》为止。主要作品包括小说《从森林里来的孩子》《谁生活得更美好》《非党群众》和散文《拣麦穗》等，多表达对理想生活的憧

憬和赞美，对人的尊严和价值的张扬。第二阶段为变奏阶段：自1979年发表作品《爱，是不能忘记的》开始到1986年发表作品《他有什么病》为止。这一时期创作心态发生了变化，单纯美好的理想追求变为遭遇碰壁后的沮丧和些许怀疑。这一阶段的作品中，如《方舟》《沉重的翅膀》《祖母绿》等，塑造了一系列痛苦的理想主义者形象。第三阶段为审丑阶段：自1986年发表作品《他有什么病》到1991年发表作品《世界上最疼我的那个人去了》为止。这一阶段的主要作品包括《他有什么病》《日子》《只有一个太阳》《上火》《红蘑菇》等，直指现实生活中种种丑陋之处，对之加以尖酸的讽刺和冷峻的批判。第四阶段为寻找精神归宿阶段：1991年至今，发表的作品有《无字》《知在》《灵魂是用来流浪的》《沉重的翅膀》等。经历了丧母巨痛的张洁在这一阶段宣告所谓理想爱情的幻灭，以大彻大悟的心态，在历史的大背景下寻找精神的归宿。

在张洁整体创作分期的背景上，考察其小说创作，发现张洁的小说作品主要集中于社会层面的思索和女性经验的表达这两大类型，前者以《沉重的翅膀》影响最大，后者以《爱，是不能忘记的》《方舟》《祖母绿》《无字》为代表。在后一条线索中，对女性主义的小说创作而言，张洁对女性命运以及女性在爱情婚姻社会中所遭遇的种种难题和困境给予了深切的关注，走过了一个"痛苦的理想主义者"从对爱情的仰望、失望、宽宥、绝望的心路历程，但到后期对女性自身的弱点和不足缺乏深刻的反省和批判。

应该说，张洁1979年创作的《爱，是不能忘记的》是新时期文学中一篇非常重要的作品。基于对"文革"时期文学的反思，新时期文学开始呼唤人的尊严、人的价值和人的权利，这在张洁的《爱，是不能忘记的》中都有所体现，其所倡导的关心婚姻实质的婚恋观即便在今天也是有指导意义的。小说写的是一个30岁的老姑娘在嫁与不嫁的两难选择中，想到了已逝母亲的教诲和她的爱情故事。母亲曾说："要是你吃不准自己究竟要的是什么，我看你就是独身生活下去，也比糊里糊涂地嫁出去要好得多。"这确是母亲痛苦人生经验的总结，因为母亲年轻时就曾迷恋过男性的外表这些华而不实的东西，并为此付出了离婚的代价。在独居的日子里，母亲爱上了一个老干部，然而对方已有家庭。由于作品触及爱情和伦理道德的关系这一敏感话题，

作者将母亲与老干部的爱情写得发乎情而止于礼，两人相爱20多年，甚至连手都没有握过一次，彼此的接触仅有不多的几次交往：一次偶遇时的几句聊天，一次急行军似的"散步"，以及老干部相赠过的一套契诃夫小说选集，相处的时间加在一起尚不足24小时。母亲唯有在笔记本中与爱人倾心交谈，最终，这场柏拉图式的精神之恋在母亲痛苦的坚守中走向了浪漫的理想主义。

《爱，是不能忘记的》是主人公对爱情的一种憧憬和幻想，是一种失实的而又不切实际的想象，《方舟》则是三位知识女性对爱深深的失望，以及随之而来的为获得女性作为人的社会价值而不断奋斗的生存体验。《方舟》写了三位女性：曹荆华是一个理论工作者，柳泉从事翻译工作，梁倩是一位导演。她们不愿再像传统女性那样仅仅被视为性的对象，而更要力争作为人的价值。不管她们为此所做的挣扎有多惨烈，所付出的代价有多沉重，也不管她们的日常生活有多糟糕，小说宣告了女性最为重要的价值，那就是位于爱情之上而不能被爱情所替代的事业追求。由此，作家张洁的女性意识由原来对爱的无望坚守和缥缈的理想主义，转向了面对现实，尽管现实很残酷，但却更加真实，这就将作家对女性价值观的思考向前推进了一步。毋庸讳言，小说中的女性当然渴望美好的爱情，然而，当她们的爱人都是如此不堪，以致这希望渺茫不可期时，她们选择艰难地转向，将希望寄托于自身，谁又能说这不是一种进步呢？

《方舟》对离异及婚姻名存实亡的女性的生存处境与心理特征描写得极为到位。作品中主人公的挣扎、奋斗、迷惘和期待，让读者感同身受，忧乐与共。首先，《方舟》写出了这群女性在社会中的尴尬处境：窥探的目光、肮脏的谣言和性骚扰，如她们常做的噩梦一般令人猝不及防。以柳泉为例，她在一家进出口公司做翻译，由于该公司的魏经理总想占她便宜，她一心想换单位。于是，在没有正式调令的情况下，她愿意先借调到外事局帮忙接待一个美国代表团。不曾想，接待任务一完成，她就被诬陷和外宾之间有越轨行为。如此一来，既看不到调动的希望，又不能回原单位，等待她的是更加艰难的处境。所幸的是，在朋友的帮助下，她最终费尽周折地拿到了调令，尽管如此，仍忍不住在借住的屋子里大哭一场，任泪水宣泄数不尽的屈辱和艰辛。其次，《方舟》写出了这群爱情失意的女性的异化，包括性别特征的

弱化、日常生活的不堪等。小说多次写到她们的外在形象，所用的比喻是："像风干的牛肉""像一只储存过久，水分失去过多、表皮已经起皱的黄香蕉苹果""又干又硬，像块放久了的点心，还带着一种变了质的油味儿"。都说女人是水做的，而这些比喻给人的感觉无一例外都是缺水的，难怪她们要么像梁倩那样"不大像个女人"，要么像柳泉那样"常常忘记自己是一个女人"。除了性别特征的弱化之外，这群女性的异化还表现在她们的日常生活一塌糊涂：洗碗池里经常摆着脏碗和脏盘子，不到没碗吃饭的地步是不会洗的；暖瓶经常是空的；烧开水的铝壶盖上的帽儿丢了，一直都没有配上。这样的家居环境已然相当糟糕，再加上这三个孤身女人又常常将委屈和愤怒带回到这个暂借的住所来诉说，可想而知她们的心情也一定好不到哪儿去。

再次，作品不光描绘了女性的异化，还揭示了异化背后更深层的东西，即女性在天性与事业追求之间的矛盾、痛苦以及她们所做出的抉择。"也许这是一个永远不可调和的矛盾：你要事业，你就得失去做女人的许多乐趣；你要享受做女人的乐趣，你就别要事业。"在这样的两难选择中，《方舟》中的失爱女性与旧式妇女不同，她们"所思虑，所悲伤，耗尽心血去关注的，早已有了不同的内容"，也不同于鲁迅笔下不彻底的新女性子君，由于没有工作而陷入无言的悲哀，《方舟》中的她们理所当然地选择了事业，这是因为，"妇女，要争得真正的解放，决不仅限于政治地位和经济地位的解放，还需要以充分的自信和自强不息的奋斗来实现自身存在的价值"。这是《方舟》中的女性无论处境多么艰难也不放弃的信念，也是作者张洁关于女性价值观的新思考。

《祖母绿》是张洁继《方舟》之后又一重要的代表作。诸多研究文章有意颠倒《祖母绿》和《方舟》的发表时序，将《祖母绿》置于《方舟》之前，与《爱，是不能忘记的》并列为张洁第一阶段的作品，这显然不妥。不过，这种有意为之的错位排序也有原因可循，这就是在艺术上，《祖母绿》没有沿着《方舟》的粗粝风格继续前行，而是向《爱，是不能忘记的》那种古典唯美风格回归。

《祖母绿》写了曾令儿和卢北河这两位女性对左葳的爱情以及各自所做出的牺牲。在卢北河的夫妻关系中，她扮演的主要是母亲的角色，因为丈夫

左葳更像是她的儿子，左葳的事业发展时时需要她的暗中支持和斡旋，也因此，她为他操尽了心。与之相比，曾令儿则是一个"地母式"人物。地母是宽厚、博大的，一如曾令儿的诞生石祖母绿所象征的"无穷思爱"。在这里，"无穷思爱"首先指向爱的深度，即若要爱，就拼尽全力，燃尽自己，献出所有。对曾令儿来说，爱是一种倾心的，不计回报的奉献。为了保护左葳，曾令儿一次次经受住了置身于风口浪尖的考验：大学第一次夏令营，曾令儿在大海的涡流中拼命救出左葳；大三时，曾令儿由于给患肺结核的左葳补课，累得从自行车上翻倒下来，摔破了额头和膝盖，却因为又要赶着给左葳补课，没有时间去医院包扎伤口，结果膝盖感染了，此外，曾令儿还被左葳传染上了肺结核；在临毕业时的反右运动中，曾令儿代左葳受过，顽强地为他遮风挡雨，自己却被错划为右派；明知左葳已不爱她，却主动献身，之后撕毁结婚介绍信，无言地离开，在一个偏僻小城一待就是20年；有了孩子陶陶之后，作为未婚母亲默默承受所有的舆论压力，坚决不说出陶陶的父亲是谁，并原谅了左葳当年的薄情，后又独自承受失去陶陶的打击。上述种种可见"无穷思爱"所显示的爱的深度，即"她愿为他献出自己的一切：政治前途，功名事业，平等自由，人的尊严"。难怪多年后重返旧地，曾令儿竟为自己所感动，"令她心潮激荡不已和无穷眷恋的已非左葳，而是她度过如许美好年华的大地，以及她慷慨献出自己所有的，那颗无愧的心"。其次，"无穷思爱"也指向爱的广度。除了恋人，"世界上还有很多值得去爱的东西"。小说结尾，曾令儿同意与左葳合作，已经不是为了爱情，而是为了给这个社会做些有意义的事情。

客观地说，受到两位女性青睐的左葳，与《方舟》中曹荆华和柳泉的前夫以及梁倩分居的丈夫相比，面目没有那么可憎，不过，他也并非什么高大上的人物，而仅仅是一个徒有英俊外表和迷人微笑，工作能力有限，爱的能力缺乏，只会自我推脱，缺乏担当意识和男子气概的人。如果说《方舟》表现了女性对男性极度失望之后，转向自我发展的艰难超越，女性尚须克服现实障碍和自身弱点，那么，在《祖母绿》中，借助"无穷思爱"的深度和广度，主人公最终实现了对爱情的宽宥。

经历了对爱情的仰望、失望和宽宥，从爱情的理想主义走向现实，虽有《祖

母绿》某种程度上向早期艺术风格的回归，但张洁整体的创作轨迹和女性意识的发展还是相对明朗的。2002年，张洁潜心撰著，发表长篇小说《无字》。小说讲述了一个家族四代女性的故事，以作家吴为为中心，辐射到其外祖母墨荷、母亲叶莲子和女儿禅月身上。其中的三位母亲墨荷、叶莲子和吴为的人生悲剧宣告了作者真爱理想的幻灭。而在这个家族第四代女性禅月身上，总算打了一个翻身仗，获得了爱情的美满，这给作品以些许亮色，不过也是以禅月远离故土到异国他乡为代价的。因而从总体上来说，《无字》表达了作者对爱情的绝望。2005年这部长篇小说荣获第六届茅盾文学奖，影响很大。但就艺术成就而论，正如学者徐岱所指出的："完全是失败之作，一个凭借着小说的虚构权来泄私愤的文本。"究其原因，作品中作家吴为与比她大近20岁的胡秉宸的婚变故事，与现实生活中作者张洁的自身经历太过贴近，尽管张洁自己承认"作家的每部作品，都可以看作是他们灵魂的自传"，但假如作者不能将自己从现实生活中超拔出来，用悲悯的姿态看待笔下人物，而是身陷现实生活中的幻灭和愤慨的情绪不能自拔，一味地贬低男性，"视普天下男人为敌"，完全不去寻找女性自身的原因，那么女性仍将没有出路，仍将找不到情感和精神的归所。某种意义上，无论是墨荷、叶莲子还是吴为，她们的情感悲剧很大程度上应该由她们自己负责，因为她们将自身幸福的希望寄托在男性身上，表现出对男性的依附，而丧失自我意识和独立人格。换句话说，女性自我意识的觉醒到了张洁的《无字》这里不是进步了，而是大踏步地倒退了。

纵观张洁女性主义的小说创作，作家的女性意识往往是通过笔下形形色色的人物形象、心理活动、性格命运以及作家的议论表露出来的。在她的小说中，知识女性和男性形象构成了两大形象系列。知识女性在作者的笔下大致有这么四类：第一类就是以钟雨、曾令儿为代表的理想主义知识女性。钟雨与老干部之间完全是精神之恋，很难在现实生活中有实际接触。曾令儿则是自顾自、一厢情愿地做出各种牺牲，作品很少写到左葳对她爱情的呼应，左葳去开结婚介绍信也完全是出于报恩，并且介绍信一拿到手爱情就暴死，只剩下男性的道德自我完善。作为理想主义的化身，钟雨和曾令儿给人感觉不食人间烟火而缺乏真实感。第二类是以梁倩、荆华、柳泉为代表的被"雄化"

了的知识女性。作品有意去写她们不懂得皮肤保养,她们生活的粗糙以及女性种种纤细感觉和品位的丧失,甚至三个人都有抽烟的习惯,乃至梁倩趋于男性化的性格,凡此种种都给读者感觉,在自称没有什么丈夫不丈夫,只能靠自己的状态下,她们的确也付出了"性别异化"的代价。第三类是以梦白等为代表的变态的知识女性。女演员梦白与大学教授吉尔冬是半路夫妻。梦白挣钱养家,丈夫吉尔冬想要家庭财权而不得,心存不满,于是经常拈花惹草、找碴吵架。钱的问题使彼此都产生了"一种时有时无、时来时去、时深时浅、不便清清楚楚去恨的恨"。梦白因无法忍受丈夫的种种行为而起意报复。她让姐姐梦红故意引诱自己的丈夫,然后自己捉奸在床,姐妹俩面无表情地审视着一丝不挂的男人,让吉尔冬本来就没有的男性尊严更加荡然无存。她们以性作为报复的工具,让人觉得变态、疯狂,甚至不寒而栗。第四类是以金乃文等为代表的被传统观念束缚的知识女性。作为"脑外科一把金刀"的金乃文是传统贞操观念的牺牲品。她身上所表现出来的奴性,正是千百年来的传统观念对女性的精神戕害所造成的,她自身的悲剧也就转化为社会的悲剧。

上述四类知识女性形象中,或多或少都存在一些自身问题,因而她们不能被奉为完美的理想女性。那么,到底具备哪些特征才能成为性别意识健全的理想女性?女性自救的出路究竟在哪里?在张洁的《方舟》中,有一位女性,作者给予的笔墨非常少,而她带给人的感动却很多。那就是朱祯祥的妻子仲兰。小说关于仲兰只写了一件事,即她作为女主人对丈夫的异性客人柳泉的接待。她端进两杯加了冰块的酸梅汤,放在柳泉和朱祯祥沙发之间的茶几上。"轻轻地,没有发出一点声响"。临走时,"顺手轻轻地掩上了房门","甚至没有回头看他们一眼,没有投过来一瞥好奇的、审度的、鄙夷的目光"。当柳泉身体不适,朱祯祥喊仲兰过来帮忙时,仲兰既能及时应对,又不惊慌失措。之后,仲兰又给柳泉端来一碗热汤面和一盘凉拌鸡丝,小说这样写朱祯祥的心理活动:"仲兰总能巧妙地不露痕迹地帮助别人从尴尬里解脱出来。这里蕴涵着多少她对人体贴入微的爱心。"这当然是对仲兰的赞美,并且是发自她丈夫的真诚的内心。在整个待客的过程中,仲兰能够表现得如此得体、自信和从容不迫,这一方面源自她健全的内心,另一方面也与家庭关系中男女两性之间的和谐与理解密切相关。而正因此,这一形象才如此动人。联系

到作家张洁的创作整体，这样美好的女性与和谐的家庭关系并不多见，张洁更多强调的是两性之间的矛盾、隔膜与对抗。而着墨不多的仲兰这一形象恰恰提示我们，女性的解放不仅仅是女性单方面的事情，而要与男性携起手来，共谋发展。

张洁小说中另一大形象系列是男性形象，主要有理想的男性和丑陋的男性两种。理想主义的优秀男性大都出现在张洁早期的作品中，他们一般都有一定的文化和地位，艺术家梁启明，老干部"他"等。张洁的后期作品对男性形象的塑造发生了转变，作品中的男性都是带有缺陷的，他们自私、卑鄙、猥琐、无能，虽然出现在新时期的作品中，但是男性大都没有责任心，更遑论平等意识，如《方舟》中的白复山、魏经理，《七巧板》中的谭光斗，《祖母绿》中的左葳，《上火》中的唐炳业，《红蘑菇》中的吉尔冬，《无字》中的顾秋水、胡秉宸等，由赞颂优秀的男人转向批判丑陋的男人，张洁迅速完成了由爱到恨的嬗变。

张洁对男人态度的改变以及由此所引发的创作转型，与她自身的创伤性记忆有关。在散文《已经零散了的记忆》和《潇洒稀粥》中，张洁说她生下100天，父亲就抛弃了她和母亲。尽管母亲设法给了她一个温馨的童年，并让她接受了高等教育，然而父爱的缺失是她内心永远无法弥补的伤痛，以致成年以后的张洁不愿意承认自己的父亲。在《祖母绿》和《无字》中，张洁让作品中的孩子写下了老师布置的作文《我的爸爸》，在他们的心目中，"我的爸爸就是我的妈妈"。读者在为之动容和伤情的同时发现，张洁正是从无父走向寻父，寻找一个兼具慈父与情人双重特征的人来依靠、包容和分享，就像她作品中的袁家骝和尹眉、陈咏明和郁丽文、简和梧桐等，无不是老夫少妻，生活美满。然而这毕竟只是一种理想的状态，"老夫少妻"的婚姻模式一旦进入现实的生活中，仍会暴露其潜在而巨大的危机。例如，夫妻生活不和谐，还有照顾一个老人所需付出的辛劳等。

第三节 舒婷

舒婷，原名龚佩瑜，后改名为龚舒婷，1952年出生于福建石码镇。中国当代女诗人。1969年，舒婷在"上山下乡"洪流中插队到闽西山区，

第七章 新时期以来的女性形象及文学研究

1972年返城当工人。1979年4月,《诗刊》发表了舒婷的《致橡树》,时隔两个月,又发表了她的两首现代诗,即《祖国啊,我亲爱的祖国》和《这也是一切》。

作为朦胧诗派的主要代表人物,舒婷从独特的文化视角出发,用细腻的笔触记录了文化转型时期中国女性最深层的精神特质,她的作品表现出鲜明的女性意识。女性意识是一个庞杂而又变化的概念,是女性的思想、感觉等对自身和外界的认知,其中,对爱情的追求是女性意识觉醒的一个重要方面。爱情是女人的天性追求,更是她们的生命实现方式,她们在爱情中不断进行自我肯定和自我完善。舒婷站在女性特有的视角来抒写她们对爱情的渴望,她将女性内心对于爱情的独特感受与诗歌相融合,给诗歌赋予了灵魂,读来让人如痴如醉。

《无题(一)》写出了"我"对初恋的独特体验,既有丝丝甜蜜荡漾于心间,又有一种小鹿乱撞的感觉;既渴望爱情的靠近、再靠近,又有一种少女的娇羞,舒婷把一个初恋少女对爱情的欲说还休表现得淋漓尽致。身处恋爱中的女人会觉得世界万般美好,最平常的事物在她们的眼中都会闪闪发光,夜色分外迷人,就像诗中的"我仰起脸,星星向我蜂拥",诗人站在女性自身的角度书写了对爱情的快乐体验。

《致橡树》是舒婷创作的一首现代爱情诗歌,是朦胧诗派的代表作品之一,这首诗通过抒情主体拟人化的表现手法写出了新时期女性的爱情观,一方面是对传统男尊女卑思想的颠覆,另一方面是对独立人格的召唤。诗歌通过木棉树内心独白的方式,完美地彰显了顽强的人格力量,诗中的木棉实为女性形象的代表,以独立自主、积极向上的姿态与男性站在平等高度,彻底消解了封建社会男女地位悬殊的价值评价体系。诗人所主张的爱情,与依附无关,女性也并非生育工具或泄欲工具,而是独立的个体,与男性平等。女性的爱情并非如凌霄花一样攀附于他人,亦不学唱歌的鸟儿,放低姿态反复乞求,而是有自己独立的根系,深深扎根于泥土,是并肩而立的爱情,也是同迎风雨、共担责任的爱情。这首诗歌体现出舒婷的女性独立意识,她不再将女性置于附属地位,而是强调男女关系的平等。舒婷借助树来表达自己的思想,代替广大女性直言宣告,给人耳目一新、振聋发聩的效果,因为"我"

爱你，所以要和你同甘共苦；即使"我"爱你，也要与你保持距离，"我"要有自己的根基，傲然挺立。女性只有拥有独立人格，才真正有能力去爱；只有拥有平等姿态，才真正有条件去爱；只有被视为独立的个体，才会获得和谐的关系。

《惠安女子》是舒婷的代表作品之一，这首诗歌通过画面式的描述，首先映入眼帘的是惠安女子的容貌，但实际上需要备受关注的是惠安女子的现实境遇。旁观者所看到的往往是优雅的女性风景和温婉的传奇故事，可这些只是表面现象，他们忽略了惠安女子真实的处境。"你的裸足／所踩过的碱滩和礁石"被忽略了；那无从言说的苦涩和忧伤被忽略了；"蒲公英一般徐徐落在海面上"的少女梦被忽略了；还有心底那对幸福生活的憧憬也被忽略了……她们最终成了"封面"和"插图"，是供人欣赏的"风景"，亦是神秘莫测的"传奇"。这些都表现出现实社会的矛盾，一边要求理解女性，一边还在满足男性的猎奇心理。1985年4月，舒婷通过《惠安男子》这篇散文再次呼吁：但愿"千百人将猎奇的目光从杂志封面、摄影展览收回，沉思在他的群雕之下，从惠安妇女腕上银镯的叮当声里，倾听被咸涩的海风和潮音所掩盖的年代悠久的颤栗和微语。"惠安女子不仅有着优美的姿态和独特的装饰，更有着一颗火热的心，饱含期待，历经苦难。她们的存在需要被理解，而非满足人们的好奇心。可以看出，舒婷对女性的现实处境极其关心，诗歌的意义可谓是显而易见。

舒婷的长诗《会唱歌的鸢尾花》中"在你的胸前／我已变成会唱歌的鸢尾花"，可以看出，诗人所渴望的爱情已然寻见，然而，爱情并非一个人生活的全部，诗人也并未沉醉其中难以自拔，而是将这份爱完美升华，使之成为更加深沉的情感，从爱一个人上升到爱整个世界。爱成为这首诗歌的主旋律，荡漾着诗人的人格魅力和爱情理想。

舒婷创作的诗歌独特之处就在于，从第一人称"我"的角度来感知世界，彰显女性的精神层面。传说故事中那些关于"烈女""节妇"的描述，实际上是以扭曲人性和蔑视女性的极端手段，来达到提升男性本位文化的目的，作为弱势群体的女性，只能被迫放弃自我价值，将自己的真实情感深深隐藏，以此捍卫封建道德禁锢之下那虚无缥缈的"荣耀"。人们对神女的礼赞无疑是对女性禁锢的膜拜，舒婷深刻地认识到了这一点，舒婷对《神女峰》的改写以及在诗歌中对传统的"背叛"，不仅是当代女性对女性本体的觉醒和呼唤，还有她们对爱情的无比渴望和女性价值观的重新确立。

在传统文化看来，女人嫁前从父，嫁后从夫，丈夫死后必须从一而终，为夫守节。神女峰就是在这样的道德禁锢下成为中国社会的女性典范。表面看来，神女峰是一座巨大的贞节牌坊，而实际上它是女性的坟墓，诗人想要重塑现代女性的自我价值，必须对这座贞节牌坊予以沉重一击，将它彻底击垮击倒，只有这样雷峰塔底的白素贞才能重获新生，只有撕掉神女峰身上的种种标签，还原神女的本来面目，女性的主体地位才可能一步步确立。

诗人更多的是以"自我觉醒"为主题来呼唤女性的解放，"嫦娥奔月"是我国家喻户晓的民间传说，这一故事题材反复出现于历代文学作品中。李商隐在《嫦娥》中写道："嫦娥应悔偷灵药，碧海青天夜夜心"，鲁迅在短篇小说《奔月》中也塑造了一个任性、自私的嫦娥形象。女性话语权逐渐丧失地位，父权制大张旗鼓地建立，对于男性叙述者而言，嫦娥似乎永远是那个弃夫叛逃的罪人，他们若是站在女性的视角来看待这一事件，那么结果可能会天壤之别。

"稍纵即逝"的"春梦"不免使作者疑窦丛生，常常怀疑嫦娥的"不顾一切"。因为"即使月儿肯收容你的背叛"，但"独有寂寞伴你千年"，这里的"千年"与"寂寞"相伴，又有何意义？就如《神女峰》中的"与其在悬崖上展览千年，不如在爱人肩头痛哭一晚"，很明显，作者对"千年"持否定态度。嫦娥选择的是一条不归路，逃往无比凄清的月宫，谁能体会她的形单影只？千百年来，无人关注女性的真实处境，不愿意去倾听她们的声音，即使在文学作品中被提及，也只是从男性角度出发，将她们设置成一个需要被怜悯，甚至被异化或丑化的角色。女性内心深处最原始的渴望往往无人问津，也不允许流露于文学作品中。这既是诗人的质问，更是传统女性对自身命运的呐喊。从现代视角出发，嫦娥作为独立的生命个体，有权做出选择。然而，千年的传统制度将她定位成一个背叛者，她的选择被人蔑视。舒婷站在女性的角度对传统进行深刻反叛。

关于女性独立意识的觉醒，《致橡树》迈出了第一步，而《双桅船》则将女性意识完美彰显。如果说，前者中的女性是并肩而立、共担风雨的木棉树，那么后者就是独自面对风浪、勇敢追求自我的双桅船。诗人将女性比作"双桅船"，被雾"打湿了双翼"又何妨，风在前方，不迟疑、不停息。岸是男性的代表，象征着平静安稳的家庭生活，但却不能让"我"为此停止跋涉。只有不断经历风暴，我们才能相遇在"另一个纬度"。在这场相遇中，"船"和"岸"皆有进步，这是双方在追求自我价值中所获得的精神契合。正因为有这样的提升，使"我"不再惧怕"天涯海角"，因为"你在我的航程上／我在你的视线里"。可见，《双桅船》中的女性，已然不再满足于与男性并肩而立，而是要努力实现自己的人生价值，向着梦想奔进，使女性独立意识得以真正地确立。在她的生命中，扑面而来的不仅仅是爱人的风浪；她所追求的也不再是"分担"，而是"远航"。从"木棉"到"双桅船"，女性终于走出了"画地为牢"的状态，挣脱了千年枷锁，踏上属于自己的道路，寻求和实现人生价值。同时，她的观念也有所更新，对理想伴侣的要求也不再局限于踏实安稳，而是想要一个能与她"在另一纬度相遇"的男性，在彼此的航程中，两个人都拥有自己独立的人生轨迹，相互搀扶，共同提升。女性的主体意识明显上升到新的高度，开始独自远行。

除此之外，舒婷的作品还饱含一种深沉的社会责任感。在她的诗歌中，女性摆脱了家庭生活"一亩三分地"的束缚，进入社会，寻找属于自己的一方天地，与男性一样，肩负责任，敢于担当。女性所思考和关注的不再是自我形象的好坏，而是萌发出对整个社会的强烈责任意识，这一点在诗歌《人心的法则》中被表现得淋漓尽致。诗人描述了一个具有强烈责任感和自我意识的女性形象。她基于自身的价值坚决捍卫"人心法则"，这种描述当然有别于传统的女性叙事，甚至模糊了诗人自身的女性身份，坚守内心本身就是一场万般不易的持久战，是一场无休止的战争。诗人从"一朵花被踩踏死去"展开追问，发现"既不能阻挡，又无处诉说"，于是得出"为抗议而死去"和"为一句话而沉默"是值得的。诗歌在结尾处明确指出，沉默固然是一种抗争方式，但"最强烈的抗议"和"最勇敢的诚实"，莫过于"活着，并且开口"。诗人所要诠释的是，真正的勇士并非始终保持沉默，在无从表达的情况下去盲目牺牲，而是先行解决自我生存问题，无论处于何种环境中都能

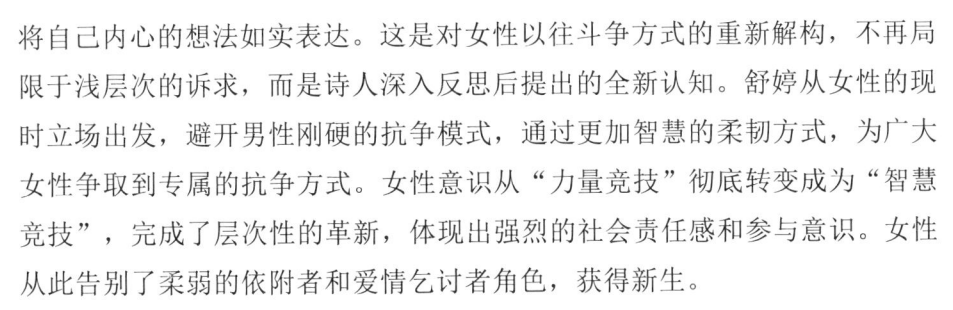

将自己内心的想法如实表达。这是对女性以往斗争方式的重新解构，不再局限于浅层次的诉求，而是诗人深入反思后提出的全新认知。舒婷从女性的现时立场出发，避开男性刚硬的抗争模式，通过更加智慧的柔韧方式，为广大女性争取到专属的抗争方式。女性意识从"力量竞技"彻底转变成为"智慧竞技"，完成了层次性的革新，体现出强烈的社会责任感和参与意识。女性从此告别了柔弱的依附者和爱情乞讨者角色，获得新生。

而今，女性诗歌的发展极其寥落，虽然各种女性主义诗歌大肆宣扬，但却尽显苍白。在这样的文化境遇中，重新来品读舒婷的诗歌，将其中所夹杂的女性意识进行梳理，也许能给当代女诗人带来些许启示。可见，舒婷充当的是一个过渡者的角色，适时地成为许多目光聚焦的中转，她的贡献和价值不容小觑。

第四节　铁凝

新时期以来，当代文坛的另一位重要女作家就是铁凝，她成名较早，多数作品都获得了较高声誉。铁凝1957年出生于北京，她的童年和少年时光是在河北保定度过的。1975年高中毕业后的她，毅然选择到农村体验生活，这一经历为她日后的创作提供了不少素材。1979年回城后，铁凝进入文联《花山》编辑部担任小说编辑。可以说，铁凝是从70年代中期开始进行文学创作，发表的小说多达百余部，长篇小说有《玫瑰门》《大浴女》《无雨之城》《笨花》，还有大量散文和随笔。铁凝的不少作品都被翻译成英、法、德、日、俄、丹麦、西班牙等多国文字，有着较强的国际影响力。她的作品也多次获得国家级文学奖项，其中，《哦，香雪》和《六月的话题》都曾获得全国优秀短篇小说奖，《没有纽扣的红衬衫》获得1985年全国优秀中篇小说奖。她的散文集《女人的白夜》获得中国首届鲁迅文学奖，中篇小说《永远有多远》获得第二届鲁迅文学奖，艺术随笔集《遥远的完美》获得中国第二届冰心散文奖。根据小说《没有纽扣的红衬衫》改编的电影《红衣少女》，曾获得中国电影"金鸡奖""百花奖"最佳故事片奖；短篇小说《哦，香雪》也被改编成同名电影，还获得了第41届柏林国际电影节青春片最高奖。除此之外，

铁凝的多部作品还获得"小说月报百花奖",《人民文学》《小说选刊》《十月》《中国作家》优秀作品奖等诸多奖项。2006年开始,铁凝担任中国作家协会主席。2015年,她被授予"法国艺术与文学骑士"勋章,成为中国文坛首位获此殊荣的女作家。

在铁凝三十多年的创作生涯中,她始终关注的都是女性的情感和命运。然而,铁凝作品中的女性意识并非一成不变,而是经历了三个显著的阶段,从无性别意识写作到强烈的女性意识写作,最后再到超性别意识写作,铁凝在创作中表现出孜孜不倦的探索精神。

第一阶段为铁凝的"香雪时代",大致从70年代中期到80年代中期。这一时期铁凝的创作主要是中、短篇小说,包括《罗薇来了》《两个秋天》《一片洁白》《那不是眉豆花》《短歌》《哦,香雪》《东山下的风景》《明日芒种》《意外》《没有纽扣的红衬衫》《六月的话题》《月亮伴星星》《穿过大街和小巷》《杯水风波》《村路带我回家》等。早期时,铁凝的创作受孙犁的影响较大,作品风格走的是清新路线,含蓄美好而又饱含诗意。小说的主人公大部分是青年女性,单纯、善良、朴实等品格在她们身上展露无遗,充满着人性的美好,尤其是她的代表作《哦,香雪》中的香雪,就是早期这类女性形象的代表。小说描写了一个叫台儿沟的偏远山村,每次火车经过发出的哐当声会打破山村似乎亘古不变的宁静,成为那里独有的"交响乐"。山外的物质文明随着火车的车轮,给台儿沟那群十七八岁的大姑娘带去了无数的新奇和希望,每逢火车经过时,她们就会聚集在村口,贪婪而又专注地望着火车。尽管火车的停站时间仅仅一分钟,但这有限的一分钟成了姑娘们的"节日",成就了她们的喜怒哀乐。长此以往,姑娘们便利用这短短的一分钟与旅客们做买卖,用鸡蛋、核桃、山果去换漂亮的发卡,还有香皂、火柴等日用品,这些东西都是台儿沟的"古董"。一次,香雪为了用四十个鸡蛋去跟火车上的女学生换一只铅笔盒,便义无反顾地登上即将开动的火车。最终香雪实现了自己的愿望,带着闪闪发光的铅笔盒走了三十里夜路回到村里。此处的火车、铅笔盒都成了现代文明的象征,香雪换铅笔盒的小小举动象征着深山里的女孩们渴望接受现代文明洗礼的强烈愿望。小说通过诗意的笔调写出了山村女孩的梦想和追求,就如孙犁所评价的,"这篇小说,从头

到尾都是诗,它是一泻千里的,始终一致的。这是一首纯净的诗,即是清泉。它所经过的地方,也都是纯净的境界"。

这一时期的铁凝将关注点放在乡村女孩对物质文明的向往和追求上,小说《意外》也讲述了一个类似的故事。大山里的山杏一家为了照一张全家福,"他们搭了五十里汽车,走了二百里山路,喝凉水、住小店,吃了多半篮子干饼,第三天才来到县城。"如此折腾之后,他们收到的照片却并不是期待已久的全家福,而是一个陌生姑娘的照片。尽管如此,山杏家还是将这张照片挂在了屋里,当别人问及照片中人是谁时,山杏便说是她未来的嫂子。山杏虽知撒谎不好,但无论如何,她家终于有了一张属于自己的照片。小说的整体笔调清新活泼,山杏善意的谎言表现出乡村女孩对文明的向往之心。不过,尽管铁凝早期的作品写的都是单纯美好的女性形象,但这些作品并不存在鲜明的女性意识,人物的设定也只是停留在一个象征性符号,体现的是现代化进程中乡村青年的精神风貌。

《没有纽扣的红衬衫》给铁凝带来了颇高声誉,她的创作视角也从乡村女孩转向了城市女学生,不变的依然是作家对人性美的颂扬。小说中的安然就像"一头精力充沛的小鹿,灵巧敏捷不受约束,无遮无拦的四处乱撞",作者透过她那双"清纯似水"的眼睛,勾勒出一幅社会百态图,揭示了一个社会的阴暗面对女性理想价值观的无情践踏。率真善良的安然敢于挑战生活中的庸俗伪善,她批评每次都是"三好学生"的班长,敢于指出老师的错别字,敢于跟男生待在一起,这些行为显然与当时人们认可的道德规范截然相反,当然,这些"敢于"也导致成绩不错的她一直与"三好学生"无缘。一次原本很有希望的评比,就因为她在评比当天穿了一件没有纽扣且带银色拉链的红衬衫而落选了。因为对于那个年代而言,这件没有纽扣的红衬衫代表了标新立异,这是保守派们无法接受的。但是,尽管落选了,安然却内心坦然,在日记中,安然为自己骄傲,同意选自己为本年度的"三好学生",并告诉姐姐明年竞选"三好学生"时她依然会穿红衬衫。在安然身上,我们看到了一种无比纯洁、明净的诗意美,展现出一种未受社会不良风气浸染的生命状态,洒脱且自由。小说中的那件红衬衫也成为打破传统,与庸俗社会对抗的象征力量。可以说,在安然身上寄托了铁凝的愿望,"我盼望社会不要

（有意或无意地）再忽略乃至扼杀这种难能可贵的品性，因为她对于净化人的心灵，对于更新那些活着但已衰老的生命，对于人类的进步甚至民族的兴盛永远是不可缺少的"。可见，小说表面聚焦于少女的成长问题，背后折射出的却是被掩盖的社会问题，而非侧重于少女独特的成长体验和心理动态。与香雪的形象一样，安然也是一个象征性符号，成为社会问题的承载者。这一时期铁凝作品中关于女性叙述的语言风格显得委婉细腻，从真正的女性意识上看，小说的性别意识依然较弱，因此，这一阶段可以称为是"中性写作"或"无性别写作"。

80年代中期以来，铁凝陆续创作了"三垛"，即《麦秸垛》《棉花垛》和《青草垛》，还有《玫瑰门》《无雨之城》《对面》《永远有多远》《大浴女》等中长篇小说。这一时期铁凝作品中的女性意识极其鲜明，作家借助冷峻深邃的笔触来审视女性真实的历史命运和现实处境，刻画了一系列复杂甚至扭曲的女性形象，站在女性的性别立场来展示她们的欲望和心理，体现出女性主体意识的艰难崛起。除了"三垛"外，《玫瑰门》《大浴女》也是这一时期女性主义的代表作品。

《麦秸垛》是"三垛"系列中最早创作的，发表于《收获》1986年第5期。小说叙述了两代女性在传统观念影响下坎坷而悲怆的爱情悲剧。大芝娘无疑是传统女性的代表，在她身上，体现了传统妇女的所有美德，善良、勤劳、宽容、忠厚，她坚守着传统文化对女性的道德规范，对丈夫无条件服从，哪怕这场婚姻早已缺失了实质性内容，但大芝娘的顺从和隐忍并未换来在城里已提干丈夫的理解和同情，丈夫无情地提出了离婚要求。对此，大芝娘并未哭闹，亦无怨恨，她答应了丈夫，只是提出了一个常人无法理解的要求，就是要和离了婚的丈夫有个孩子，只因为不能白白做了一回媳妇。此后，大芝娘独自抚养大芝，在大芝意外死亡后，她又将这份母爱播撒到那些缺失母爱的孩子身上。母爱虽然充实了大芝娘的生活，但却无法彻底消解她内心的孤独，漫漫长夜那低沉的纺线声，还有那只被抱得发亮的枕头，都在无声地诉说着大芝娘的寂寞。小说借助大芝娘的形象来抨击所谓的传统美德对女性的精神残害，而伟大的母爱有时候会严重阻碍女性自我意识的建立。

知青沈小凤对待爱情和人生的态度可以说是大芝娘的翻版，不过二者也

有很大区别，比如大芝娘的婚姻属于典型的包办婚姻，除了被动接受，别无他法，而沈小凤在自己的婚姻上有主动权，可以主动追求自己喜欢的人，尤其是她与陆野明发生肌肤之亲被发现后，在接受调查时，沈小凤将所有责任都揽到自己身上，大胆而无畏地正视人们蔑视的眼光。悲哀的是，她与大芝娘一样，她所爱的人并不爱她，沈小凤也面临着被男人抛弃的命运，于是她也提出了一个与大芝娘一样的要求，为那个负心的男人生个孩子，区别在于，陆野明拒绝。从沈小凤身上，我们确实看到了时代的进步，女人可以主动追求爱情，但遗憾的是女性依旧未能摆脱对男性的依附，因此，当沈小凤失去爱情时，她选择了重走大芝娘的道路，借母爱来做最后一搏。除此之外，我们从这两个女性形象中看出，女性的欲望不被正视和认可，大芝娘以传宗接代为目的的性行为可以被接受，而沈小凤发自女性本能欲望的性行为却被排斥。作者揭示了封建意识和传统观念对女性的第一层禁锢，而第二层禁锢则来自女性自身，大芝娘正是这类女性的代表。故此，铁凝沉重地叹息道："在中国，并非大多数女性都有着解放自己的明确概念，真正奴役和压抑女性心灵的往往也不是男性，恰是女性自身。"

《棉花垛》发表于《人民文学》1989年第2期，小说摒弃了从传统认识论的角度来评判女性世界，而是借助"性"来考察女性身体所受的践踏与蹂躏，无论这种暴力方式是来自正义方，抑或是非正义方，其结果只有一个，就是女性都会被伤害，不可避免地成为悲剧的承担者。小说主要讲述了米子、小臭子和乔的故事，通过对这三个女人的生存状态、生命欲望及各自命运的悲剧性叙述，揭示了男性强权意识的根深蒂固，同时也表现出她们本质上对男性的依附心理，体现出男性强制性的占有和征服。小说中的三个女性构成了纵向与横向的鲜明对比，纵向是米子与小臭子之间的母女关系，她们所处的那个时代，主要靠种棉花为生，米子可以不种花，也不摘花，但家里却有花。因为米子长得好看，每次到了棉花收获的季节，米子就会钻进看花人的窝棚，靠出卖色相来换取棉花。在米子身上，"性"变成她的一种生存手段，为了不劳而获，她甘愿委身于男人，并且从未觉得这种生活方式有何不妥，而她的这一观念对女儿小臭子的人生造成了直接影响。与母亲一样，小臭子也通过"性"来换取物质，她与有妇之夫秋贵犯淫乱，因为秋贵可以满足她

的物质欲望，给她买葱绿毛布大褂。可见，"性"成了母女两代人的生存手段，她们出卖自己的身子，在经济上依附于男性，成为男性享乐的工具，毫无自我人生价值可言。不过，与母亲不同的是，在新的时代背景下，小臭子的生存方式并非只是为了获取物质上的满足，还有着以此换取抗日情报的精神上的荣誉感，而这一点也是将她带入危险境地的导火索，她最终因出卖抗日干部乔而被枪杀。

小说的横向是乔与小臭子之间的发小关系，她们二人小时候是玩伴，长大后选择了不一样的道路。乔追求进步，成了共产党领导下的一名抗日干部，而小臭子自甘堕落，整日与汉奸秋贵厮混。之后，乔与国决定利用小臭子与秋贵的关系来换取抗日情报。小臭子虽然不是理性且自觉地选择抗日，但她也以此为荣。不过很快小臭子的身份就暴露了，在敌人的威胁下，小臭子为了保全秋贵的性命，出卖了乔，于是乔被日本兵轮奸后惨遭杀害。国为了给乔复仇，在带小臭子去县抗日敌工部受审的路上，先是占有了小臭子，当小臭子还沉浸于温柔的情意中时，国冷静地枪杀了她。对于民族大义而言，乔与小臭子的死意义并不一样，乔是为了民族的解放事业而牺牲，是抗日烈士；而小臭子是为人不齿的汉奸，是民族败类，可谓死有余辜。然而，当我们站在性别立场来审视这二人之死时，却发现她们都是男权社会的牺牲品，是男性肆意践踏和蹂躏的对象，体现了战争对于女性的残酷。乔与小臭子是截然不同的两个人，如果非要说有什么共同点的话，那就是同样是女人，两人走的道路却是天壤之别，无论是世界观、人生观，还是生活方式和生活态度，她们都有着很大差异，可以说是正邪不两立，但唯一的相同点就是悲剧结局。在小说中，将女性的身体拿来作为交换对象，成为一种生存方式；或是将其作为践踏对象，成为一种征服手段，而无论哪一种，女性都无法摆脱被塑造、被物化、被蹂躏、被牺牲的悲剧宿命。残害乔的日军以失败告终，而奸杀了小臭子的国却在正义的掩护下，未受任何惩罚。通过小说结局的安排，铁凝深刻地揭示了男权意识的无处不在，它超越时代和民族，成为女性悲剧命运的根源。

铁凝"三垛"系列中的《青草垛》写于1995年12月。在《青草垛》中，铁凝继续站在女性主义立场，以一个车祸中丧生的农村青年的鬼魂为视点，

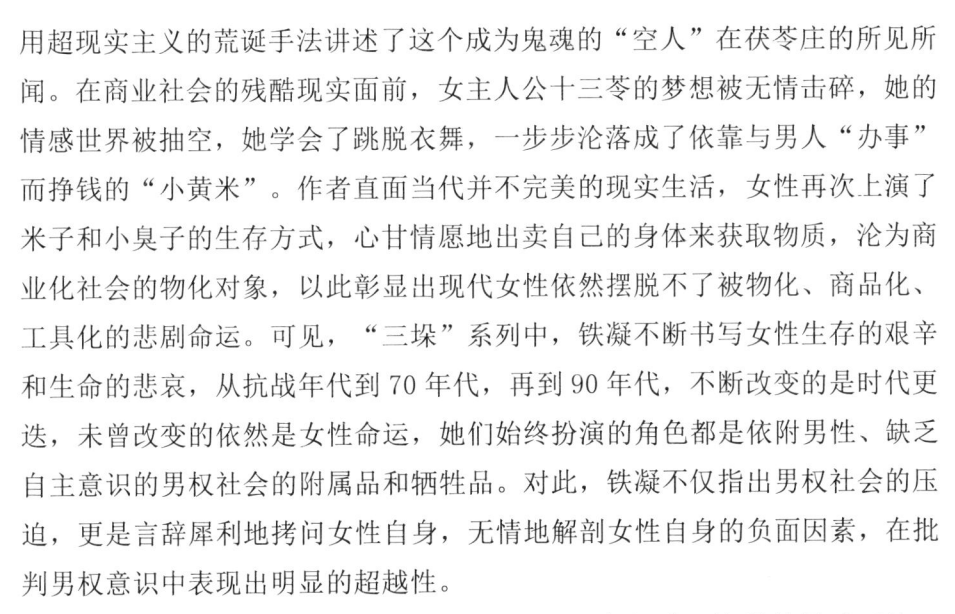

用超现实主义的荒诞手法讲述了这个成为鬼魂的"空人"在茯苓庄的所见所闻。在商业社会的残酷现实面前,女主人公十三苓的梦想被无情击碎,她的情感世界被抽空,她学会了跳脱衣舞,一步步沦落成了依靠与男人"办事"而挣钱的"小黄米"。作者直面当代并不完美的现实生活,女性再次上演了米子和小臭子的生存方式,心甘情愿地出卖自己的身体来获取物质,沦为商业化社会的物化对象,以此彰显出现代女性依然摆脱不了被物化、商品化、工具化的悲剧命运。可见,"三垛"系列中,铁凝不断书写女性生存的艰辛和生命的悲哀,从抗战年代到 70 年代,再到 90 年代,不断改变的是时代更迭,未曾改变的依然是女性命运,她们始终扮演的角色都是依附男性、缺乏自主意识的男权社会的附属品和牺牲品。对此,铁凝不仅指出男权社会的压迫,更是言辞犀利地拷问女性自身,无情地解剖女性自身的负面因素,在批判男权意识中表现出明显的超越性。

铁凝的第一部长篇小说《玫瑰门》于 1988 年问世,这是她最重要的一部小说。这部作品的个人化色彩和女性意识非常强,也正是从这部小说开始,铁凝走上了女性自省之路,为中国当代女性文学开启了通往女性自身的玫瑰之门。小说借助多重叙事结构,讲述了"文革"的时代背景下,老少三代女性充满丑陋、阴暗却又真实的女性生活空间。在这样的空间中,我们看到女性所受到的多重压迫,既有来自封建传统和男权制度本身,又有来自男性的性别压迫,还有来自女性自身。在这多重压迫下,表现出不同女性的应对策略及她们不同的生存方式与生存状态,由此,铁凝质询、探索女性的生命价值与情感命运。"铁凝之于女性体验的书写,更多的是一种内省,是对女性的历史与现实境遇的深刻的、近于冷峻的质询,一种对文明社会中女性位置的设问。铁凝冷静而困惑地书写着那份属于女性的尴尬,细腻而不无幽默与自嘲地记述现实情境中的女人,一个解放了的女人之社会地位的可疑。"

《玫瑰门》的女性意识非常浓厚,它揭示了女性在面对男权社会压迫时的反抗和挣扎,尽管这种反抗有时表现得过于极端,但她们仍然摆脱不了女性悲剧的宿命。小说女主人公司猗纹的性格极其复杂,在她身上,集中体现了女性的性别宿命,她们不甘于命运安排而进行的变态抗争。曾经的司猗纹是一位浪漫纯情、对革命充满激情的少女,她爱上了从事学生运动的男学生

华致远，并为爱情奉上了少女初夜，但家庭的反对和爱人的离去，浇灭了司猗纹的爱情之梦。由于不忍心违背母亲的意愿，司猗纹接受家人的安排，嫁给了庄家大少爷庄绍俭。婚礼上的司猗纹被眼前这个高大挺拔的男人所感动，她开始懊悔自己的不洁，并暗下决心在这个家庭中做一个贤妻良母。然而，在男权社会中，面对不平等的两性关系，司猗纹的愿望再次幻灭。庄绍俭一方面对包办婚姻心存不满，另一方面以冷漠、厌恶的态度来对待妻子的不洁。无论妻子如何在家庭生活中辛劳付出，在经济困境时施展才能，如何孝顺老人、抚育孩子，都换不来丈夫的温情和理解。为了报复妻子，庄绍俭经常出去寻花问柳。当妻子带着儿女千里迢迢赶去扬州看他时，庄绍俭却留宿妓院，并最终把性病传染给了妻子。至此，司猗纹想要做一个贤妻良母的愿望被现实彻底击碎，她终于接受了人生的失败，同时开始展开疯狂报复。司猗纹以"性"为武器，引诱道貌岸然又羸弱无能的庄家老太爷，使其一命呜呼。这种乱伦式的反抗是一种极端的颠覆男权文化的反抗方式，也是一种"以毒攻毒"的绝望抗争。此后，司猗纹如一株沾着毒汁的罂粟花，正式开启了"自虐与虐人"模式。由于长期的性压抑，导致司猗纹心理变态，不仅偷听儿子与媳妇的床事，还在儿子死后带着年幼的外孙女去抓奸儿媳，甚至当少女苏眉受到流氓的性骚扰时，她不仅不去安慰受惊吓的孩子，而是对苏眉仔细盘问，并偷看她的日记，最后还跟踪苏眉与男人的约会。可以说，晚年的司猗纹已经异化为男权文化的帮凶，成为一个心理极度阴暗、变态的自虐者和虐人者。当然，晚年的司猗纹也有着温情的瞬间，当瘫痪的她打听到初恋情人华致远的地址后，她坐在车里远远等待，只为了看华致远一眼，在看到他的那一刻，司猗纹的脸上先是惊讶，而后转为瞬间的羞涩，这可能是司猗纹一生中屈指可数的幸福时刻。司猗纹在面对非理性时代和男权压迫时，以极端的方式竭力抗争，在"自虐与虐人"中耗尽了自己的一生，最终一无所得。

如果说司猗纹的反抗是扭曲的，那么姑爸的反抗则属于另一种形式的扭曲；如果说司猗纹是一个不幸的女人，那么姑爸更为不幸，姑爸的悲剧更加揭示了男权体制对女性人格的异化和残害。姑爸本是一个大家闺秀，仅仅因为她长了一个异乎常人的长下巴，新婚之夜吓跑了新郎，于是被送回娘家。从此，姑爸开始否认自己的性别，努力掩盖自己的性别特征，她剪掉辫子，

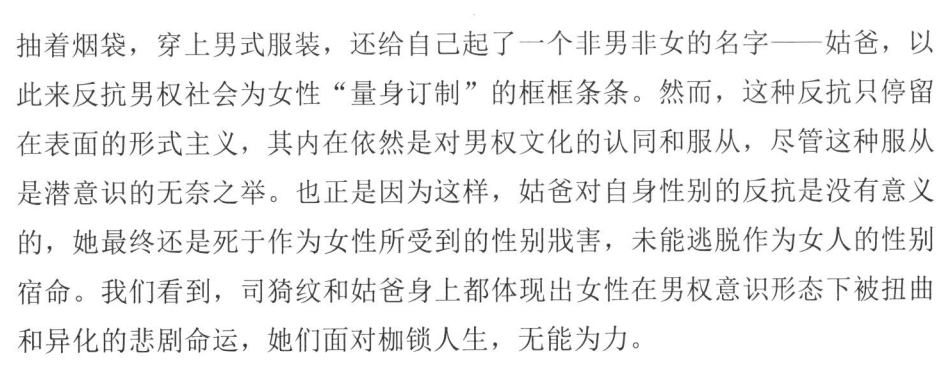

抽着烟袋，穿上男式服装，还给自己起了一个非男非女的名字——姑爸，以此来反抗男权社会为女性"量身订制"的框框条条。然而，这种反抗只停留在表面的形式主义，其内在依然是对男权文化的认同和服从，尽管这种服从是潜意识的无奈之举。也正是因为这样，姑爸对自身性别的反抗是没有意义的，她最终还是死于作为女性所受到的性别戕害，未能逃脱作为女人的性别宿命。我们看到，司猗纹和姑爸身上都体现出女性在男权意识形态下被扭曲和异化的悲剧命运，她们面对枷锁人生，无能为力。

《玫瑰门》中的另一个抗争性人物是儿媳宋竹西，与司猗纹一样，竹西也是一个生命力旺盛的女性，当懦弱无能的丈夫庄坦无法满足自己的欲望时，她把过剩的精力转移到捕捉和解剖老鼠上，最终丈夫被这些老鼠吓死。不过，与婆婆司猗纹不同的是，竹西面对多重压迫，始终坚持我行我素的生活方式，与男权社会的文化和秩序作斗争。在丈夫死后，她大胆正视女性欲望，敢于冲破世俗一切的藩篱与大旗一起生活，但当她发现与木讷的大旗无法沟通时，她又坚决离去，因为仅仅满足自然欲望还远远不够，精神层面的追求也不能缺失。离婚后的竹西又去寻找她一直爱慕的叶龙北，直到此时，竹西才意识到自己真正想要的到底是什么，她毅然决然地追求自己的幸福，因为欲望而坚定。与司猗纹和姑爸对男权社会的抗争比起来，竹西的反抗更加积极主动，虽然有过不少误区，但她始终不曾放弃，坚定地追求自己想要的生活。

《玫瑰门》不仅是"女性之门"，亦是"生命之门"，面对男权社会的多重压迫，小说中的女性都选择了各自的应对措施，有的看起来有些极端，有的却是表面功夫，也有似乎永不停息地追求，这些女性在某种程度上可以说是生活的强者，而小说中的男性却表现为自私自利、软弱无能。这是因为铁凝这一时期的女性主义创作思想主要是为了批判男权主义，她在创作过程中有意对男性进行"去势化"书写，通过瓦解男性形象来实现自己的创作思想，因此，《玫瑰门》中不存在理想的男性形象，这个从庄家的三代男性身上即可看出。庄家第一代庄老太爷道貌岸然而又羸弱不堪，在被儿媳诱惑后一命呜呼；第二代庄绍俭，由于不满包办婚姻，并对司猗纹的过去耿耿于怀，于是想方设法地羞辱和践踏一个为家庭悉心付出的妻子，而自己却不去尽一个父亲和丈夫应尽的责任；第三代庄坦，性格懦弱，毫无男子汉气概，小说

的描述是这样的,"从精神到肉体他好像都缺乏必要的根底,哪怕是人最起码的那点根底。从外表看,他那颗大而沉重的头就难以被那根纤细的缺钙的颈骨所支撑,这使得他的头看上去有一种倾斜感。颈下是一副窄而薄的肩,两条乏力的胳膊就悬挂在那里。腰倒是一杆正常人的腰,不粗也不细,但当需要它扭转时却又缺少必要的灵便"。这个人物形象有个典型的特征就是打嗝儿,这个与生俱来的毛病让他对自己的人生失去信心。可笑的是,最后庄坦这个打嗝的毛病治好了,随之而来的是失去了男性能力。小说这一故事情节的安排,铁凝以戏谑性的笔调讽刺了男性的懦弱无能。

在这部专门讲述女人的小说中,铁凝不仅揭示了男权社会对女性的种种压迫,同时也将笔触伸向女性自身,深入挖掘女性的人性弱点和阴暗面,以及女性如何从一个受害者逐步蜕变成虐人者,体现了铁凝的女性自省意识和自我批判精神。铁凝的关注点并非仅限于社会的性别歧视和意识不公,她不会将自己的期待寄托在男性身上,也就不需要去表达对他们的苛责,她希望看到女性发自内心地自省和真正活出自我。同样,在长篇小说《大浴女》中,铁凝借助女主人公尹小跳这一形象,呼吁广大女性只有不断自省和反思,才可能实现自我救赎,获得理想的生活和健康的人性。尹小跳的一生有两个永远无法治愈的心病,一是同母异父的妹妹尹小荃的意外死亡,二是好友唐菲为她的调动而主动受辱,尤其是尹小荃的死成了尹小跳永远无法磨灭的罪恶。由于尹小荃是母亲偷情而得的孩子,以至于尹小跳对尹小荃的到来感到格外耻辱和仇视,这种感觉让她无法释怀。因此,当年幼的尹小荃摇摇晃晃地走向井边时,尹小跳并未制止,而是眼睁睁看着她走向死亡。虽然尹小跳恨透了这个妹妹,但她的死并未让尹小跳感到丝毫的释然,反而让她的一生都充满了内疚和自责,她将"杀人凶手"的枷锁牢牢地套在自己身上,这个沉重的枷锁给她的心带来无尽的煎熬,无休止地拷问着她的灵魂。在经历了生活的种种波折,尤其是长大成人有了各种经历后,她终于走向了新生。尹小跳人格最后的完善,也是作家所要表达的主题,女性必须依靠自己的力量进行自我完善和自我塑造,而前提是勇敢正视自身的弱点,为了恢复健康的人性,竭力与宿命抗争,为自己寻求出路。可以说,《大浴女》中的尹小跳和《玫瑰门》中的苏眉是同一类女性,她们敢于审视自我,进而反思和超越,体现

出铁凝对女性内心世界的深度探寻。

由于90年代女性主义创作中普遍存在的男性"去势化"书写的影响，铁凝在这一时期所勾勒的男性形象基本上也是卑弱无能，无论他们是故事的缺席者，还是压抑女性的"他者"，其形象都不具备理想主义色彩。不过，一味地侧重于性别对立而矮化男性，实际上是无法从根本上解决女性困境的。作为一个不断反思且思维全面的作家，铁凝意识到性别解构并非女性出路，男女本一体，两性不能独立或对立地存在。"性别诗学"主张"阴阳互补"，在男女两性问题上，讲究"和而不同"。真正成熟的女性意识是性别意识与自身意识的深入融合，努力构建平等和谐的两性关系。对于《玫瑰门》的创作，铁凝曾这样说："我本人在面对女性题材时，一直力求摆脱纯粹女性的目光。我渴望获得一种双向视角或者叫作'第三性'视角，这样的视角有助于我更准确地把握女性真实的生存境况，女性的本相和光彩才会因此更加可靠。进而你也才有可能对人性、人的欲望和人的本质展开深层的挖掘。"不过，铁凝在《玫瑰门》的整个创作中始终未能彻底摆脱女性视角，直到后来创作了长篇小说《笨花》，铁凝的创作正式进入超性别意识的写作阶段。

有这样的说法，《笨花》是《棉花垛》与"向喜传奇"结合的产物，但这种判断只是停留在对《笨花》这部小说的表层理解。诚然，《笨花》中确实存在与《棉花垛》相近的情节，还有一些对应的人物关系，如《笨花》中的向取灯对应《棉花垛》中的乔，大花瓣儿对应米子，小袄子对应小臭子，西贝时令对应国，金贵对应秋贵，向有备对应老有等，但值得一提的是，在社会历史、民族地域等方面，《笨花》的表达比《棉花垛》更加丰富和深刻，尤其是在人性的挖掘上，作家并未完全站在女性立场去一味地贬低男性，而是选择了一种更为理性的眼光去审视男人，这就使得《笨花》中的男性形象更加真实。《笨花》以冀中平原的农村为背景，讲述了向氏家族的发家史，并将家族生活与时代历史相结合，使作品展现出厚重的历史感，而向喜就是这段历史重要的见证者和参与者。

铁凝曾谈到向喜这个人物，"他（向喜）一个普通人，能够拒绝诱惑，远离违背内心的道德秩序，是人伦的力量赋予他的道德秩序，而不是一些玄而又玄、高不可及的政治主张"。可见，对于向喜这一人物形象，铁凝将其

置于民族国家和传统人伦的话语中加以刻画，既不刻意拔高，也不有意矮化，而是将其还原成一个充满民族正义感且智勇双全的军人，同时有着根深蒂固男权思想的男人。向喜一生娶了三房太太，即同艾、顺容和施玉蝉，铁凝一方面写出了向喜身上与生俱来的男权意识所带给妻子的精神伤害和内心隐痛，但并未将其引向性别对立面去批判，也没有因此去丑化主人公，而是呈现出一种人性的理解和包容。小说更侧重于展现向喜身上那些闪光点。出身卑微的他凭着自己的英勇善战在部队获得官职，有了一定地位的向喜没有忘本，而是把攒下来的军饷寄给老家的妻儿，让家人用来盖房子、买土地，日子过得好一点。向喜有着自己做人的准则和敏锐的判断力，他在生活中言而有信、坚韧不拔，在战斗中英勇无畏、顽强抵抗，他懂得审时度势，有着自己的道德坚守，面对官场的黑暗和军阀的阴霾，他困惑不堪，当别人都在为利益争得头破血流时，他却在为违背做人的信念而痛苦。最后，他选择放弃升职，随从内心的良知，返回老家。抗战爆发后，头脑清醒的向喜拒绝担任日本人在冀中伪政权的代理，态度坚决。与此同时，他支持儿子去西部抗日。为了躲避日军的骚扰，向喜去粪厂工作，当得知女儿取灯惨死于日本人之手后，他为着民族大义也壮烈死去。向喜的死使这个人物形象完美收场。我们看到，《笨花》中的男性形象告别了以往的懦弱无能，而是具备了积极向上的内在精神，除了向喜外，他的儿子向文成身上也显示出较多正面意义。向文成是向家第二代核心人物，作为一名乡村知识分子，向文成天资聪慧、本性善良，虽然有眼疾，却向往光明。作为一名医生，他医术高超、医德高尚，有文化、有见识，最难能可贵的是他不排斥现代文明和外来文化。在向文成身上，乡土文化与现代文明完美融合。可见，处于《笨花》阶段的铁凝，不再一味地书写"去势"男性，而是对男性形象进行了更加理性的叙述，这种转变并非铁凝对男性世界的让步，而是意味着她开始重新思考两性关系，事实上，最好的两性关系重在和谐，而非对立。

  与《笨花》中的女性形象相比，《玫瑰门》显得较为平和，铁凝依然站在女性的立场，只是在这一时期，铁凝不再强调对男权压迫的疯狂抵抗，而是注意强调女性自身要追求独立自我，勇敢摆脱精神禁锢。小说中的施玉蝉母女就是这种独立女性的代表。施玉蝉是向喜的三太太，原是一名行走江湖

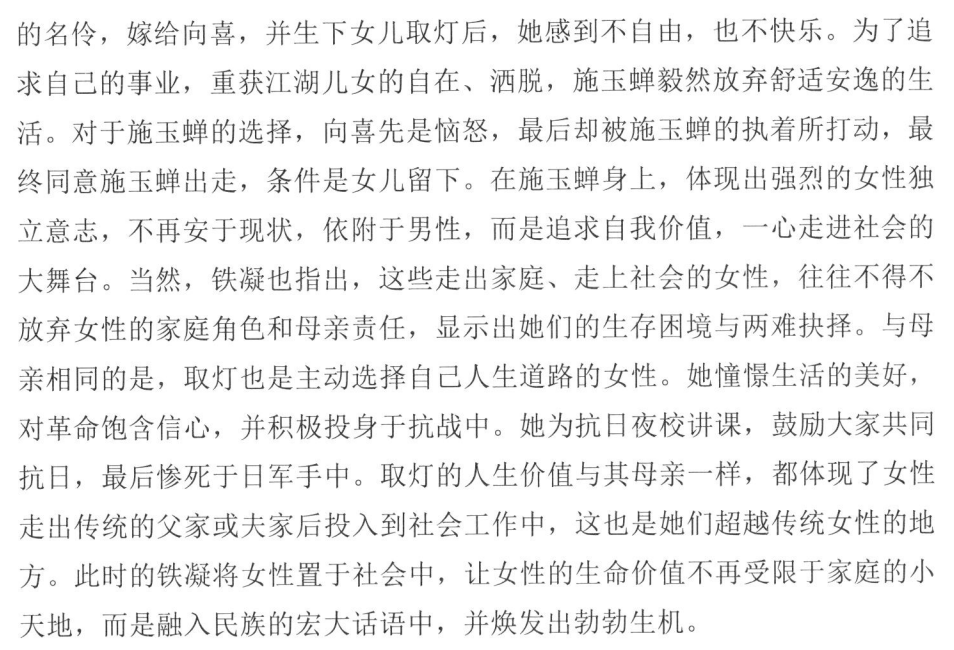

的名伶，嫁给向喜，并生下女儿取灯后，她感到不自由，也不快乐。为了追求自己的事业，重获江湖儿女的自在、洒脱，施玉蝉毅然放弃舒适安逸的生活。对于施玉蝉的选择，向喜先是恼怒，最后却被施玉蝉的执着所打动，最终同意施玉蝉出走，条件是女儿留下。在施玉蝉身上，体现出强烈的女性独立意志，不再安于现状，依附于男性，而是追求自我价值，一心走进社会的大舞台。当然，铁凝也指出，这些走出家庭、走上社会的女性，往往不得不放弃女性的家庭角色和母亲责任，显示出她们的生存困境与两难抉择。与母亲相同的是，取灯也是主动选择自己人生道路的女性。她憧憬生活的美好，对革命饱含信心，并积极投身于抗战中。她为抗日夜校讲课，鼓励大家共同抗日，最后惨死于日军手中。取灯的人生价值与其母亲一样，都体现了女性走出传统的父家或夫家后投入到社会工作中，这也是她们超越传统女性的地方。此时的铁凝将女性置于社会中，让女性的生命价值不再受限于家庭的小天地，而是融入民族的宏大话语中，并焕发出勃勃生机。

当然，在《笨花》中也有传统型女性，向喜的大太太同艾就是此类女性的典型代表。在同艾身上体现出传统女性的美德，勤劳贤惠、隐忍宽容。由于丈夫常年在外打仗，同艾在家独自带孩子，照顾老人，苦心经营家庭，为丈夫免去后顾之忧。不过同艾的辛劳付出并未留住丈夫的心，他还是陆续娶了第二和第三个姨太太。当同艾见到二太太顺容和她的两个孩子时，她惊呆了，但她并未大吵大闹，而是选择沉默。直到和儿子上了火车，她才开始放声大哭，这是她压抑已久的发泄。不过，哭过之后的同艾就像什么事都没发生过，回到老家后又照常守家、带孩子。表面看起来一切照旧，只是她的爱情已然幻灭。此后的四十多年，同艾苦苦承受情感上的孤独和落寞，她只能不断地去回忆，甚至用幻想来填补情感的空白，用亲情来代替爱情，无奈地等待着。可以说，面对男人的情感背叛，同艾的宽容和隐忍恰好为其提供了精神栖息地。一方面，铁凝揭示了男性的背叛给女性带来的情感伤害，她们常年忍受寂寞；另一方面，铁凝一改以往激烈的反抗方式来寻找新的情感转换方式，用亲情来化解矛盾，用母性来寄托情感。

《笨花》中女性意识的激烈程度明显弱于"三垛"和《玫瑰门》时期，铁凝笔下的两性关系也从最开始的完全对立转变为相互包容，这体现了铁凝

女性意识向传统的回归，而这种回归是经历过认真审视后的思想升华，是站在更成熟的历史起点上的理性回归。铁凝一方面从传统中寻求女性生存的情感依托，另一方面将女性置于社会、历史、民族、国家的话语中去确立她们的生命价值，进一步强调女性的独立自主。由此，铁凝的女性书写摆脱了男性绝望的深渊，也告别了欲望化写作的沼泽，在宏大话语与女性话语中找到了书写的平衡点。从"无性别意识写作"到"强烈女性意识写作"，最后到"超性别意识写作"，铁凝不断探索女性的自由平等，为她们找寻幸福之路，努力构建和谐的两性关系，给困境中的女性文学带来了一丝活力。

第五节　池莉

20 世纪末，女性作家日趋活跃，写作风格呈现出多样化、前卫化的特点，在这批女性作家的笔下，作者通过个性化写作将自己对世界的看法借着小说的主人公表达出来，女性写作在整体格局上愈发生动，写作题材也日益广泛，很多作品都超越了情感、家庭、婚姻等常见题材。池莉以其鲜明的个性化特点，成为 20 世纪 80 年代末备受欢迎的女作家。

池莉，1957 年生于湖北仙桃，1974 年高中毕业后成为下放知青，1976 年进入湖北冶金医学院学习，虽然身在医学院，池莉却心系文学。1979 年成绩优异的池莉被分配至武钢卫生处，成为一名流行病医生，从此开始发表文学作品。本着对文学创作的热爱，池莉于 1983 年参加了成人高考，进入武汉大学中文系作家班学习。1987 年，池莉大学毕业，进入武汉市文联《芳草》编辑部任文学编辑。她的成名作是《烦恼人生》，这部中篇小说被誉为"新写实小说"的代表作。

在池莉的小说中，最鲜明的女性主义特征是女主人公们强大的意志力，无论面对何种艰难困苦，她们都能坚强地支撑起门户，独立地过着自己的生活，就像《你是一条河》《小姐，你早》《生活秀》《看麦娘》《她的城》等小说中的女主人公，都是这类女性的代表。

在池莉的中篇小说《你是一条河》中，辣辣是一个带着八个孩子的寡妇。作为一个母亲，她想方设法地养活这些孩子，用尽自己所有的智慧和力量，在那个特殊的年代，为了一袋粮食，她甚至不得已献出自己的身体。她一生

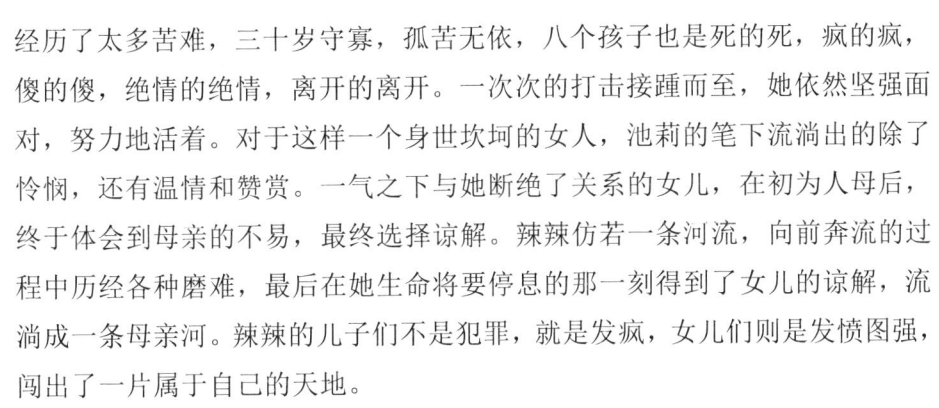

经历了太多苦难，三十岁守寡，孤苦无依，八个孩子也是死的死，疯的疯，傻的傻，绝情的绝情，离开的离开。一次次的打击接踵而至，她依然坚强面对，努力地活着。对于这样一个身世坎坷的女人，池莉的笔下流淌出的除了怜悯，还有温情和赞赏。一气之下与她断绝了关系的女儿，在初为人母后，终于体会到母亲的不易，最终选择谅解。辣辣仿若一条河流，向前奔流的过程中历经各种磨难，最后在她生命将要停息的那一刻得到了女儿的谅解，流淌成一条母亲河。辣辣的儿子们不是犯罪，就是发疯，女儿们则是发愤图强，闯出了一片属于自己的天地。

在小说《生活秀》中，来双扬作为当之无愧的女主人，是家中的主心骨。他们兄妹四人，无论家中遇到何样困难，都要来双扬一人承担。随着母亲的去世和父亲的离家，生活陷入窘境，来双扬只能依靠在街头摆摊来养活弟弟妹妹。祖传的房产被他人霸占，来双扬软硬兼施才取得了房产权。泼辣庸俗的嫂子总是无理取闹，哥哥也无计可施，只有来双扬能制服她。在吉庆街的夜市上，来双扬是一个卖鸭颈的女人，也被人们称之为定海神针。她是第一个敢于户外摆摊的个体户，也正因如此，她成为吉庆街的偶像。她在夜市的核心地段经营着小小的摊位来卖鸭颈，从来不用担心生意。她做生意时有条不紊、不骄不躁，没顾客时，端坐一旁，一边抽烟一边等待，吉庆街上的人看了就会觉得心安。

在那些以男性为叙事对象的小说中，看似陪衬的女性形象很多时候要比男人更积极、更有智慧。《你以为你是谁》中的陆武桥，人到中年，生意兴隆，不仅是顶天立地的男子汉，更是全家人的主心骨，弟弟不务正业，需要他来管；姐姐婚姻不幸，需要他来拯救；父母年纪老迈，需要他来照顾；餐厅里的生意也需要他来经管。面对家里家外的一切麻烦事，陆武桥使尽浑身解数，但结果并不尽如人意，他身心俱疲，甚至觉得生无可恋。然而，生活不止眼前的苟且，随着武汉大学女博士宜欣的出现，他的生活有了诗意。她有着与陆家底层平民迥然不同的豁达和智慧，让陆武桥的人生发生了翻天覆地的变化。在宜欣的影响下，陆武桥开始尝试变换眼光去看待事情，生活上也不再耍狠斗勇、狭隘残忍，而是学着用智慧和谋略来解决问题。然而，无论陆武桥如何钟情于宜欣，一心想娶她为妻，珍惜她所带来的新生活，宜欣

却并不属于陆武桥，她只属于她自己，她对自己的人生有规划，拥有自己的理想追求，她因着一场闹剧而出现，也在一段感情中短暂停留，但最终也因一场婚姻而远走，陆武桥只是她生命之舟停靠歇息的码头，不久之后就要驶向远方，她的主动权从来都握在自己手中，与他无关。

《不谈爱情》中的庄建非以最快的速度走向成熟，当然离不开身边女性的引导。他感情和情欲的"启蒙课"是梅莹"讲授"的。刚刚四十岁的梅莹，是一个学识渊博、有修养、有见地的女人，懂得男欢女爱和人间冷暖，偶然间在一次学术场合与庄建非相识，凭借自己优雅的女性气质，立即吸引了年轻的庄建非。在事业上，她指导庄建非慎重而准确地选择专业，使之迅速成为胸外科年轻有为的骨干医生；在情感上，她帮助庄建非从一知半解的单身青年一日之间成为经验丰富的成熟男子；在生活上，她拯救陷入婚姻和事业困局而不得要领的庄建非，使其顺利渡过难关，并更加深刻地理解了婚姻和人生。

除此之外，女性情谊也是女性主义写作的内容之一。因为男人无法给女人带来安全感，女人们不得不努力拼搏，过好自己的人生，困难是必不可少的，她们在磕磕绊绊中相互扶持，用心寻找自己的家园，寻找心灵慰藉。池莉毫不掩饰地宣称，"闺蜜情谊真正有义薄云天之气概，互相之间不隐藏秘密，无话不说，连她们的男人，也都是她们的话题。男人再亲，是她们的儿子、丈夫和父亲，她们自己就是一个整体，没有外人"。这从《她的城》中鲜明的女性主义意识即可看出，小说讲述了三个水塔街的女人，她们如戏的人生故事。水塔街最漂亮的女孩傅逢春嫁给了同样在水塔街长大的英俊男孩周源，但是随着儿子的出生，周源的同性恋取向日益显露，夫妻关系出现裂痕。逢春一气之下辞了大公司的白领职务，回到水塔街街口蜜姐的擦鞋店当起了擦鞋女，故意与世代居住在水塔街的婆家赌气。擦鞋店老板蜜姐和丈夫宋江涛本是高门世族，从民国初年开始为水塔街和汉口的繁荣立下了汗马功劳，获得了街坊邻居的信任和称赞。青梅竹马的两个人，最后结婚生子，仿佛一切都平稳安舒，但婚后的生意却暗藏危机。宋江涛为人豪爽、不拘小节，身边莺燕成群，绯闻风起云涌，蜜姐郁闷之心无从排解，暗中与人相好长达七年。宋江涛的母亲出身名门，经历无数的跌宕起伏，心思缜密、处变不惊，

第七章　新时期以来的女性形象及文学研究

有情有义、有礼有节，一边包容儿子的性格缺陷，细心抚育孙子，一边对蜜姐的婚外情保持沉默。三个女人各自背负着内心的惊涛骇浪，小心翼翼地守着各自的秘密，最后相遇在一片小小的擦鞋店里。相安无事地过了三个月，不料被无意闯入店里的外商骆良骥搅了原本看似和谐的生活，他与逢春一见钟情。蜜姐为了自家在水塔街世世代代的声誉，不能容忍逢春的行为。两人大吵了一架，被一言不发却洞若观火的婆婆轻松化解，次日两个女人互相袒露心扉，将各自的秘密说出来，自此冰释前嫌，她们开始体谅对方，蜜姐决定帮助逢春解脱尴尬的婚姻关系。

蜜姐与逢春的关系体现了女性之间的互相帮助、相互安慰。逢春遭遇婚姻不幸，好不容易遇上一个心动的男人，却是身份尴尬，就像多年前的蜜姐一样，蜜姐仿佛看到了自己年轻的影子，一个三十来岁的女子，婚姻六七载，却发现丈夫并非想象中的那个人，但膝下已然拖了一个婴孩。蜜姐怜惜逢春，实际上也是心疼多年前的自己，那个在婚姻中不知所措，一头扎进婚外恋去寻求安慰的少妇。有时候的理解只需一刹那，一个眼神或是一句话就足以照亮彼此的心灵，无话不说，亦无须多说，让人心生安稳。

与其他作家相比，池莉小说的另一个鲜明的女性主义特征是有着强烈的母性情怀。其实，对于女性主义写作而言，女人的妻性和母性往往不被重视，无论自觉或是被动的女性主义作家，她们大多关注女性自身的境遇，就如萧红和张爱玲，如果女作家笔下的母性太过强烈，就很难成为女性主义的经典文本。而池莉在这一点上却显得与众不同，她不仅在小说中塑造真实的母亲形象，如《你是一条河》中的辣辣，《太阳出世》里的李小兰和王珏，还在创作的不同时期为自己的女儿写过作品，如 2000 年的《怎么爱你也不够》、2008 年的《来吧，孩子》和 2013 年的《立》。这三篇散文都是根据自己女儿不同的成长阶段创作而成，三部作品之间具有很强的关联性和延续性，详细记录了池莉从怀孕到生产，再到养育女儿所经历的酸甜苦辣，还包含了一个孩子从呱呱坠地到长大成人，这整个过程中的点点滴滴。虽然内容上不免重复，但重复的背后是一个母亲对孩子无以复加的爱，这种爱并非无原则、无底线的溺爱，而是伴随孩子的成长去不断调整的母爱，深沉而又理性，蕴含着一以贯之的宽容和积极绵软的力量，呼应了作品的名字，从出生时的"怎

么爱你也不够",到成长中的"来吧,孩子",最后将孩子培养成一个真正的人。

总体而言,池莉小说中的女性形象往往是美好的,她们比身边的男人更加睿智,更有行动能力,更能领悟生活的真谛。在对女性的描写中,池莉总是充满温情和赞赏。她可能是善解人意的雅丽,轻而易举就能激发起印家厚的加班热情(《烦恼人生》);也可能是气质优雅的王珏,敢于蔑视丈夫的见异思迁,勇敢承担起母亲的责任(《太阳出世》);更可能是满有正义感的柳真清,努力追求梦想,忠于自己(《凝眸》)。实际上,这些女人并非十全十美,但她们都有着女性独有的可敬之处。或许,她如满腹计谋的吉玲,爱情面前也是步步为营,但这也只是一个少女追求美好生活时的一点心机(《不谈爱情》)。池莉小说中的女性都散发着光芒,她们美丽与智慧并存,勇敢而又务实,真诚而又浪漫,不仅有着旺盛的生命活力,还具备顽强的生存能力。相比之下,池莉小说中的男性往往显得无能、猥琐、庸俗、粗鄙,甚至无可救药,以至于在小说《云破处》里,干脆将女主人公的名字叫作曾善美,让她凭智慧消灭了罪大恶极的男人金祥。

此外,池莉小说的女性主义特征还体现为比较明显的日常生活叙事。匈牙利哲学家阿格妮丝·赫勒认为,"日常生活包括两大部分,一是随着历史的沉浮而不断生灭的可变的部分,其变化和消失不会从根本上影响人类的生活;二是基本的不变的部分,这是人类存在不可或缺的基础",而"日常生活批判的任务主要是研究这一相对不变的部分"。对于文学创作而言,将关注点放在日常生活的常态,叙述和描写生活中的恒常事件,这些往往是不可或缺的内容。池莉小说的绝大部分题材都是恋爱结婚、衣食住行、家长里短、鸡毛蒜皮。她关注生活的细微之处,感受每一天的真实,尤其是那些超乎寻常的温情和极不起眼的人事,让自己真切地活着。所以池莉不厌其烦地描写着普通人的生活状况,她曾将生活评价为有着毛茸茸的质感,内中包含着无数的笑容和泪水,每一天都是崭新的,形态超乎想象,一切新认识、新感觉、新精神、新梦想、新理论都源于此,就像树木到了秋天就会硕果累累。其实,人活着不易,生活无比沉重,酸甜苦辣咸,无可避免,唯有不屈不挠地活着。

在池莉的中短篇小说《太阳出世》中,赵胜天和李小兰是一对生活于社

会底层的小夫妻，结婚当天就与人吵架，生活中充满各种各样的困难，然而他们还是以一种质朴的心态去迎接这些挑战，夫妻俩共同努力去创造新的生活。《冷也好热也好活着就好》里，面对武汉令人窒息的酷暑，人们依然努力寻找活下去的方式，有滋有味地将生活进行到底。他们在车水马龙中袒露着胳膊和大腿，热火朝天地烧着菜，津津有味地讨论各种小吃，按部就班地打着麻将，痛痛快快地骂人、悠悠然然地逛街，一支体温表在高温下的爆裂也能成为街坊邻居的议论话题。人们早已习惯了既定的生活环境，哪怕热浪翻滚到晒爆体温计，他们依然在大街上乘凉、睡觉、打麻将、爆粗口，不必在意这是否属于一种文雅的生活方式，重要的是人们在这种环境中所表现出来的生活情态和人间百味，它是人们努力把握的现实生存意义。所谓的"冷也好热也好活着就好"，实际上并不是苟且偷生的"活命哲学"，而是活着要体会到人生的滋味。正因如此，《致无尽岁月》中的冷志超宁愿忍受武汉骇人的严寒与酷暑，也不愿留在气候宜人的德国。在这里，"冷"和"热"无疑是生活所呈现出来的感性形式的象征，而生存的意义就寄托于人们在这个充满感性色彩的世界里所经历的人生体验，这种丰富而又复杂、具体而又细微的体验将人们引向世俗的知"冷"知"热"中，懂得嘘寒问暖，而非背弃生活。

池莉小说的女性主义特征有两重因素发挥了不可忽视的作用，一是武汉恶劣的气候，二是她的习医经历。

武汉恶劣的自然气候更加坚定了女性的性格。众所周知，武汉忽冷忽热的春天，漫天潮湿，大雨滂沱，电闪雷鸣，人们匍匐而出；酷热难耐的夏天，一两个月保持摄氏40°左右的高温，还要时刻警惕洪水；冬天罕见的严寒使人们从里到外包裹得像在外太空遨游，即便如此，手脚还是生满冻疮。在这样的气候条件下，人们只能顺应自然，环境无从改变，那就用一颗平和的心去习惯吧，学会忍耐、坚韧，适时地执着，以不变之心应对瞬息万变的生活。

我们发现，池莉的小说常常涉及医院、医生或科研院所等，如《鸽子》《未眠夜》《雨中的太阳》《不谈爱情》《一冬无雪》《霍乱之乱》《一去永不回》《毽子》《白云苍狗谣》《致无尽岁月》《锦绣沙滩》《看麦娘》等。当然，这并不显得突兀，要知道池莉是学医出身，不过她的小说多次写

到医院，并不仅仅是回忆青葱岁月，这一点对小说的人物塑造也产生了很大影响，尤其是总体美好的女性形象。池莉的小说总是深深扎根于现实土壤，小说中的女性也是立足于现实世界，她竭力塑造现实生活中可能存在的完美女性。这类女性接受过高等教育，有知识、有教养，性格随和，却也有着自己的处事原则，温柔而又冷静，坚韧不拔，内心深处有着浪漫的女性情怀。

医学是一门严丝合缝且绝对理性的科学，容不得一丝半点的差池和浪漫主义幻想。《锦绣沙滩》中的李立雪在长期严谨的工作中培养了自我理性，中规中矩地过着属于自己的日子；《看麦娘》里的易明莉，作为国家一级药剂师，多年的医学训练深入她的骨髓，日复一日的生活仿若钟摆，准确而又刻板，不厌其烦地进行血清试验，每天与各种洁净的玻璃器皿悄无声息地打着交道。每周去看望亲人，十天或半月去枫园看望一次上官瑞芳，每隔一个月到郑建勋的汽车修理铺给上官瑞芳取医疗费；《致无尽岁月》里的冷志超，一名医学博士，喜欢安安静静地坐在解剖室，认真地分析人体构造。无论解剖室，还是实验室，都要保持井然有序，容不得丝毫马虎，奇妙的人体构造不能去改变，每天要做的就是将它分析清楚，尊重并顺应自然规律。也许是已然习惯了这种生命状态，易明莉和冷志超都成了性格平和、努力上进的人，他们波澜不惊地接受着生活给予的一切。然而，小说中的女主角在内心深处仍然留存着一份对浪漫爱情的渴望，池莉小说中的女主角往往都具有很高的学术素养，作为一个高级知识分子，她们知道童话与谎言无异，但作为女性，却仍然保留对童话的热情。《致无尽岁月》里的冷志超也不缺乏这种情趣，只是这个医学博士用强有力的理性约束着自己的浪漫，而《锦绣沙滩》里的李立雪则没有抑制住冲动，这种差异被池莉在各自的姓名中表达了出来，算是一种隐喻，也是对女性本质的再次解读。池莉在《看麦娘》中提供了女性心灵救赎的另一种可能性。易明莉作为国家一级药剂师，严谨而寡言，喜欢平和守信的感情关系，但这并不意味着她是一个情感上寡淡无趣的人，相反她情深义重，内心有自己的想法，她心里始终有一块柔软的地方，那就是她儿时的伙伴上官瑞芳，以及那些和上官瑞芳共同度过的美好时光。上官瑞芳认识郑建勋和金农后，立刻沦陷于这两个男人所主宰的一场热烈而又病态的不伦之恋中无法自拔，最后发疯。易明莉与上官瑞芳看似是完全不同的两种

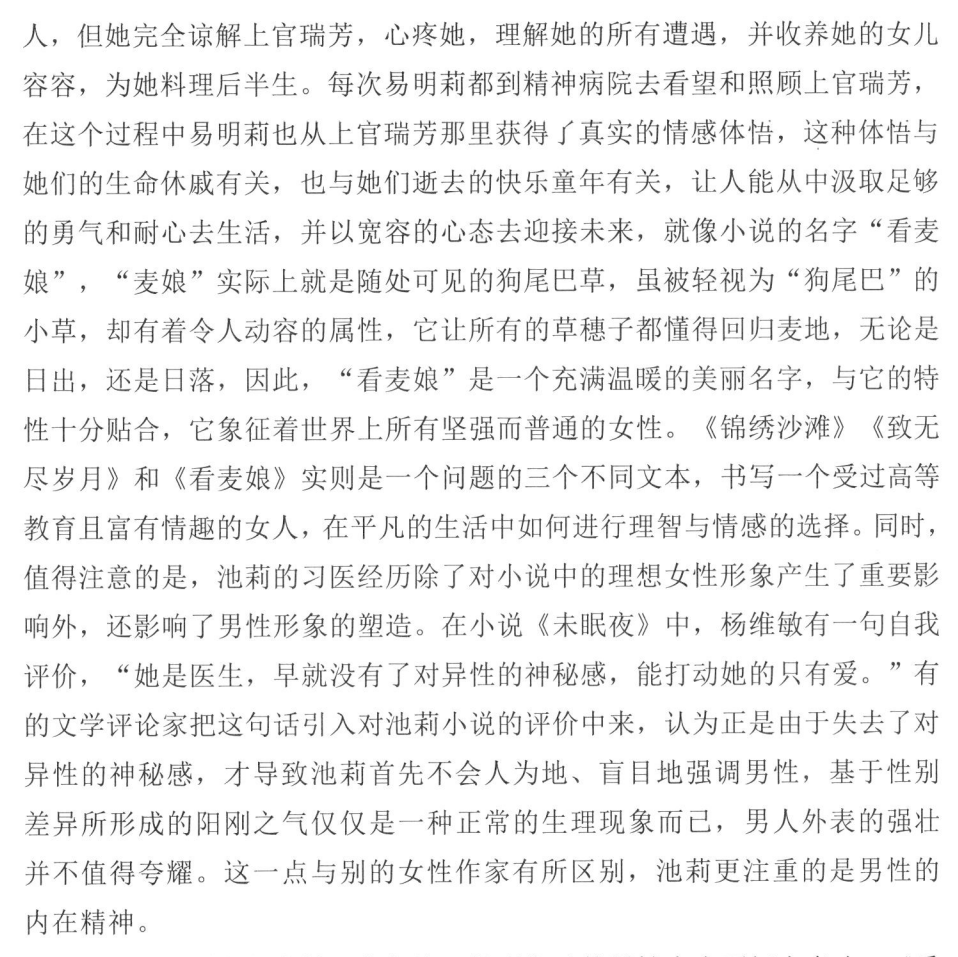

人,但她完全谅解上官瑞芳,心疼她,理解她的所有遭遇,并收养她的女儿容容,为她料理后半生。每次易明莉都到精神病院去看望和照顾上官瑞芳,在这个过程中易明莉也从上官瑞芳那里获得了真实的情感体悟,这种体悟与她们的生命休戚有关,也与她们逝去的快乐童年有关,让人能从中汲取足够的勇气和耐心去生活,并以宽容的心态去迎接未来,就像小说的名字"看麦娘","麦娘"实际上就是随处可见的狗尾巴草,虽被轻视为"狗尾巴"的小草,却有着令人动容的属性,它让所有的草穗子都懂得回归麦地,无论是日出,还是日落,因此,"看麦娘"是一个充满温暖的美丽名字,与它的特性十分贴合,它象征着世界上所有坚强而普通的女性。《锦绣沙滩》《致无尽岁月》和《看麦娘》实则是一个问题的三个不同文本,书写一个受过高等教育且富有情趣的女人,在平凡的生活中如何进行理智与情感的选择。同时,值得注意的是,池莉的习医经历除了对小说中的理想女性形象产生了重要影响外,还影响了男性形象的塑造。在小说《未眠夜》中,杨维敏有一句自我评价,"她是医生,早就没有了对异性的神秘感,能打动她的只有爱。"有的文学评论家把这句话引入对池莉小说的评价中来,认为正是由于失去了对异性的神秘感,才导致池莉首先不会人为地、盲目地强调男性,基于性别差异所形成的阳刚之气仅仅是一种正常的生理现象而已,男人外表的强壮并不值得夸耀。这一点与别的女性作家有所区别,池莉更注重的是男性的内在精神。

与池莉小说中的女性形象相比,她所塑造的男性大多不招人喜欢。《看麦娘》中,易明莉的丈夫于世杰整体不错,家庭生活也算和美,然而,易明莉却常常觉得生活在焦渴与孤独之中,于世杰似乎永远也不能完全理解她;《未眠夜》中的童海良平庸而俗气,尹宁不敢为爱负责;《你是一条河》中的男人则是处于缺失或无能的状态,辣辣的丈夫在小说开篇就宣告"退场",留下一群孩子和身怀六甲的妻子。小叔子王贤良是一个"合格"的书呆子,无任何生活能力;《不谈爱情》中的庄建非是个表里不一的伪君子,鲁志劳的金屋藏娇,孙志认真琐碎得像个小老头;《你以为你是谁》中的餐馆老板陆武桥有勇而无谋,湖北大学中文系的李老师智商与生活能力普遍低下无能;在《所以》中,叶紫的三任丈夫都是自私自利、人品低下的无耻之徒;

《生活秀》中的来双扬，她身边的男人无一人能承担起拯救来家的重任，对来双扬暗生情愫的卓雄洲，表面事业成功、春风得意，每天以沉稳的方式来吉庆街欣赏来双扬，可一旦来双扬想要托付终身与他亲近时，却发现他实际上是一个五十多岁的无能男；在《她的城》里，老、中、青三代女人的丈夫不是自杀、病逝，就是以同性恋的方式缺席妻子的生活；《小姐，你早》中的作者则借主人公之口感叹世间已无好男人，那自以为是的王自力已经腐烂，儿子王壮则患上了先天性地中海贫血症，外表丑陋且永远长不大。

拥有多年创作生涯的池莉，其小说水准不一，时而一鸣惊人，时而又让人大跌眼镜，时而温暖体贴，时而哗众取宠，但无论如何，她小说中的女性主义特征鲜明而又独特，成为当代文坛女性主义写作经久不息的光芒。

第八章　当代中国女性主义文学思潮的日常生活话语系列创造

随着"现代化"观念以润物细无声的方式"潜"入中国，平静的日常生活终被打破，人们期待重新回归原本安定的状态，却已经是人世皆非，有过无数次的付出，也进行了诸多思考，重建日常生活意味着现代生活的正式开启，它必须满足非日常生活领域对于现代化的要求，彰显出日常生活的现代理想。

当代中国女性主义文学思潮从女性自身经验的角度出发，想方设法地重建日常生活贡献的话语思考。残雪所表达的日常生活不像父权社会那样侧重于形而下，它反而有着形而上的冲动，充满人性欲望和意识能量，它的存在是为了自由鲜活的生命价值。人们在日常生活中完成自我磨炼，扮演着各种角色。陈染《私人生活》中的私人在日常生活中被赋予了不可取代的意义，而日常生活的尊严也与个人尊严紧密相关。林白关于"女性欲望"的文本话语，书写了女性在日常生活中举步维艰的成长经历，揭示出生活的真实状态，并非毫无灵魂的潭水，而是一场只与自己有关的战争，女性在日常生活中需要被关怀。池莉和方方的日常生活写实主义则想要去还原生活的内在价值。即便是普通人，他的生活依然有着自己的法则，而自我调整和主动领悟表现出生活中动人心魄的价值取舍，可以平凡，但不能平庸，永远保持生命活力。日常生活意味着生命的再生产和不断奋进。

当代中国女性主义文学思潮的日常生活话语系列创造，从根本上改变了父权制对待广大女性的态度，鼓励女性参与日常生活，并收获经验和尊严。

第一节　残雪：日常生活的"形而上"意义

20 世纪 80 年代中叶，在社会转型的激流之中，人们沉醉不已，提笔创作之初的残雪，在其处女座《黄泥街》中直视一代人令人惊悸的噩梦，不厌其烦地展示"丑恶"，介入到日常生活的另一种真相，成为中国当代文学的

一个迷人异数。之后，她一如既往地朝着日常生活和人性深层不断开采，日本评论家近藤直子曾称之为"垂直"开采。残雪极具创造性地运用了"潜意识手法"，此举被批评界普遍认可，然而，其写作的深层意义并不停留在表达方式和挖掘人性方面。从前期创作的《山上的小屋》和《阿梅在一个太阳天里的愁思》，到后期的《顶层》，我们可以看到，残雪非常擅长从司空见惯的生活中捕捉故事情节，进而塑造和完善风云动荡的人物形象。日常生活是残雪作品最好的舞台，通过对人物精神世界的展现来编织最好的故事，人向着"形而上"的冲动去探索、去追求，完成最终的结局。由此，日常生活被抽象提炼为哲学话语，就此意义而言，残雪的小说完全可以被视为日常生活哲学来阅读。

残雪于1985年发表《山上的小屋》，次年发表了《阿梅在一个太阳天里的愁思》，在同年第5期《中国》上又发表了《苍老的浮云》。此前，她只在湖南刊物上发表过《污水上的肥皂泡》和《公牛》。细读她初期的作品，发现她惯用怪异的比喻或隐喻，刺穿平淡如水的日常生活，镜像般地去呈现灵魂王国的诡谲景象，创作风格已然成熟，但却与已存语言环境格格不入，一经发表便刺目夺人，引发热议、饱受争议。只有充满耐心，深度解读残雪文本中的系列比喻和隐喻，揭开其神秘的面纱，探究背后深藏的人物世界和深奥的精神生活，才能慢慢地理解。在她的小说中，不断挣扎的人物内心和日益分裂的人格均源自日常生活中普遍存在的矛盾，那种与平庸生活相抵触后，在荒诞而又痛苦的生存困境中极力抗争，抑或是死中求活、寻求意义与尊严的灵魂觉醒，这些都是残雪小说动人心魄的地方，也是其作品的时代意义所在。

我们的解读将以《山上的小屋》和《阿梅在一个太阳天里的愁思》的结尾作为开始：

那一天，我的确又上了山，我记得十分清楚。起先我坐在藤椅里，把双手平放在膝头上，然后我打开门，走进白光里面去。我爬上山，满眼都是白石子的火焰，没有山葡萄，也没有小屋。

——《山上的小屋》

太阳就要落到堆房后面去了，母亲又在堆房里咳起来。她这么咳已有两

个多月，大概她自己也感到不会久于人世了，所以她把房门紧紧地闩上，为的是不让我去打扰她。邻居还在捣墙上那个洞。今晚要是刮起风来，那围墙一定会倒下来，把我们的房子砸碎。

——《阿梅在一个太阳天里的愁思》

前者表述："我爬上山，……也没有小屋"。一直以来，自己一再听到小屋传来的声音，并对小屋在山上由来已久的存在笃信不疑，这一天，因着受到感召而终于上山寻找，然而，山上却满眼都是白石子的火焰，并没有山葡萄，更没有小屋。后者中，母亲久咳两月有余，将不久于人世，不愿被我打扰，故而紧闭房门。而邻居还在墙上捣洞，他不停地捣，因此若晚上有风，则围墙定会倒下，砸碎我们的房子。

在以上两部作品的结尾，残雪化身为"我"，为了说服自己，也为了获得读者的理解，于是对个人的所思所想进行自我解说，这是典型的"残雪式"自言自语。在《山上的小屋》中，她对事情的由来以及结果都不知晓，只是遭遇着命运所安排的一切：永远也清理不完自己的抽屉；怀疑父亲是狼，母亲是窥视者，妹妹也同样如此，明确感觉到家人的压迫和阴谋，自己的家不能带给人安心，不断受到山上小屋的召唤，期待有一天能够离家出走。终于这一天临到，她因着感召来到山上，结果却是"没有小屋"，一直召唤想象的小屋并没有被看到。"她没有看见小屋"，全部的语言因这一句话戛然而止，主人公自言自语着，而读者呢？一股痛楚与悲壮扑面而来，小说的情节跟随人物自己的故事而展开。她对自己的日常生活和命运铺设不满，因这样的不满受到诱惑，不断地寻找那萦绕心间的召唤，始终处于偏执地寻找和追逐中，一个性格人物由此形成，使得我们情不自禁地为之痛楚。很难有人能够承受大起大落的日常人生，而作品中的她却在经历，直至结尾，承受一个最后没有小屋、所求为空的结局。残雪为何要描绘一个"抵达没有"的过程？并将人的命运置于虚无之中？如果我们从《山上的小屋》的结局处进行倒读，会发现这个故事是在讲述虚无，是浮于日常生活之上的另一个不真实的人生故事。所谓真实故事的表达，在作品中存在于人物到达山上之前。在真实故事中，"我"忍受不了家的屋子：作为"我"身边的至亲，父母和妹妹，却全部是我抽屉的窥视者和我存在的剥夺者。在无尽的思考与探讨中，日常生

活中人与人的关系、亲情伦理的概念与定位，变成了让人厌烦的扰乱、窥探和剥夺，是真正的孤立无援和四面楚歌。这种一个人自我空间的镜像，即一个人不得不昂首面对一切的处境，才是《山上的小屋》中人物的真正命运，并由此激发出"形而上"的冲动之源。

类似的人生命运引发了《阿梅在一个太阳天里的愁思》。阿梅害怕母亲的离世，也担忧邻居的威胁，她原本懵懂无知，直至经历种种人生变故，才隐约有所意识：原先在母亲的护佑下，在婚姻结构中的生活，都是别人给定的日常人生，自己之前所过的并非真正的人生。而此时此刻，她才清醒地意识到母亲将不久于人世，自己将被抛弃，屋子将被砸碎，大难就要临头。就在她自言自语的这一刻，命运才真正开始，与生俱来的冲动正是源于对命运的抵抗，此时灵魂开始惊慌，新的生命即将脱颖而出。阿梅的自言自语中透着深深的无助和悲壮，原本寻常的日子变得跌宕起伏，不知不觉间变成了另一个自己。正是因着这样的"愁思"，日常生活的意义改变了。

阿梅所恐惧和担忧的是"我"所承担的。这两个故事与我们俗世生活中的得失成败、爱恨情仇毫不相关，它执着地将笔触探至人的内部乃至灵魂之中，讲述的全然是那个世界的故事。如果读者对于内部生活并不关切，那这两个作品都不能被称之为故事，但是，若换作精神生活丰富、生性敏感的读者，那故事中曲折生动的情节、细致繁茂的细节，则经得住不断琢磨和细细品味。

正是因为人物内部的冲突无休无止，复杂而又激烈，才使得他们"咳嗽着""什么也看不见""什么也听不见""眼圈周围浮着两大团紫晕"，人物的面貌在与命运相抗争的过程中被改变，矛盾和斗争的激烈程度可见一斑。这种斗争关乎人性的自我战争，其程度远非权力与利益之争可比。《阿梅在一个太阳天里的愁思》中，阿梅自我的无意识觉醒带给她本人深深的恐惧，因此，出现了多次生动细致的细节描写，如："那些蚯蚓又肥又长，粉红粉红的，动不动就爬到房子里来"，以及"夜里我总是用被子紧紧地、紧紧地蒙住头，有时还用几只箱子压在被子上，好睡得踏实一点"。

可以说，残雪的作品仿若神秘而又完整的梦境，或是紧张激烈的影视剧作，主人公们时时变幻面貌，演绎不同阶段、不同时刻的自我。不断自我分裂的人物，在命运的磨炼中扮演不同的主人公形象，命运的核心主题与内在

第八章　当代中国女性主义文学思潮的日常生活话语系列创造

的情节冲突丝丝入扣，体现了残雪极高的写作技巧。"我坐在藤椅里，把双手平放在膝头上"，这句话多次出现在《山上的小屋》，其写作目的设置为以静待动，通过人物身体的假装平静，让灵魂进行真实表演，等到灵魂要起身表演时，我们便看到人物"由静向动"的转变，"起先我坐在藤椅里，把双手平放在膝头上，然后我打开门，走进白光里面去"，灵魂带领身体离开了原先的平静状态。而在《阿梅在一个太阳天里的愁思》中，阿梅的结婚既非因为爱情，也与欲望无关，仅仅为着"结婚"这个仪式，这是一种完全的表演。当仪式完成，阿梅从对方中发现自己，并开始一点点地明白自己，同时逐渐开始明白对方，这正是她得以在最后独自承担灵魂磨炼过程的原因。这个过程的语言是场景式的，可以说给灵魂表演提供了一个独立王国，这种场景式语言也是残雪的独创，与自言自语的表达有异曲同工之妙。

　　在主题上，《山上的小屋》与《阿梅在一个太阳天里的愁思》有所区别，但却都是关于日常生活中人们如何承担命运的故事，叙述日常生活故事的不同发生方式，其结尾均在一定程度上阐释了残雪写作主题的抽象和诡秘。关于如何承担命运，残雪在两篇小说中分别探索了"主动的命运领受"和"被动的命运领受"两种生命存在境况。在《山上的小屋》中，"我"主动迎上；在《阿梅在一个太阳天里的愁思》里，命运砸到"我"的头顶，不得不去承受。无论主动，抑或是被动，残雪的关注点是，当日常生活命运需要独自承担时，作为个体，其爆发能量究竟会有多大？为此，残雪充分调动了丰富的想象力为作品人物设置各种角色，归根到底，被动也好，主动也罢，人物都在竭尽所能，领受命运。对命运持续不断地思考和表达是残雪小说对于当代文学的最大贡献。这一主题使我们摆脱了庸俗的社会学，不再相信所谓的集体神话。同时，也引发人们反思传统文化对于个体命运的漠不关心和它对文学的负面影响。残雪的写作虽然涉猎各类题材，但源于对个体精神世界和灵魂力量的探究，其作品大多体现出抽象的特点，在当代文学和当代文化中，残雪都是一个独特的存在。事实上，其小说人物可以说是在力图摆脱传统文化的"老屋"，不断出走，迈向具有新的价值的"小屋"。残雪通过创作，为当代文学和文化引入了"自我"文化的新维度。这个维度并不存在于外部世界，而是存在于日常生活命运的承担之中，这也是过去几十年中时代亟待

重建的文化维度。至此，我们终于可以理解残雪小说中"屋子"的隐喻了。

屋子同时出现在《山上的小屋》和《阿梅在一个太阳天里的愁思》，是两篇小说中主人公最基本的活动场所。区别在于，前者是"我"朝思暮想的理想去处，虽然它最终并未出现；后者却是即将被砸碎的旧屋，虽然围墙还未倒塌。《山上的小屋》里，"我"生活在"父母之屋"中，它并不是"我"的屋子。在这里，我的抽屉永远清理不了，我永远受到威胁，时刻围绕在我身边的，不是父母爱的暖窠，而是他们扼杀的暗器。"我"终于忍受不了，上山去寻找理想的屋，自己的屋。我们要明确，作品中"父母的屋"是朝向"我"屋的出发地，也是"我"离弃之地。通过拒绝被父母所弑，"我"也就告别了"弑子"的文化。

孙隆基在《中国文化的深层结构》中谈道：在任何人类的社会中，代际关系总是紧张的。下一代的成长，对上一代既定的构成地位总会形成一种威胁。但是，下一代的成长是正常而应该被接纳的客观事实。然而，在中国传统文化中存在着"杀子的文化"，封建体制及其社会氛围造就了年轻人永远无法自立的结果。鲁迅在《热风》中更早地指出："中国人从老到死，都更奇想天开，要历尽了少年的道路，吸尽了少年的空气"。"所有小孩，只是他父母福气的材料，并非将来的'人'的萌芽。""照例是制造孩子的家伙，不是'人'的父亲，他生了孩子，便仍然不是人的萌芽。"

在《山上的小屋》中，残雪对"父母弑子"的"家"文化的阐释可谓是锋利而又尖锐：父亲是"狼群中的一只"，母亲每次"盯着我的后脑勺，我头皮上被她盯的那块地方就发麻，而且肿起来"。正是为了摆脱"子"被杀的处境，作为孩子的"我"，才不停地寻找一个可以逃离父母的"小屋"，从而成为一个真正的"人"。深究"我"灵魂的冲动，其实是源自千百年来传统文化的压制。正是通过揭露日常生活中所谓"家"文化的"丑恶"实质，残雪为小说人物提供了文化异构的力量，并构成人物性格力量之所在。面对生与死的较量，身处时时被监控和扼杀的环境中，"我"必须出走，找寻属于自己的"小屋"。为了获得活着的尊严，"我"选择了向生的道路。这种个体故事的典型性极强，并成为残雪小说新文化立场的有力证明：为了更好地活下去而出走、奋斗，为子文化的延续和生长建立话语权力。鲁迅先生早

已开辟了这一话语传统，却尚未被接续便面临断流的尴尬处境。通过"我"的选择，残雪进行接续，改变甚至重建日常生活。

《阿梅在一个太阳天里的愁思》重点描述了婚姻之屋的故事，促成阿梅与老李结婚的原因是阿梅母亲的"房子"被老李相中。然而，步入婚姻生活后，夫妻二人之屋却呈现出与父母之屋不同的面貌。阿梅每天沉迷于给远方的某人写信中，老李则干脆离家出走。阿梅反而因着老李的出走对他刮目相看，她在等待，等着屋子被砸碎。残雪认为："人要是除了常规生活之外，还愿意有种梦想的生活，并且有能力、有气魄将自己的梦想一直保持下去，残雪的作品就会向他敞开。"若将此作为钥匙去解读《阿梅在一个太阳天里的愁思》，可以说作品描写了常规婚姻生活之外的梦想，这个梦想与日常生活同时并存，其中的人物正如残雪本人的描述："在我的眼前有一个纯美的境界，一大批渴望自由、生机勃勃的男女们在那里面寻求永生的闪光点。我愿自己不离开这个境界。因为只有在寻求中，心灵的对话才会展开，对于不寻求的人，这个世界不存在"。从固有的生活方式勇敢走出，摆脱思维定式对生命的制约，"屋子"既是写实的，也有着一定的象征意义。"在此我要向他们展示的，是精神的深层运动的画面"，作者通过多方面呈现小说中人物对于自我意识的寻求和觉悟，描述他们极力挣脱"小屋"的堡垒和限制，主动走上人生舞台，努力演绎崭新的自我，从诞生到成长，着力展现了存在于个体潜能之内的无限生机。从踏入婚姻之屋，直至出走离开，在这个过程中，小说人物的性格转变可谓是天翻地覆，从"幼稚的人"逐渐长大成熟，变为了"成人"。

无论是《山上的小屋》，还是《阿梅在一个太阳天里的愁思》，这两部作品都是直接从日常生活中提取人物，小说中普遍出现的一切多余语言都被残雪所省略，她只集中笔墨从容描写人物的灵魂及性格演变过程，让读者直接面对人物自我的分裂、磨炼和演出，用精简的场景对话和人物的自言自语来凸现日常生活，进而直观人性。从这个意义上来看，王蒙的评论有助于我们进一步理解残雪的写作特点："我把残雪的小说当诗来读"。

哲学家邓晓芒曾经在《做人的秘密》中指出，人根本不是"什么"，他不能定义，没有"本质"。正确的提问应当是："人是谁？"每个人的回答

都会不同，他是他自己的创造物，只有提到他的名字，才能对他进行描述，而这种描述不仅仅是外在的事实性揭示，更多的是内在的可能性呈现。对于残雪的小说人物而言，重要的并不是小说中主人公的名字，而是能够呈现内在可能性的那个"人"。由于对人性潜力存在极大的信心，残雪将所有人物提升到形而上冲动的层面来描写。这不仅仅是我们所处时代人道主义情怀与积极乐观的理想体现，更是与个人主义意识形态同构的信心反映。"人的存在是能动的创造，是对现状的不满，痛苦和自我否定。所以，人不是别的，他就是'做人'，就是自己决定去扮演一个前所未有的角色。"这个能动创造的过程和角色的扮演只能依存日常生活而发生，但恰恰是因着这样的发生，日常生活才能获得形而上的意义。

与本人小说的人物一样，残雪也在写作和历史中扮演着前所未有的角色，即成为自己，成为那个永远突破不同屋子的前行者。她是所处时代"旧屋子文化"的解构者，同时又是不断再生文化的新屋子的召唤者。"精神是有层次的，有一类文字，其发展与运动呈现纵向而不是横向的景观，不是表层的扩张，而是层层向深处的旋入。"残雪致力于挖掘人的精神深处，不断地发现人的无限可能性，残雪式写作具有很大的前瞻性特点，需要读者的共同参与才能完成，在这个过程中，读者实际上也参与了自我的发现和新文化的创造。无论是父母之屋，还是婚姻之屋，都是日常生活的具象场景，象征着陈规文化，想要捕捉创造的灵感，就要认真审视和反思这些习以为常的事物，有意识地培养自己审视与反思文化的能力，这也是一种获取生命再生的本领。

就"屋子"本身的隐喻而言，在元隐喻的层面，它与子宫同义。子宫是每个人最初安享的"屋子"，带给我们无与伦比的安宁和温馨，让人无比怀念和留恋。然而，婴孩一旦出生，就必须告别子宫，逐渐成人。如果摆脱不了子宫和母体，我们就永远无法成人。在残雪的众多小说中，人物大部分都生活在"屋子"中，他们始终在为摆脱"屋子"而苦苦挣扎，区别只在于屋子的主题。残雪让自己的小说反复围绕着个体成长意义上的元隐喻，希望更多地呈现小说的个体文化新质，借助人物和故事去传达一种新文化冲动和生长的力量。同时，也充分地表现出人物性格的分裂程度。通常，一个人对子宫愈发留恋，就会更加难以摆脱它，而要"成人"的欲望越大，其挣扎的激

第八章 当代中国女性主义文学思潮的日常生活话语系列创造

烈程度就会越严重。因此，在阅读残雪小说的过程中，我们总是充满难以言说的激情与痛楚，也体会到难以言传的新鲜与刺激。

值得强调的是，我们可以立足于性别角度的层面去分析研究残雪的作品。在其小说中，居于主体地位的人物形象是女性，这样的例子不胜枚举。如《山上的小屋》中的"我"，《阿梅在一个太阳天里的愁思》中的阿梅，中篇《苍老的浮云》里的人物，长篇《突围表演》（又名《五香街》）里的主人公 S 女士。残雪钟情于塑造女性人物，并在元隐喻的意义上暗示女性更需要且更有潜力摆脱子宫而成人，因为她们更了解子宫的构造，更理解抛弃子宫的必要。她的人物能够发现公牛离开的背影（《公牛》），会一再地发现自己眼中的自己（《山上的小屋》），能在半夜倾听到来自天堂的声音，看见阳光的照耀（《天堂里的对话》），原因就在于此。残雪发现女性潜意识的能量积累能够改变日常生活，她通过创作推进女性写作不断步入深处，也表明中国女性主义完全自觉地参与了新时期、新意识形态建构的过程。然而，不断走向开放的隐喻，恰恰是中国与世界对话交流的形象表达，同时也是中国文学与世界文学的一体化形象表达。

再次阅读残雪的《顶层》，这场风暴足以袭击我们的日常生活和平庸的阅读方式。你不得不追随作者进入另一个世界，睁大双眼努力辨识这个世界的狂喜和悲哀、壮美和凄惨、挣扎和解脱、毁灭和新生，其中肯定与否定相互交织，生命火焰不停翻腾，还有激烈的号角。只要我们直视自己的心灵，拂去长久以来的时间灰尘，抛掉充斥大脑的陈词滥调，摈弃由来已久的教条主义束缚，那隐约的翻腾之声并不深奥，我们就能听到它在心灵世界的低喃和回响。

"你和我上去看那个洞吗？"他忽然用十分镇静的声音问道。

当我们都离开自我约束的屋子，到达屋子的顶层，你和我也许会同时失声而语：啊，另一个我在这里……

是的，在某个夜晚的高楼顶层，平凡的传达室职员同一位从不与他交谈的领导的影子互相遇见，明亮的月光照着，风暴一样的影子与灵魂突然面对面而立。工作中遍是森严的等级，职员与领导之间，只可能是严格的上下级关系；然而，此时，虽仍身处日常生活，但却是下班后的夜晚，他们不期而遇。

他看见我就垂下眼睛，我看见他就扭过脸去。我们彼此太熟悉了，就像两个敌人熟知同一桩阴谋一样。

如《顶层》这般不描绘外部生活，而是专注于人物内心风暴的作品，是典型的残雪式创作。突破自我之屋的哲学书写，是残雪始终不渝的坚持和追求。在世俗的镜像中，即便如传达室工作人员这样的小人物，也在心灵深处存在永无止境的渴求，残雪要挖掘的便是人心灵的"顶层"。一个人日复一日地从事收发工作，重复而又枯燥，需要理由；一个人去往高楼的顶层，日复一日地想要摆脱日常，这也是有原因的。人类并非植物，却与植物一样，永远饱含向上的冲动，每个人的内心都住着冲动的魔鬼，那便是活着的真正意义所在。

以与世俗生活背道而驰的姿态，通过对可怕现实的密集、夸张、隐喻描写，更为直接且清晰地呈现出人类神秘、晦涩、幽暗的灵魂王国的景象，发出震惊世人的挣扎和呼喊，残雪感受到，并向我们展示了另一个世界的光芒，正如她对莎士比亚塑造哈姆雷特的理解。"哈姆雷特从正常人到'疯子'的转化过程，就是这个黑暗的事业逐步实现的过程。表面身不由己，被逼迫被驱赶，实则是自由的选择，血性冲动的发挥"。

从《山上的小屋》到《顶层》，这些作品都值得我们反复品味，这是当代女性写作朝向自我哲学建设的努力，也是残雪小说的奥妙所在。

第二节 陈染：私人生活的尊严

私人生活是陈染写作的重要主题，她致力于不断深入地探索日常生活的深层空间，紧抓"孤独"和"冥想"的主旋律，并运用诗意的语言将其呈现出来，赋予作品强烈的哲思特征。

思想借语言的搭建得以存在，陈染的创作极大地冲击着传统的语言规范。女人成为男人笔下的"他者"，写作也成为"情欲行为"的象征性模拟，直至后现代女性主义时期，这些观点才遭到抵制和反驳，埃莱娜·西苏提出了"阴性书写"形式。在陈染的作品中，"阴性书写"的美学范例随处可见，那些网状思维和诗性表达俯首即是，预示着线性叙述和阅读的终结成为可能。

第八章 当代中国女性主义文学思潮的日常生活话语系列创造

陈染作品中的自言自语、与事物或事件对话、或于停顿处展开大段想象等语言特点，极具女性力比多的特征。同时，她常用特殊的语言随时随地命名食物，如"缪一""黛二""麦三""倪拗拗"等人物姓名；或是记录某种处境中的事物及其特征，如用"是""不是"呈现某种判断。在中外传统文化中，无论是命名人物，还是事物，男性权力的烙印极为明显。陈染所作的努力，不仅限于企图改变传统男女性别秩序这类似乎约定俗成的习惯和理念，更在于体现女性主体在环境中的一种自觉认知、领悟、判断和智慧。

迄今为止，陈染作品的字数已然数不胜数，但对她而言，真正具有现代意义的女性写作应以《无处告别》为起点。在此之前，陈染一直在努力呈现和阐述清晰的性别定位。自《世纪病》开始，陈染便在不断调整叙述策略，以期对话现实的女性境遇。然而，身为女性的自我困境似乎一直纠缠不断。"小镇神话系列"表明了作家在女性潜意识结构对象化方面的努力，这一努力曾在艺术上带来成功，但并未为女性写作提供具有生命力的鲜明妇女形象，那些逝去的时代、沉寂的时空，还有扭曲与压抑的亡灵于原欲中的消亡，这些都是陈染的写作以另一种方式开掘现实的必然。

在《与往事干杯》中，年轻知识女性肖濛的形象塑造极为重要，是陈染从传统叙事向个人化女性叙事过渡的桥梁。肖濛经由恋父与弑父情结完成了女性的欲望心理历程，她拥有自觉反省的能力，其爱情故事和个人往事因着本人的主动自叙而转变成一种领悟，代表了女性的自我书写："纸页上已经涂满了往昔的痕迹……我的内心并不感到快活，也不感到不快乐……这就对了，世界因此而正常，因此而继续。"这是一个女人在与往事干杯，叙述者借助抒情营造出特殊的氛围，深入女性本体，达到对女性心灵解放的启蒙，从而走出女性写作的自我困境。在小说中，"文革"这一历史事件和改革开放的社会文化变迁，成为女性生命时间的重要组成，并借由情爱关系转化为女性的成长经验，成为女性永恒"生命钟"的瞬间。陈染写作中曾经的"现实历史时间"及其相关事件，被以"女性心理时间"及与之并存的心理情节所替代，由此完成了小说叙事在时间上的切换。为了更好地完成叙事，陈染在文本中设置了一位拟想的女性听众和读者乔琳，她是作家引导女性阅读的媒介，"让我领着你沿着我生命的来路往回走"。

陈染企图在"永恒的女性时间"中写作，就需要去塑造与之对应的女性形象，此时一位现代女性的诞生就成为必然，故此，《无处告别》应运而生。该作以年轻知识女性黛二为结构核心，然而她与环绕自身的存在场或外部世界的关系（"黛二与朋友""黛二与现代文明""黛二与母亲""黛二与世界"）无不处于疏离对立的状态。黛二陷入了生存困境，始终存在焦虑，这一意义显然是空间层面，而非时间层面。由此，黛二的故事，也不再局限于过去、现在与未来。张洁小说中的荆华们，可以一边凭借自己的努力奋斗，一边期待着时间或历史带来奇迹，但却似乎永远无法退出存在场，就像孤独的黛二，无法前行，眼前只有一条路，即退守"女性之躯"。可以说，"无处告别"的境遇诞生了黛二，她以"女性之躯"在现实世界和精神世界的探求中历险，不断地进行个人化理解与命名。这一形象的现代意义就在于，一方面凸显了女性的现代处境，另一方面暗示了自救而非他救才是脱险的王道。作为个人化的女性叙事者，陈染在《无处告别》中塑造了不断成长的黛二，其中包含其他关于黛二成长的主题内容和情节暗示，这是一部诉说女性心灵成长的作品。与黛二系列小说相比，《无处告别》无疑是一篇"母"本小说。

在陈染看来，女性与她们所处世界的一切冲突的根源就在于两性关系中女性被压抑的处境，这一境遇导致女性从古至今都被囿于四壁之内。相反，这被压抑的状态也变成了女性领悟与正视自身境遇的唯一能源。黛二小姐"无处告别"的存在境遇，直接呈现于她的"女性之躯"。小说中这样描写黛二的出场："直到前几天，她才从一本美国人写的《女性的恐惧》中得知自己患了女人独有的压力症，这书是她去年底从纽约带回来的。" 身患此症的女人往往具有以下症状，各人不一：

闭经（月经丧失）

阴道痉挛（性交疼痛）

经前期紧张（多症头痛）

性感缺乏（阻止性唤起）

孤独行走于现代生活之中的黛二极其渴望成长、成熟，若要生存和前行，唯有自救。为实现自我认知，并获取自我主体，黛二通过幻想战胜了引诱"我"、侵犯"我"的男人，从而进一步战胜了属于男人的时代和男性中心社会。然而，

这并非现实，现实中"我"受侵犯的事例件件皆存，"我"已被伤害的事实无从抹杀。陈染在故事中充分运用想象，通过自我的书写去颠覆事实。在"我"的"自我较量"中，充分展示了女性心理，暗示力比多潜在能量的巨大作用。"九月的父亲"被"我"打得七零八落，年长男子、父亲与红彤彤时代并列溃散，女性话语中断菲勒斯象征秩序从潜意识层面大面积浮上来，就像海上强大的台风。"我"的一个个梦境，实际上就是叙述者所创制的一片片女性话语奇观。陈染发挥叙述者的自由想象，讲述了迥异于传统小说的人物事件，以黛二成长之路展现女性自救的历程。这是一个女人现在与过去的对话，完成蜕变，更新语言，获得全新的女性认知。这不仅是语言的颠覆，还是心理的自救，就这个意义而言，陈染的书写方式才真正具有后现代的性质。

陈染一直致力于书写个人的思考，讲述有关心灵的故事，为了满足对心理安全的需要和对身心自由的追求，她用充满哲理思辨的语言，构造了一个对立于社会集体生活的"私人生活"世界——虽然此前的她也在书写个人思考、心理故事，但直到长篇小说《私人生活》的出现，"陈染式"的孤独和冥想才真正上升为关于存在的哲学思考。此时，"私人生活"被多方命名，获得了更多的话语意义：它是个人存在的独特方式，也是孤独和冥想的保证；它是智慧反观社会和自身的堡垒，也是自我生命的家园，理应获得存在的合法性。

经历漫长的"文革"动乱后，随着经济时代的到来，人们开始渴望私人生活，这一度成为当时社会大众的普遍心理。《私人生活》的横空出世，改变了中国当代文学以宏观世界为主要表现对象的格局。陈染的个人文本实验，恰恰契合了一个时代的大主题。

作为个人日常生活的组成内容，与柴米油盐、满地鸡毛的日常生活相比，私人生活更具私密性特点。"这是一个免除干扰的、自省的、隐逸的领地。在这里，每个人都可以扔掉他在公共空间冒险时必备的武器和防范工具，可以放松，可以随意，可以身着'宽松的便服'，脱去在外面确保安全的那层招摇的硬壳。这个地方很随意，不拘礼节。这也是个秘密场所。人们拥有的最为珍贵的东西，被置放在最贴身的私人生活领地，只属于自己，与他人毫无关系，禁止泄露、炫耀，因为这与荣耀所要求的在公众场合的所谓面子格

格不入"。

《私人生活》的场景在某都市树荫深处的一个家中，女主人公是一位书写者，无须上班挣钱养活自己。卧室、床铺和浴室等，构成了她自由活动的私人空间，这一领地表面看来免除了外界干扰，隐逸而安全。但《私人生活》并不止于此，作者笔锋一转，描写了女性在私人生活中所遭遇的诸多侵害。其深刻之处在于，揭露了女性私人生活面临的困境，通过她们维持私人生活的种种努力，小说揭示了一个惊人主题——私人的即是政治的。对于女性来说，仿佛不存在天然安全的私人领地，因为无所不在的权力会随时入侵她们私人空间的各个角落。只有女性的主体意识完全觉醒，有能力去维护自己的私人领地，拒绝权力的入侵，才有可能获得主体独立，才能真正自由地享用属于自己的私人空间。

小说叙述了很多事件。父亲将所承受的外部社会生活的压力转变为家庭暴力，引发妻子的哭泣、女儿的反抗，导致保姆最终离去，日常生活丧失了基本的安全感；T老师侵犯并占有了女主人公倪拗拗尚未发育成熟的身体，一个少女丧失了成长道路中的安全感；大街上不断飞来的流弹擦伤了倪拗拗的小腿，步行于大街的正常生活也失掉了安全感；倪拗拗和尹楠唯美诗意的爱情因为政治原因而破碎，最后不得不离散，年轻光鲜的爱情没有安全可言；一直生活在私人空间的邻居禾寡妇，因为冰箱意外爆炸，永远离开了她欣赏和爱着的倪拗拗，而相依为命的母亲最后也永远离开了，友情和亲情同样没有安全可言。看似寻常的生活，类似的故事情节不断上演。诚然，每一个故事都可以有不同的讲述方式，甚至可以演变为宏大的历史叙事。但如果把日常生活当作标尺，对于陈染式私人生活的目标和追求而言，这些故事都是破坏者，它们极其面目可憎，使得生活的本质和人物的心情发生改变。它们打破了一个普通思考者的生活，使得思考的静谧性不复存在，生命的愉悦感荡然无存。

《私人生活》中，倪拗拗执拗地热爱私人生活，并且始终坚守，但故事中私人生活却出现诸多出乎意料的凶险。倪拗拗最后成为零女士，在她的意识中，身居现实的强权世界，私人生活仅仅余下最后的浴室，一切都归于零。这一对比充满强烈的张力，让小说充满了思辨色彩。

陈染通过零女士的诞生，深刻批判了充斥于当代生活中的强权现象，控诉着私人生活权力的不断沦丧。零女士退守于浴室，决不放弃最后的坚持，恰如悄无声息的战争，故事的悲壮性在此展现，也显示了召唤私人生活的尊严。这样的尊严出现于作品的每一章节，并非借助逻辑，而是以生活常识的方式予以呈现，时而片刻相对，时而沉默回想，时而表现为领悟与感恩，仿若女性相对随意的思想。陈染也正是在这样一部《私人生活》中完成了私人生活神话的重构。

第三节　林白：女性欲望的叙事

回顾20世纪90年代的女性写作，林白小说的重大意义难以忽略。在林白的小说中，女性写作以其欲望本体的形式呈现出来，"女性欲望"的叙事也获得了空前自由，迥异于传统写作中对女性欲望的直接删除，也不同于一般女性写作中欲望的空缺或遮遮掩掩的表达，林白作品中关于女性欲望的主题、故事情节结构和语言表达方式，共同构成了一个女性欲望横流的世界。

如果把林白的作品置于中国女性写作话语的成长序列，中国女性文学从男性话语场独立而出的绰约姿态便可完美呈现。

20世纪80年代初，张洁强调女人是"人"而非"泄欲工具"，她欲将"女人"作为中心价值，将写作重心放在表现其社会价值上。然而，无论是现实社会，还是在文学的战场，男性仍居主导地位，男性话语是为主流。虽然自"五四"丁玲以来，女性写作一直肩扛妇女解放的重担，在男性话语的引力场中艰难跋涉，但时至80年代，面对社会理想这一悬置的光环，女性实现社会价值之路仍然艰难异常。创作中的张洁陷入了同自己作品中女性一样的探求妇女解放的迷雾之中，在重新整合女性愿望与社会理想、女性话语与男性中心话语使二者得以协调的过程中，女性写作的独立话语功能在不自觉中被削弱。她几度分裂，万分痛苦，自称"痛苦的理想主义者"，只能借助文本中"理想的爱情"调和现实中难以解决的矛盾：钟雨对于白发老干部的爱（《爱，是不能忘记的》）、叶知秋对于改革部长的情（《沉重的翅膀》），甚至荆华在探讨马克思主义和妇女解放时低调而又执着的情爱理想信念，其《上火

和《红蘑菇》，通过彻底解构社会理想，描写对妇女解放的"黑夜感觉"，呈现了80年代女性写作中仍不得不回避女性欲望的困窘之态。强调"人"的概念，与此同时回避原生的"欲望"，将女性独有的体验归附于理想而一再压抑、延宕，这是当时特定社会历史环境的产物。虽说张洁最终完成了女性价值反叛，但其叙述策略仍不能逃脱男性话语的主导，而其刚劲粗粝的作品风格仍可视为对男性话语的复仿。如果说女性写作源头的丁玲以个人之后的生活方式替代了写作的社会理想，那张洁则在社会理想失落之后遭到诅咒，并未真正完成"女性话语期待已久的表达"。至80年代末期，王安忆创作了惊世骇俗的"三恋"（《小城之恋》《荒山之恋》《锦绣谷之恋》），已涉入"女性欲望"领域，被公认为是写"性"的小说。即便如此，因其恋情不被现实所容，不得不有所避讳，只好将场景选在"小城""荒山""锦绣谷"这一类较为封闭之处。可以看出，随着经济的逐渐发达和商业不断扩张，80年代的女性开始表达对自身与世界的另一种别样体验，但在写作中对女性欲望的探索和表现却呈"压缩式"状态。

究其根本，女性写作终究要实现写作的话语意义。它自始至终承担着探求妇女解放的使命，这点自是无疑，但我们应立足于源远流长的文化，从文化的久远角度而非现实功利的立场予以评判。只有获得话语功能的独立，使写作女性与被写女性的命运拉开距离、女性写作的文化和美学价值获得保证，才有可能为女性的特殊存在进行作证。

女性写作要反叛的是女性曾被讲述的命运而非特定社会时期的命运，要塑造的是为求得生存于世界的经验的真实女性而非理想中的女性；女性写作要强调女性经验，重新建构女性自身，描述孤独、恐怖、绝望、疯狂、失败、死亡甚至彻底物化的自身成长史。介入真正妇女经验的深度和广度，获取对应的话语形式，是衡量女性写作成熟与否的标志。因此，女性写作绝不仅仅是女性的觉醒，更是女性话语权力的觉醒和重生。

20世纪90年代，经济扩张和中心旁落的话语现实为中国女性提供了良好的写作机遇。残雪先声夺人，不依附男性话语，在对现世生存境遇的合理质疑、对女性灵魂的囚禁与探险中，体现了强烈个性，凸显了个人化极强的女性叙述；陈染将笔墨集中于知识女性的"私人生活"，建立了"自画像"

式的女性叙事，探讨女性解放的限度，深刻揭示其前途；蒋子丹以现代性极强的黑色幽默，尝试建设女性智性，在荒诞叙事下建构了女性姿态的文学游戏与诡计，是女性意识突围的努力；徐坤以独具一格的叙述视角，多用隐喻象征，审视文化现状，审视女性的逼仄境遇，呈现女性解放与建设同在的姿态等等。这些已然证明，女性写作朝妇女经验挺进，建立了自身独立的美学风貌，已迈向独立的女性文学、诗学阶段。"如果我们把妇女作品看成是对社会文学现实的有意识的反应"，当代女性写作的美学和文学意义即自行兑现。而其中林白的女性欲望叙事，体现了女性写作90年代对80年代的反叛和深化。何出此言？因为对情爱、欲望的体验，是最基本、深刻、悠久、现实的一种妇女经验，换言之，一切的妇女经验皆根植于此。

所谓女性欲望的叙事，是从女性的潜意识、愿望和要求出发，寻求综合生命的、创造的、情爱的与话语权力的欲望等诸多女性主体欲望达成或未达成的"女性自己的故事"，这些"故事"自始至终是女性隐秘的历史经验，被时间和文化所遮蔽，在女性自身的"容器"中积累、沉默。沉默、持续越恒久，女性的愿望和欲求便越深广、多元及绵亘。

80年代，张洁一代女性写作不得不模仿男性主体欲望故事的通常模式"开端—高潮—结局"；林白小说则旨在打破男性书写方式，返回"女性之躯"的源泉，不断重叙女性幻想，在深入女性欲望深层的同时，执着于细节，细微刻画女性文化印痕。可以说，林白小说的语言和情节自然流畅，状如倾覆的流水，彻底颠覆了传统小说的章法结构。其最奇异之处在于推开周遭压抑而四漫的女性欲望之水，映照和渗透了无比真实、深刻、现实的妇女经验以及社会生活的方方面面。

"女性欲望的叙事"突出了一向在男性文本中被取消、剥夺和扭曲的女性欲望，叙写女性欲望的绚丽多姿、强烈锋锐、神奇诡秘和咄咄逼人。写作的女性以审视和评述的姿态面对女性的历史和现实，试图揭示女性生存的真相。就这个角度而言，林白小说像一个隐喻，从最初的《我要你为人所知》写被流产女婴的生命欲求，《日午》写女性因被剥夺话语权而沉默、死亡，到引起热烈争议的长篇《一个人的战争》叙写女性自我成长的艰难旅程，表现出当代女性写作从女性欲望直接提取女性话语，努力寻求建立"女性之躯"

的妇女文本，真正达成妇女的自我了解、认真实践和语言企图。对于当代女性的写作序列而言，林白小说可以说是一次女性话语独立的"成人礼"。在那些"女性欲望"弥漫且精致封闭的艺术世界中，林白究竟寄寓着怎样的当代女性生存体验呢？

当林白将自己的创作视为"一个女人对镜独坐"时，其作品呈现出的梦幻化的空间、个人私语的性质、形象自我幻象的特征等，便一目了然了。我们更可将她的自传散文《流水林白》看作是她全部小说的母体。这篇档案式的短小散文，记载了一个女人由南方至北方、由无名至奋斗成名的成长的全部过程，此过程中发生的事实、涉及的人物，衍化成目前为止林白所有小说的"故事"及人物。林白正是从个体的生存经验出发，表达女人的集体生存经验，这一经验的内核便是"女性欲望"——生命与生存、过去与现在并存的欲望。作为从南国突入北方的女作家林白，她身处政治经济文化中心北京，境遇多变丰富，时空跨度大，其个人的当代生存体验成为取之不竭的源泉，以此推想女性的整体经验，创作出商业时代下真正的女性寓言。

在商业经济的社会中，人的异化无处不在却又隐藏至深，尤其对妇女而言。城市的挤压为女性欲望提供了出路，使得女性欲望趋于极端物化，但要生存，又不能拒斥异化和物化，依然须投入城市，当代女性经历着妇女解放的实质性尴尬。在林白看来，身处其中，女性无处可逃，也不存在任何外在可以依靠的"救世主"，唯一的出路只有自救。表面看，林白的小说并不存在言辞激烈的女权宣言，也寻不见堪称"妇女参照"的女性形象，但是，女性的自救精神贯穿始终，充满力量，无处不在、无时不有。来自女性欲望的生命、生存、发展、欲求和冲动，一方面深刻地透视着妇女的尴尬现实，反映出女性自救的艰难；另一方面通过叙述主体的话语自觉，塑造出充满本体美的形象，为女性欲望的进取提供依据。并试图将"美的力量"与"欲望的力量"相统一，以"一个人的战争"的途径或形式，通过女性的自我战斗，进而战胜世界。被这一双重主旨所驱使，林白小说行云流水般的语言便具有了击石穿岩的力度。"语言具有非常多的可能性，它能够创造无数的现实，一些从来没有发生过的事情经由语言诞生，语言赋予它高大或细小的身躯，它们细微的茸毛在语言的枝杈上挺立，既然它们以如此清晰可感的面目出现

第八章　当代中国女性主义文学思潮的日常生活话语系列创造

在我们的面前,我们有什么理由怀疑它的真实性呢?"女性作家于语言方面持有的高度自觉,与对女性欲望独立的高度自觉性重合并一致。林白小说的首要艺术价值,便在于表达当代妇女经验时呈现出的女性欲望的本体形态。

《日午》是林白第一篇公开发表的短篇小说,收入长篇《青苔》时,她改写为《进入沙街:日午》。事实上,《日午》正是林白暗示读者进入她虚构艺术世界"沙街"的那把钥匙。《日午》的主题是呼唤女性话语,它通过对《白毛女》演出与现实中妇女无法"发言"、无权"主演"的强烈对比,审视当代话语舞台下妇女的真实处境,这是令人震动的"被动"和沉默处境。林白一登上文坛,即以《日午》呼唤妇女自己的声音,充分表现出写作女性的话语自觉。而"沙街"系列小说,便是林白创造的"女性之声"。"沙街"的背景表面是作家的故乡,但其实是"女性世界",确切地说是作家的精神之乡,也是女性的精神故乡。"沙街"上生活的邵若玉、姚琼、以狗为伴的神秘女人、饱经沧桑的祖母等,都是美丽动人、欲望灼灼、命运叵测的女人,林白极力描写她们的气质和美貌,不吝啬使用"月光"来形容她们神秘的美。正是通过月光—夜晚—欲望的连接,林白把女性的美与女性欲望的内在结构意象化了。女性美的毁灭说到底是女性欲望被剥夺和摧毁,不可压抑的女性欲望如夜晚当空的月亮,是女性的美和沉默的言说,是女性话语之泉。林白小说运用回忆的视点来描写"沙街",意在反思女性的隐秘和苦难经验,重新唤醒现实中的女性欲望,就像《同心爱者不能分手》的写法:

那时候在沙街暗黄色的木楼和土灰色的砖房前,像开花似的出现的这个女人,她的脸像她身上穿的月色绸衣一样白,闪亮的黑绸阳伞在她的头顶反射出幽蓝刺眼的斜光,随着她的腰身一扭一扭,黑绸阳伞左一闪右一闪,妖艳动人。那个月白色绸衣的女人在阳伞下只露出小半的脸,下巴像一瓣丰富的玉兰花。二十年来我极力回避这个形象,就像我每次路过太平间都极力不扭头看那扇门一样。

"那时候"与二十年后的"现在"是种对应,叙述的双重意味就在其中。穿月白绸衣的女人是最后死亡的女性欲望的化身,压抑的,这正是"二十年来我极力回避"的真相。"二十年来"我记忆难以磨灭,恰恰是被压抑女性欲望的神秘穿透力,就像死亡,使生者无法不正视、不惊悚。正如小说结尾所写，这个女人焚火而亡，火声中升起奇怪的歌声。

小说中描述并强调，"我"想起那个女人的时候，正是"现时"的"我"恋爱期间女性个人欲望苏醒之时，现时之我与彼时之女人在潜意识中产生连接。梳理回忆的过程中，"我"发现了"爱比死残酷"的道理，同时产生了新的女性欲望意识。叙述时间相对比相呼应，女性的欲望唤醒了欲望意识，女性话语由此涌现。

《子弹穿过苹果》的内在结构与《同心爱者不能分手》相同，都是在过去与"现在"的比照中领悟女性欲望，但此处传达的并非女性欲望压抑后的强大自虐性，而是女性欲望在释放中的穿透性。小说将男性定型化（每天做着煮蓖麻油这同一件事），而使围绕他的女性蓼犹如烟雾变幻不定，女性欲望的试探、进退、爱恨交织、自我迷恋，在南疆风光的衬照下，有形有色，摇曳生姿。需要指出的是，林白对于南疆风光的迷恋，正如她对女性欲望的欣赏，这一温暖、热烈的色彩与氛围是林白小说女性欲望的意象和布景之一。这是林白面对女性欲望时所持的释放而非压抑的情感态度。与之呼应的，是她用月亮、夜晚表现女性欲望受阻的绝望。"我"不断回忆蓼的过程，"我"在异性中发现同性文化光谱的过程，也就是女性欲望内在印证、女性话语自我涌现的过程。又如《回廊之椅》极尽女性之间欲望的温馨强大，以高出异性爱的吸引力，"引导""我"目睹"回廊之椅"，女性欲望的生命存在虽然狭小，但却优雅。这篇小说把女性话语置于革命时代话语之上，呈现出"五四"以来女性写作未曾有过的新颖姿态。

"沙街"的丰富多彩，充分印证了女性欲望话语的丰富多彩。倘若将"女性欲望"从"沙街"中抽离，后者也就不复存在。在林白的观念中，女性精神世界必须建于"女性欲望"之乡。从此意义出发，"沙街"不过是林白设置的"女性欲望"的表演舞台。真正的"女性欲望"来自商业时代，来自远离沙街的现代生活中心地带，过去时代女性欲望的沉默无声和蠢蠢蠕动，因着今天女性欲望的激活才得以复现。然而，过去和复现都不是传送当下女性欲望的真实"故事"，欲望的本质并非压抑，也不仅是释放，它要求生长、创造和飞翔。于是，我们看到林白小说中与"沙街"南国对应的另一个艺术世界——"北京"。严格来说，"北京"才是林白小说"女性欲望的叙事"

第八章　当代中国女性主义文学思潮的日常生活话语系列创造

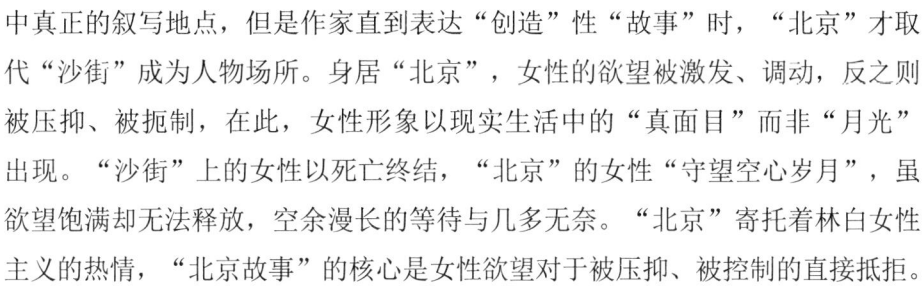

中真正的叙写地点，但是作家直到表达"创造"性"故事"时，"北京"才取代"沙街"成为人物场所。身居"北京"，女性的欲望被激发、调动，反之则被压抑、被扼制，在此，女性形象以现实生活中的"真面目"而非"月光"出现。"沙街"上的女性以死亡终结，"北京"的女性"守望空心岁月"，虽欲望饱满却无法释放，空余漫长的等待与几多无奈。"北京"寄托着林白女性主义的热情，"北京故事"的核心是女性欲望对于被压抑、被控制的直接抵拒。

《致命的飞翔》是"北京"故事最动人心魄的一则。在这里，两性交锋由社会生活领域展开，由历史到现实，既在具体生活中展开，也在幻想中进行。女性欲望的浓密、黏稠、热烈，通过反控制、反压抑和主体出击，展现出前所未有的绝对姿态，即"致命的""飞翔"的姿态。无论是北诺、李莴、红圆的小凳，还是那把女性幻想中举起的利刃，都堪称当代女性写作的极端形象。它们与叙述者血色黄昏般的情绪组合在一起，让人过目难忘。林白采用一贯的欲望联想展开构思，但不同于"沙街"的深邃神秘领悟，而是将北诺与李莴这两个陌生的现实生活中女人的两个不同时空的欲望体验相结合，以极其明晰的"我们"来点破女性共同的命运和相同的反抗。"我们体内的汁液使我们的身体闪闪发亮。""我们"怀有唤醒现实女性的叙述企图。通过阅读，我们会发现，作者讲述的两个女人的故事实则都是女人的故事，即正在上演的现实版的女性故事。"在这个时代里我们丧失了家园，肉体就是我们的家园。"除此之外，我们无所依靠，无可指望，无法翻身，没可能有其他任何的寄托和幻想，这就是真实又悲惨的女性生存状况，女性的反抗便在其中展开。林白将对西方女权理论的认识和理解融入创作，并进一步大胆地揭示了女性尴尬的境遇。虽然于男性而言，这也是种尴尬，但不同之处在于同样的尴尬却是女性"进步"的结果，没有比这种明智的宣言更具备商业特性了。《致命的飞翔》中，北诺和李莴身后还有另一个女人、另一些女人、另一个时代的女人，她们受着非人的折磨，受尽压迫，最后只能选择踏上红圆木凳结束悲惨的命运。北诺为红圆木凳上套上凳罩，期冀自己与李莴有可能危中求安。这种"进步"印刻着林白宿命式的历史感，"致命的飞翔"是女性性幻想胜利的象征，是女性写作的个人宣泄，颠覆了男性的统治话语。

相较于《致命的飞翔》，《守望空心岁月》对女性欲望的刻画更为细致

入微，传达了更多的现实生活信息。林白已然把女性欲望视为女性写作之根，在"守望空心岁月"的无奈现实中，一再审视多重与危险的女性欲望，饱含无奈与忧虑。她将"写作与欲望"作为据点，执着地塑造了属于女性的"北京"和"北京"的女性话语，既获得了独立，也陷入了无物之阵。

引发争议的长篇《一个人的战争》几乎聚齐了"沙街"和"北京"两个艺术世界的全部人物。这种互文写作虽然影响阅读，但并不构成对林白写作的损伤。相反，形象地再现了林白女性写作的"放大"技巧。那些个人化的经验上升为女性集体经验，为艺术形式所保留，体现出女性写作退回身体又从身体出发的特征。

《一个人的战争》体现出作家对于个人化女性经验世界营构的匠心。小说以女性主体成长为核心，纺织出女性与自身、女性与世界、女性与男性、女性与女性之间的网状关系，这一网状关系的疏密以女性经验的变化为轴心。这里没有一般自传体小说的重大社会环境叙写，没有重大社会事件的介入，也没有一般自传体小说的成长范式，有的只是女性的自我认识、自我感知、自我欲求、自我选择，小说再现了处于社会政治边缘的女性成长史，是一部女性通过经验积累、自我积累和自我调整，认识自身而后认识世界的"特殊存在"史。

小说主人公林多米自幼丧父，母亲从医，且常不在身边，可被称为是在"父权"缺席的空隙中成长起来的"主体"，一个真正自生自长的女性主体。在《一个人的战争》中，女性欲望得到了全面、深刻而细致的刻画：关于身为女孩的自我身体认识，对生育和死亡的天然关注和恐惧，对自然外物的探求，对自我实现的追求，对荣誉和未知世界的兴趣，对爱的渴求等等；她的希望、她的绝望、她的兴奋、她的悲哀、她的爱、她的恨、她的生命，作为一个女人、作为一个人的欲求的总和。无疑，中国当代文学史从未出现过类似的叙写女性成长、女性欲望的历史作品。

《一个人的战争》强调个人的欲望即为战争，即是生命，是生存的一切，一个人的战争无所谓胜败。作品对于感觉和细节的绵绵叙述，对于事件的反复体验，充分体现了女性欲望叙事的美学原则和女性欲望之流的话语风格，是一支女性欲望的交响曲和一首女性生命的悲歌。它并非一般意义上反道德

的女性写作，究其本质是绝对的女性文本。"现在是我错过的当女先知的第二个机会。我不知道神秘事件为什么总要找到我，我在那个众人不曾觉察的神秘的隧道口前掠过，一次是预测未来的相机，一次是与冥府接通的女人，但我总是错过她们，我没有最后选定她们，她们也没有最后选定我"。独白式的语句唠唠叨叨，毫无逻辑的句法看起来啰里啰唆，与呈线性推进和理性层次的男性叙事迥异，"女性欲望叙事"以个人体验为内在支撑，既抒情又思辨，造就了林白蔚为壮观的小说世界。从"沙街"到"北京"，再到真正的女性文本实现，林白小说象征了90年代女性写作的美学探险。

纵观当代女性写作历史，张洁承继了"五四"女性写作的男性叙述传统，残雪创制了个人化的女性叙述，陈染在女性文本上进行了诸多实验，林白书写了流利的女性欲望叙事，由此当代女性写作的美学终于自立。不可否认，"女性欲望的叙事"既造就也局限了早期的林白小说，例如在某种程度上反复呈现的女性欲望场景迎合了商业化女性的趣味，拖拉松散的叙述因混杂女性不着边际的情欲幻想而分散了作品主题、降低了作品的思想性。2005年出版的《妇女闲聊录》使林白实现了自我突破。林白的突破并非脱离日常生活，相反是她对于日常生活与宏大历史关系反思的成果。她把"妇女闲聊"这一司空见惯的日常生活事实上升到历史讲述，再现了中国农村变迁的日常生活史，见证了中国改革开放对于农村社会的深刻影响。从身体欲望到闲聊话语，林白的写作是对女性日常生活的赋权。

女性欲望话语本就存在于日常生活，存在于每个女性成长的过程，但要用书面语言表达，仍然需要冲破重重禁忌：

这种对自己的凝视和抚摸很早就开始了，令人难以置信地早。

在幼儿园里，五六岁。

只有女性欲望话语在日常生活中获得讲述的合法性，赢得知识权力，女性的境遇才能随之改变。

第九章　网络时代的女性主义文学思潮

　　凯伦·布里克森的《空白之页》是一部带有后现代主义风格的短篇小说，作家通过平铺直叙的方式来表达她的不满——男权思想主导下的女性被剥夺社会地位，白色纯洁而美好，却用来检验女性的童贞，还理所当然地珍藏于修道院，供访客参观，这是多么强烈的讽刺。20世纪美国学界著名的女权主义批评家苏珊·格巴在个人著作《"空白之页"与女性创造力问题》中使用了"空白之页"这一意象，在男权社会中，女性的创造力被刻意淹没，成为一个空白文本，但这个空白文本却隐藏着女性真实的创造史。苏珊·格巴分析了布里克森的《空白之页》这部小说，带血的床单就像女性的名誉证人，每一块床单都有一个神秘的故事，而每个故事都带有血迹斑斑的忠贞色彩，雪白的床单就像一页空白的纸。在男性社会中，女性一旦出现离经叛道的行为，必然要付出生命或名誉的代价，布里克森用空白之页强烈颠覆这一现象，使得空白具有特殊意义，成为神秘且富有潜能的抵抗，而不再是纯洁无瑕的被动符号。空白床单是女性的另一种创造，与身份、地位无关，女性拥有独特的创造力，在自己的历史时刻发出自己的声音，书写自身的命运。

　　随着科技的发展与文明的进步，女性写作的创造力被激发，以知识女性为中心日益蔓延。然而，对广大的非知识阶层女性而言，女性写作、女性主义文学、女性主义文学批评等，虽唯美却虚幻而遥不可及，仿若"空白之页"飘荡在半空。东西方的优秀女性作家坚持不懈，笔耕不辍，在历史的空白之页相继创作出一本又一本的"空白之书"。随着女性主义文学的发展，女性主义文学批评的理论体系不断建立并逐步成熟，女性主义文学恰似静静流淌的河流，在全球范围内的不同地域不时交汇。

　　1969年，加利福尼亚大学的一台计算机与千里之外斯坦福研究所的另一台计算机连通，开启了网络传播的新纪元，一个前所未有的网络文化时代来临。至此，借助网络媒介的网络文学呼之欲出。1993年，互联网正式向公众开放。从此，互联网不再只属于戒备森严的军旅和科学精英的实验室，而是延伸至普通大众。于是,轻灵飘逸的传统文学与冷峻严谨的网络技术逐渐结合,形成了全新而又奇瑰的文学世界,网络文学异军突起。

弗吉尼亚·伍尔芙在《一间自己的屋子》中指出,"空间"对于女性写作的重要意义,拥有一间自己的屋子,女人就可以平静而客观地思考,面对这个世界诸多的不平,写下自己性别所感受到的真实生活,在一片属于自己的空间,自由呼吸。虚拟的网络环境赋予女性写作群体一个这样的"空间",网络时代对于女性主义文学的划时代意义凸显。在网络上建立女性的虚拟环境,参与网络在线活动,表达自己的诉求。同时,网络把世界各地的女性主义思潮、女性写作等连接起来,那些洋溢着女性创造力的"空白之页"被网络"集结"为一册厚重的"空白之书",女性的故事密密麻麻遍布其上。

第一节　女性文化精英转战网络

网络时代日益繁华,许多女性作家、学者以及知名女性文化人等纷纷转战网络,在现实中饱受男性权力制约的手脚终于获得解脱,可以在网络环境中畅所欲言,这些女性文化精英仿佛一夕之间从以男性为主的"客场"迁至"主场",书写更加得心应手。

一些女实业家、散文家、小说家、评论家,甚至女性专家、学者等,纷纷开通博客,不断推出新作,抒发感受,时常与网友互动交流,参与辩论,认真思考读者的反馈,保持与公众的密切沟通,稳固和团结传播群体。其中,学者类女性博客的女性主义理念相对明晰,侧重归纳总结妇女运动的实践经验和日常生活的女性经验,提炼出理论,解析性别问题。

中国家喻户晓的作家张海迪,曾在博客上以文字和独立坚强的女性精神影响着年轻一代,作为身残志坚的模范,她的事迹在八九十年代就被写进了教科书。至今已出版长篇小说《轮椅上的梦》《绝顶》,散文集《鸿雁快快飞》《向天空敞开的窗口》《生命的追问》,翻译作品《海边诊所》《丽贝卡在新学校》《小米勒旅行记》《莫多克——一头大象的真实故事》等,在青少年中引起强烈反响。其中,长篇小说《轮椅上的梦》还走出国门,影响了日本和韩国。早在1995年,张海迪作为中国政府代表团成员参加了第四

次世界妇女大会。1997年她被日本NHK电视台评为"世界五大杰出残疾人"。这些光环带给她作为精神榜样的荣耀，也带给她的个人博客超旺的人气。经常关注她博客的人能够在她"战胜疾病"的记录中感受到一种坚韧；在"我爱我家"中倾听到一种热爱；在"海迪咖啡厅""我的油画""我的外语学习""我做的书籍插图""我的读书生活""我的音乐"中了解到一种充实。作为残疾女性的杰出代表，人们对她的喜爱和敬佩之情全部通过博客来传送，她的坚强和乐观带给无数人力量，她的事迹给很多孩子树立起学习的榜样。

　　十年前，著名学者李银河在博客中爆料自己的电子杂志《GALA银河》正式创刊。电子杂志与博客载体和功能相同，同样具有使女性喜悦不已的神奇魔力，"在我的生命中，这是一个具有里程碑意义的日子。首先，这对于我来说是一个意外的惊喜，如果没有互联网，这件事是绝无可能的。……其次，它是一个独立媒体，它的内容不需要别人批准，它的尺度不需要别人限定。我的父母他们那辈人做梦能做出这样的梦来吗？记得有一次，我问妈妈：你干了一辈子报纸了，你拍良心说说，有新闻自由吗？妈妈很痛苦、很老实地回答：没有。爸爸妈妈一辈子没享受到的幸福，我就要享受到了。这怎能不让我欣喜若狂呢！……最后，它是我少女时代的一个梦。……现在，这个梦想就要实现了，怎能不让我激动呢。中国的网民数不胜数，他们都可能成为我的读者。我要提供给他们的是我心目中最重要的思想，最美好的文字，最值得关注的信息。总之，我的宗旨很简单，很明确，就是向大家推荐当代中国思想精英们最精英的思想"。可见，网络对于伏案执笔者而言，是多么宝贵的馈赠，可以自由书写，亦可畅所欲言。

　　俗话说"三个女人一台戏"，这由一众女性文化精英们上演的网络好戏，在其博客阅读者的热情参与、评论和互动下，已成为无数各抒己见的女性的思想联盟，成为热爱书写的女人们的同步行动。通过博客这个技术平台，女性们跨越重重疆域阻隔，参与到权力的分享中，每一个被男权社会驱逐的渺小个体都会具备强大能量。社会被划分为两个领域，即公共领域和私人领域，以男性为中心的社会刻意将女性疏离于公共领域之外，作为妇女地位低下的

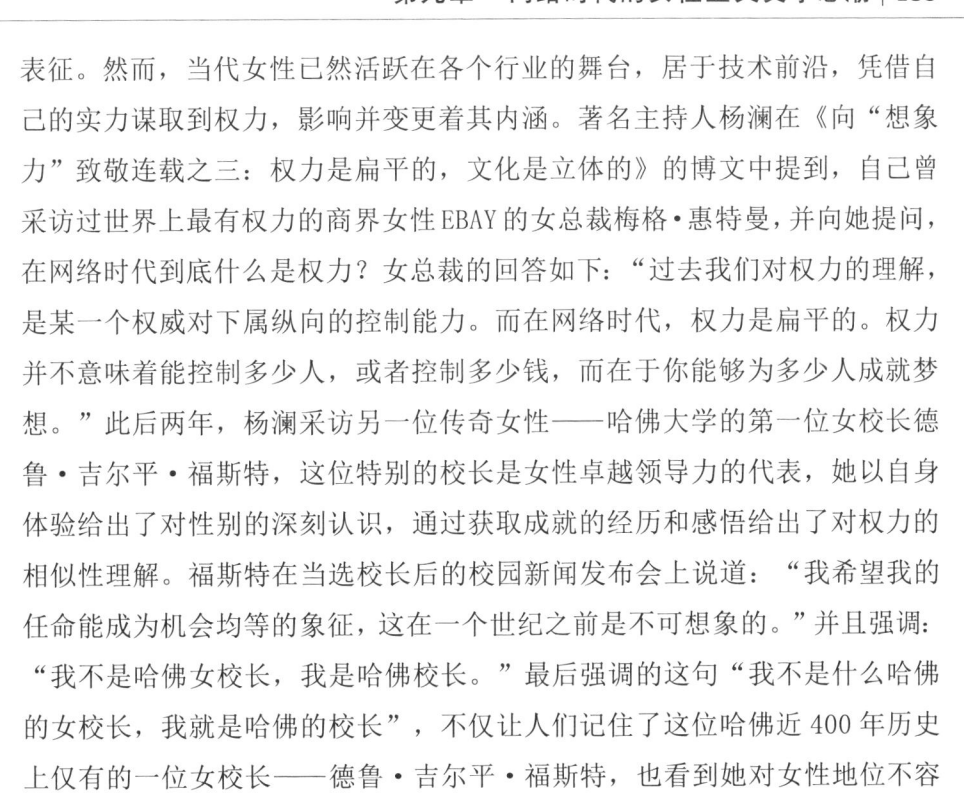

表征。然而，当代女性已然活跃在各个行业的舞台，居于技术前沿，凭借自己的实力谋取到权力，影响并变更着其内涵。著名主持人杨澜在《向"想象力"致敬连载之三：权力是扁平的，文化是立体的》的博文中提到，自己曾采访过世界上最有权力的商界女性EBAY的女总裁梅格·惠特曼，并向她提问，在网络时代到底什么是权力？女总裁的回答如下："过去我们对权力的理解，是某一个权威对下属纵向的控制能力。而在网络时代，权力是扁平的。权力并不意味着能控制多少人，或者控制多少钱，而在于你能够为多少人成就梦想。"此后两年，杨澜采访另一位传奇女性——哈佛大学的第一位女校长德鲁·吉尔平·福斯特，这位特别的校长是女性卓越领导力的代表，她以自身体验给出了对性别的深刻认识，通过获取成就的经历和感悟给出了对权力的相似性理解。福斯特在当选校长后的校园新闻发布会上说道："我希望我的任命能成为机会均等的象征，这在一个世纪之前是不可想象的。"并且强调："我不是哈佛女校长，我是哈佛校长。"最后强调的这句"我不是什么哈佛的女校长，我就是哈佛的校长"，不仅让人们记住了这位哈佛近400年历史上仅有的一位女校长——德鲁·吉尔平·福斯特，也看到她对女性地位不容忽视的态度，权力之上，男女平等。

作为诸多故事、节目的主人公，女性文化精英努力揭示女性成为变革世界力量的实力的事实。她们的存在价值得以被重新认识，其社会工作也被肯定，这些优秀女性的重要性从现实中提升，进入大众的认知领域。在这个曾经属于男性的世界，女性们已经昂然挺立，想要走进女性的精彩人生，不妨看看她们用心书写的博文，如《郎平：她的温柔出乎我的意料》《霍尔金娜：美得直接而执着》《高敏：不败神话的背后》《刘璇：寻找"平衡"之路》《郭晶晶：我要做自己》《王楠：人生的舞台比乒乓球桌宽广很多》……"她们心中都有一股无比强大的力量，这股力量是她们渴望成就事业的力量，也是她们迫切想要实现梦想的力量，更是她们努力获得成功的力量"。

第二节 "空白之页"的多重女主角——网络催生民间女性话语力量

当女性文化精英转战网络，并搭起一方舞台以尽情书写女性话语时，"空白之页"的书写权力终于从男性转移给女性，在现实意义上激发了所有女性的创造力，这支只属于拥有渊博知识和较高经济地位的少数女性的"书写之笔"，终于握在了非精英阶层的女性手中。新的时代，每个女人都有在"空白之页"上自由书写、彼此观看的权利，每位女性都拥有成为"空白之书"女主角的机会。

早在2008年，弗吉尼亚·伍尔芙发表了《一间自己的屋子》，作品中指明"女人要写小说，一定要有钱，还要有一间自己的屋子"，女性写作必须具备的两个条件即经济地位和空间被摆上桌子，这里的空间包括女性的生存空间和精神独立空间。如同树木生长需要足够的空间，女性文学的发展也需要广阔的空间。1907年，秋瑾发表《勉女权歌》，中国女性文学自此开启了一个崭新的时代，出乎秋瑾意料的是，在此后的创作道路中，"写作空间"以一种意想不到的方式降临，到21世纪，中国女性创作者几乎人人都拥有了"一间自己的屋子"。

如果将中国现当代女性文学的发展比作巨作，那么自21世纪以来，这幅作品的颜色日益明朗，内容日益丰富，线条更加宽广。随着人类文明的演变，中国女性自我成长的脚步从未停歇，书写不再是属于特定群体的权利，女性的创作声音弥漫在各个领域。21世纪的中国文学面临格局的大调整，网络成为女性文学新的"生长土壤"，在这片自由的"土地"上，女性主义文学不断发展。

安妮宝贝的第一本短篇小说集《告别薇安》问世至今已近二十载，这些年，中国新一代女性作家的数量不断增加，中国女性文学一直在迈向更广阔的天地。互联网以一种虚拟形式为女性写作拓展了无限空间，以一种最简单的方式跨越男权统治下的重重障碍，以崭新的形式崛起，让女性写作保持原生态，进入公众阅读视野。空间意味着生命，女性文学愈加蓬勃的生命力以

纷繁芜杂的形态表现出来。每一种文学新样式都顽强地生长出女性写作的苍翠幼苗，女性通过自己的语言方式不断尝试新的突破，女性文学呈现出一种开阔的状态。

虽然安妮宝贝不再进行网络写作，但她却无意间开启了网络大门，此后，每一波网络文学风潮中都有星星点点的女性写作者身影。在网络文学初期，安妮宝贝将《告别薇安》和《八月未央》这两本由网络小说集结而成的书比作自己的"青春期"，告别网络写作后，她的语言风格也随之发生变化。网络创作具有某种自由不羁的"青春期"特质，当面对年轻女性且极具市场潜力的网络言情小说出现时，80后新生代网络女写手们成为这一文学样态的主导力量。值得一提的是，同一时期主要受众群体为年轻男性的网络武侠小说，竟执笔于一群默默无闻的女性创作者。她们号称要打破一向由男性统领的武侠领域，开创一个女性武侠的新时代。可以说，女性凭借网络，以丰富的姿态发出自己的声音，新的女性文学与网络有着千丝万缕的联系。

网络催生出一批80后女作家，女性文学在网络之外蓬勃健康地成长。80年代王安忆的小说初露端倪，90年代林白的小说开始发声，到安妮宝贝以浓墨重彩的"疼痛青春"为女性成长主题的网络小说，以及最后在张悦然、春树等更为年轻的女性写作者手中不同的呈现，并延续至今。2001年，张悦然获新概念作文比赛一等奖，2002年被《萌芽》网站评为"最富才情的女作家"，她被作为"新概念作家"最杰出的代表人物之一隆重推出，也成为第一批80后女作家的代表人物。据她所言，写作源于在国外读书时期的孤独，而年轻的"孤独"则是她作品中最为重要的主题。北京少女作家春树2004年获得"第五届网络金手指""网络文化先锋奖"，带着她的《北京娃娃》登上美国《时代》周刊亚洲版的封面，与韩寒等4人被认定为"中国80年代后的代表"。与张悦然不同的是，春树的作品更多表达专属女性的"青春的愤怒"和北京地域特征。与张悦然成绩卓然并稍有不驯的青春经历比起来，春树的青春更为激越。她热爱摇滚与诗歌，自高中辍学后便从事自由写作，曾在"诗江湖"网站掀起巨大波澜，曾被"诗江湖"网站称为最年轻的优秀诗人，曾在北师大的诗歌朗诵会上怒斥众多大学生和研究生。自长篇小说《红

孩子》之后，她将触角伸向电影、音乐等领域。网络平台为新生代女性作家提供了更为广阔的发展空间，与传统女作家单一、纯粹的书写特点相比，新生代女作家的创作更趋于多元化，她们借助女性天生的艺术敏感性，将文学与影视、音乐、视觉艺术等多个领域加以连接，为女性文学的发展另辟蹊径。当然，新一代网络女性文学也面临着诸多问题：年岁渐长，青春不再喧嚣，前方的道路显得更加寂静与漫长；文学的历史长河跌宕起伏，网络酝酿而生的新生代女性创作，有多少能被视为文学精粹沉淀下来，无法预知。

2000年，作为新技术革命的重要成果，博客进入中国，并迅速发展，有效推动着女性文学传统，建设了较为完善的女性话语系统。"博客"是对网络文学的有效延续，鼓励"草根崛起"，是"平民文学"的代表之一，与"精英文学"相映生辉，使得文学话语重返民间。在此期间，女性在男性主导的文学餐桌上分得一杯羹，继续拆解了男性文学的壁垒，体现出文学本应有的民主。

随着互联网的发展和普及，打破了男性知识分子对媒介的垄断，网络成为女性大众特别是年轻一代充分利用的便捷手段。当普通女性利用网络写作时，任何"作品"在任何时候都可以通过网络发表和传播。早在2006年上半年，一位笔名为"河流转弯处"的伊拉克女性博客出版的《巴格达在燃烧》一书获得了英国著名的塞缪尔·约翰逊文学大奖，这是女性博客首次获选正统的重量级文学奖项。

博客的发展不断撞击着中国当代的文学结构，同时促进了文学内部空间的裂变与重组。女性博客置身于网络文学与女性文学的交叉地带，验证了网络文学的写作习惯、写作工具、写作规模和表达模式等诸多特点，同时予以变形，构成网络文学的新阶段。跨过烦琐的印刷过程和出版社的层层限制，女性文学传统在博客中得以延续，更多平凡女性拥有了写作自由。她们站在女性的视角去观察生活和关怀人性，挖掘内心的欲望，探究文学的底蕴……展现出新世纪文学的新风貌。

2010年，"新红颜"一词带着浓郁的传统美学色彩进入大众研究视野，这种网络写作的文学现象使一大批女诗人现身于博客空间，在诗歌领域引起

"轩然大波"。当时《现代青年》杂志以专号的形式推出"新红颜·博客时代女性诗歌大展",报名参赛的就有一百多位年轻女诗人。如此数目的女诗人阵容,是纸媒时代无法想象的。"诗人群情书"丝毫不受发表限制,将诗意文字随时随地张贴面世,书写自我生命的感喟和个体体验。写作不仅记录日常生活,甚至也成为日常生活的重要组成。就像博客女诗人"红线女"的诗,"我们自己取火""把生命从尘埃里捡起",她的诗始终对现实有着清醒的认识,对人生存着不悔的坚定,将日常生活的意义和价值审美化,读到心隐隐作痛,却又能感受到生命的尊严。

深受"自由表达、开放宽容、个性张扬"等博客口号的感召,许多女性加入博客队伍中,将自己的想法、感受等进行整理,发布于博客。当然,多数网民为了"记录自己的心情"而建立博客,博客更多充当个人媒体的角色,其"日志"的属性更为明显。不可忽视,全国过半的用户都曾运用这一平台,记录个人日常生活与心路的目的是传播个人观点,而非单纯意义上为了记录而记录。草根女博喜欢在博客详细记述自己某一时刻的生活、习惯、思想、担心、动机和期望,喜欢用相机定格自己和他人的生活瞬间,题材往往集中在女性私人生活记录和反映女性生理及心理的线性成长历程上。她们善于打破现有女性生活、教育、职业等界限,乐于采用"独白和对谈"的方式讨论男性,讲述两性间的故事,反观女性生活本身。她们聚集网络,谈论料理家务、哺育儿女、环保自然、公益慈善等,在网络上揭示自己的历史,努力证明历史的组成并非多数男性所偏执的战争与权力,而是真实又丰富的日常生活。它很平凡,但不平庸。女性博客的语句并不沉重,也不过于郑重其事,她们喜欢词语的创造,喜欢句式的修改变形,在自然和轻松的氛围中,为读者营造一个掺杂理智与直觉、男性与女性、事实与幻景、白昼与黑夜、清醒与梦幻、言辞与沉默、社交与孤独、空间与时间等诸多关键词的文字世界,显现出有别于男性理性主义的写作方式,从女性美学立场出发进行意识创作,新颖而又独特。女性博客的体裁除了传统的诗歌、小说、散文和剧本外,还有纪实性的心情告白、往事回忆、旅游笔记、流水日程、奇闻轶事、花边新闻、话题争鸣等。纪实与虚构、文学与非文学,抑或传统文学类

型中的诗歌、小说、散文、剧本等传统分类标准，都在女性博客世界失去了严格界限。

从大胆展露私密、张扬欲望的"木子美""竹影青瞳""流氓燕""木木""二月丫头"，到孤芳自赏、哗众取宠、不时制造舆论焦点的"芙蓉姐姐""国学辣妹""天仙妹妹""公交妹妹""西单女孩""猫耳宝贝"；从以"鱼顺顺""梅子""女人学堂""地瓜猪"等为代表的"生活博客"，到"新浪女性圈""张爱玲圈""单身妈妈""亚洲瑜伽圈"等特色女性博客圈，草根女博的发展可谓多姿多彩。尽管这些女性博主写作的出发点不尽相同，但她们在博客中都显示出女性的群体意识或集体归属感、认同感。

文学以一种别样的形式来记录女性日常，每一天都被思考刻下划痕。除了整理思路、获得性别知识、倾听建议，博客还被用来结交同性朋友，分享生命体验，互相交流鼓励，一路同行，共同进步。女性博客所表现出的这种共性源于女性气质和处境本质上的雷同与需要，是携手共同面对文化现实的坚定与果敢。女性主义博主点出了"父权文化"这个共同的靶子，号召每一位女性从家庭和男人的关系中跳脱出来，在姐妹情谊的基础上，结成一个共同反抗父权制的社会群体，形成一条以女性为本体的统一战线，将目标指向与父权中心价值体系相关联的所有通行观念和习俗，以消除文化思想领域内对女性的种种歧视，让所有女性重新被认识、被关注、被看重。她们在现实世界中广泛组织各种交流，通过聚会交谈的方式倾诉女性体验和真实情感，批评社会生活方方面面存在的性别歧视，谈论解决方法和应对策略。在博客世界中不断书写，与博友们激烈讨论，推进并加速女性话语的延伸。当然，这些话语并非停留于表层，而是扩展到更为深层的价值观念、道德观念和家庭观念中，对普及性别知识、改革性别关系发挥了重要作用。

"空白之页"的女主角是一个以女性为代表的创作群体，网络将她们紧紧联结在一起。博客是一个社会交际网络，也是一个女性主义思想传播的平台。中国的博客作者不断增加，全球的博客用户也已过亿，博客的影响深入到人类社会生活的各个层面，它是女性获得话语权的最新平台。目前，新兴媒体以网络为首，努力跻身于主流媒体队伍，试图在传统媒体的市场中分得一杯羹，中国的女性同样期许并分享先进可贵的性别文明成果。网络能够提供巨大的发展空间，展现各阶层的女性文化现象，催生出较强的民间女性话语力量，女性主义长期关注的诸多问题关乎人类文明建设的未来，且在网络中得到回应，不容小觑，亦毋庸置疑。

参考文献

[1] 谭正璧. 中国女性文学史话[M]. 天津：百花文艺出版社，1984.

[2] 李小江. 女人：一个悠远美丽的传说[M]. 上海：上海人民出版社，1989.

[3] 李小江. 女性审美意识探微[M]. 郑州：河南人民出版社，1989.

[4] 陈顺馨，戴锦华. 妇女、民族与女性主义[M]. 北京：中央编译出版社，2002.

[5] 王政，杜芳琴. 社会性别研究选译[C]. 北京：三联书店，1998.

[6] 章辉. 后殖民理论与当代中国文化批评[M]. 开封：河南大学出版社，2010.

[7] 刘传霞. 被建构的女性：中国现代文学社会性别研究[M]. 济南：齐鲁书社，2007.

[8] 任一鸣. 当代中国女性文学简史[M]. 桂林：广西师范大学出版社，2009.

[9] 乔以钢. 中国女性的文学世界[M]. 武汉：湖北教育出版社，1993.

[10] 杜芳琴. 女性观念的衍变[M]. 郑州：河南人民出版社，1988.

[11] 戴厚英. 人啊人[M]. 广州：广东人民出版社，1980.

[12] 陈乐. 现代性的文学叙事[M]. 杭州：浙江大学出版社，2008.

[13] 贺绍俊. 作家铁凝[M]. 北京：昆仑出版社，2007.

[14] 荒林，翟振明. 撩开你的面纱：女性主义与哲学的对话[M]. 北京：北京大学出版社，2008.

[15] 孟悦，戴锦华. 浮出历史地表[M]. 郑州：河南人民出版社，1989.

[16] 刘慧英. 走出男权传统的藩篱[M]. 北京：三联书店，1995.

[17] 衣俊卿. 现代化与日常生活批判[M]. 哈尔滨：黑龙江教育出版社，1994.

[18] 李明舜，林建军. 妇女人权的理论与实践[C]. 长春：吉林人民出版社，2005.

[19] 李银河. 女性主义 [M]. 济南：山东人民出版社，2005.
[20] 林树明. 多维视野中的女性主义文学批评 [M]. 北京：中国社会科学出版社，2004.
[21] 王开林. 中国女性之生命如歌 [M]. 长沙：岳麓书社，2004.
[22] 张红萍. 女人，做自己 [M]. 北京：九州出版社，2004.
[23] 许苗苗. 性别视野中的网络文学 [M]. 北京：九州出版社，2004.
[24] 孙康宜. 文学经典的挑战 [M]. 南昌：百花洲文艺出版社，2002.
[25] 盛英. 二十世纪中国女性文学史 [M]. 天津：天津人民出版社，1995.
[26] 李少群. 追寻与创建：现代女性文学研究 [M]. 济南：山东教育出版社，1997.
[27] 张岩冰. 审视第二性 [M]. 济南：山东文艺出版社，2000.
[28] 骆晓弋. 性别的追问 [M]. 长沙：湖南师范大学出版社，2000.
[29] 荒林. 日常生活价值重构：中国当代女性主义文学思潮研究 [M]. 北京：北京大学出版社，2013.
[30] 黄静. 二十世纪中国女性文学研究 [M]. 芜湖：安徽师范大学出版社，2017.